KB150709

여행자의 인문학 노트

여행자의 인문학 노트

스페인에서 인도까지, 여행에서 만난 사람들

초판 1쇄 발행 2013년 12월 9일
초판 2쇄 발행 2014년 3월 3일

지은이 이현석
펴낸이 오은지
책임편집 변홍철
펴낸곳 도서출판 한티재 **등록** 2010년 4월 12일 제2010-000010호
주소 706-821 대구시 수성구 달구벌대로 492길 15 **전화** 053-743-8368 **팩스** 053-743-8367
전자우편 hantijaebook@daum.net **블로그** http://hantijaebook.tistory.com

ISBN 978-89-97090-21-1 03810

책값은 뒤표지에 있습니다.

이 도서의 국립중앙도서관 출판시도서목록(CIP)은 서지정보유통지원시스템 홈페이지(http://seoji.nl.go.kr)와 국가자료공동목록시스템(http://www.nl.go.kr/kolisnet)에서 이용하실 수 있습니다.
(CIP제어번호: CIP2013023749)

이 책은 한국출판문화산업진흥원의 2013년 우수저작 및 출판지원사업 선정작입니다.

여행자의 인문학 노트

스페인에서 인도까지, 여행에서 만난 사람들

이현석 지음

한티재

책머리에

여행자들 사이에 전설처럼 회자되는 '봉지족'이라는 사람들이 있습니다. 봉지족은 검은 비닐봉지에 여권과 여벌의 속옷 한 벌만 넣어 다니는, 행려병자와 한끝 차이인 장기여행의 고수들을 일컫지요. 이들 봉지족이 네스호의 괴물이나 히말라야의 설인처럼 존재하지 않는 존재들이라고 생각하실지 모르겠습니다. 하지만 '비움' 마저도 '인정 투쟁'의 척도로 만들어버리는 인간의 본능적 경쟁심 덕분인지, 봉지족의 근사치에 도달한 사람들을 아주 가끔 현실 세계에서도 만날 수 있습니다.

배낭여행족의 메카, 방콕 카오산로드나 델리 빠하르간지의 초저가 숙소에서 지내다 보면 가끔씩 봉지족의 출현을 목도하게 됩니다. 그들이 숙소 문을 열며 들어올 때는 '포스'부터 남다르지요. 세상만사에 초연한 도인의 풍모와 크게 다르지 않은 그들은 등장과 동시에 게스트하우스의 록스타로 등극합니다. 수많은 이들이 신성한 비닐봉지에 허리 숙여 두 손 모아 경배를 하고 그의 성스러운 간증을 듣고자 거실로, 로비로, 식당으로 모여들게 됩니다. 만약 당신이 여행지에서 이런 봉지족을 만나게 된다면, 타지마할에서 영화 촬영 중인 발리우드 스타 샤룩 칸을 직접 보는 것보다 더 진귀한 풍경이라고 생각하고 3년간 하는 일은 모두 대박 날 것이라고 믿어도 상관없을 겁니다.

저는 이런 봉지족의 존재와 그에 대한 경배를 바라보며 정설처럼 여겨지는 한 문장이 떠올랐습니다.

"여행이 거듭될수록 배낭은 간소해진다."

어쩌면 이 말은 너무나 당연한 말일 것입니다. 아마 배낭여행을 해본 사람이라면 누구나 이 말에 공감할 테죠. 길 위에서는 등에 짊어진 모든 것들이 버릴 것이 되니까요. 길을 오래 걷는다면 비움은 미학의 차원을 넘어 생존의 문제가 됩니다.

그런데 재미있는 건, 간소하게 짐을 꾸리는 노하우가 여행 이력을 가늠하게 하는 지표가 되는 까닭에, 때로는 배낭의 무게가 여행자들의 자존심이 되기도 한다는 것입니다. 유치해 보이겠지만 정말 그렇습니다. 그리고 도량에서 오랜 시간 수행해도 비우는 것에 익숙해지지 않는 인간의 본성 때문인지 가벼워진 배낭에는 비워낸 무게만큼 필연적으로 허위가 섞이게 됩니다. 예컨대 파키스탄 훈자를 실제로 다녀온 사람들보다 훈자를 더 잘 묘사하는 사람들을 만나는 것은 예사이며, 제부도의 석양을 묘사하면서 발리의 석양이라고 우격다짐을 하는 사람들도 적지 않습니다. 사람의 가치가 금액으로 환산되는 시대에 스스로 상품이 되지 못해 안달 난 이런 '뚝심 있는 바보'들을 보는 것은 어렵지 않지요.

길 위에서 이런 뚝심 있는 바보들을 몇 번 목격하면서 "여행은 비움의 과정"이라는 암묵적인 정의에 의문을 가지게 되었습니다. 수학에서 말하는 '극한'의 개념을 생각해봅시다. 길 위를 오래 걸으며 버리다 버리다 봉지족으로 남은 자들의 무용담은 알 수 없어야 하지 않을까요? 비움의 정점에서는 이야기마저 버려져야 하니까요. 그래서 저는 그냥 솔직해지기로 했습니다. 저는 모든 것을 훌훌 다 비워낼 깜냥이 되지도 않고 비움이 여행의 본질이라고 믿지도 않기 때문입니다. 여행의 길목에서 비워내는 부분이 있다면 분명히 그 자리에 차곡차곡 채워지는 것이 있으리라 생각했습니다. 다만 그 빈자리에 허위와 허풍이 들어차지 않도록 하기 위해서 "무엇을 넣을 것인가?"가 길 위에서 저를 사로잡은 고민이었습니다.

* * *

이 책은 바로 그런 고민의 산물입니다. 저는 지난 십 년 동안 틈틈이 다닌 여행지에서 습관적으로 혹은 강박적으로 글을 썼습니다. 단순히 망각을 이겨내기 위한 것만은 아니었습니다. 글을 쓰는 것을 통해 제 생각을 좀 더 정갈히 조탁할 수 있었기 때문이었지요. 특히 책으로만 습득해온 이론이나 역사 서술이 타국에서 타인을 만나며 생생히 살아올 때의 전율은 저로 하여금 글을 쓰지 않으면 안 되게끔 만들었습니다. 이렇게 노트에 적은 글들 중 일부는 현지에서 편지로, 엽서로 모국의 친구와 가족들에게 전해지기도 했습니다. 하지만 대부분의 기록들은 노트 몇 권 분량으로 고스란히 남아 책상 서랍 안에 조용히 잠들어 있었습니다.

아무도 모르게 잠들어 있게 될 것이라 생각했습니다. 좋은 분들을 만나 한 권의 책으로 만들어지기 전까지는 말이죠. 우연한 기회 덕에 저는 소복하니 쌓인 먼지를 걷어내고 노트를 다시금 펼쳤습니다. 한동안 잊고 있던 노트 안에는 비워낸 공간을 채우던 기억의 기록들이 적혀 있었습니다. 그 기억은 인간과 인간의 만남이 사유의 지평을 넓히는 과정에 대한 것이었습니다. 제게 '인문학'이란 그런 것이었습니다.

인문학과 비슷한 제도권 공부는 한 번도 해보지 못한 제가 '인문학'이라는 단어를 쓰는 것이 여간 부담스러운 일이 아니었습니다. 그럼에도 굳이 이 단어를 감히 사용하는 것은 한 인간이 익숙했던 일상을 벗어난 시공간에서 다른 인간을 만나는 동안 가슴으로 깨닫고 그 깨달음이 무엇인지에 대해 머리로 궁구하는 것, 그것이 인문학이라 생각했기 때문입니다. '인문'人文의 본뜻이 '사람이 그리는 무늬'라지요? 그래서 어떤 이는 '인문학'이 지식이나 교양을 스펙 삼아 쌓기 위한 것이 아니라 그 자체로 인간의 생존에 필수불가결한 요소라고 이야기합니다. 제가 생각하는 '인문학'의 의미도 그와 크게 다르지 않습니다. 여행지에서 타자와 만나 관계를 맺는 것은 그 자체로 생존을 위해 본능적으로 행하는 것이니까요.

때문에 이 책을 관통하는 키워드는 '만남'이라고 할 수 있습니다. 여행서의 외피를 하고 있지만 결국 이것은 '인물'에 대한 이야기이며 그들과의 만남을 통해서 마주했던 사회·문화·역사에 대한 재인식의 결과물입니다. 제가 노트에서 책으로 옮겨온 기록들은 바로 이런 것들이었습니다. 복잡하고 비극적인 역사적 배경을 지닌 공간을 살아가는 인물들이 제게 던진 사고의 충격. 혹은 우연히 동행을 하게 된, 이질적인 문화를 가진 이들과의 대화를 통해 생성되는 의문들. 이러한 만남의 기록을 펼쳐 두고 원고를 쓰는 동안 저는 인문교양서나 역사서, 사회학 서적이나 자연과학 서적, 심지어는 학창시절의 손때가 묻은 의학 교과서 등을 들추면서 새로이 사유의 여행을 하였습니다.

머리로 떠나게 된 새로운 여행은 '그때, 그곳'의 만남에서 비롯되는 의문에 답을 구해가는 과정이었습니다. 그리고 그 과정을 따라 당도하게 되는 곳이 다름 아닌 '지금, 이곳'임을 이제야 알게 됩니다. 십 년 동안 각기 다른 시공간에서 경험하고 생각했던 단절된 기억들을 한 권의 책으로 묶어주는 연결고리는 역설적으로 '그때, 그곳'이 아닌 '지금, 이곳'이었던 셈이죠. 그러니까 저는 이 책이 일상을 벗어난 여행에 대한 이야기인 만큼이나 일상 속을 살아가는 우리의 이야기가 되기를 바랍니다.

* * *

이 책에는 사진이 없습니다. 여행지의 사진도 없고 인물들에 대한 사진도 없습니다. 오래된 수동카메라를 가지고 다니는 것을 좋아해 네거티브필름으로 인화한 사진을 많이 보관하고 있지만, 넣지 않기로 했습니다. 여행지에서 찍은 사진이 이 책에 한해서는 오히려 방해가 될 것이라 생각했기 때문입니다. 저의 여적을 여러분과 공감하기 위해서 필요한 것은 인물과 공간에 대한 묘사와 이를 통해 재발견하게 되는 여행과 세상에 대한 물음표이지, 미흡한 사진 실력에 얻어 걸린 그럴듯한 사진들은 아니라고 생각했습니다.

인물들에 대한 사진을 넣지 않은 것 역시 마찬가지 이유 때문입니다. 그리고 한 가지 이유가 더 있습니다. 책의 내용으로 인해 책에 묘사된 이들에게 예상치 못한 불이익이나 과오가 생길 수 있기 때문입니다. 그렇기에 인물의 사진을 넣지 않은 것뿐만 아니라 김병화박물관의 장 에밀리아 관장, 구찌터널의 베테랑 가이드 미스터 빈처럼 이미 어느 정도 알려진 사람이 아닌 이상 대부분 가명을 사용했습니다. 더불어 프라이버시를 훼손할 수 있는 구체적인 사실에 대해서도 다소간의 변형을 가했음을 미리 알려드립니다.

다만 이 책이 인물을 중심으로 구성되어 있기에 책에 묘사된 인물이 어떤 분위기인지 짐작할 수 있도록 일러스트를 한 장씩 삽입하기로 했습니다. 실제 인물과 조금은 다르게, 조금은 비슷하게 재구성하여 그린 일러스트는 친동생만큼이나 아끼는 후배 김정욱에 의해서 완성되었습니다. 의사의 일생에서 가장 바쁘다는 인턴 수련 기간에도 기꺼이 훌륭한 일러스트를 그려준 그에게 지면을 빌려 다시금 감사의 인사를 전합니다.

뿐만 아니라 흔한 사진 한 장 들어가지 않는 고집스러운 책을 만드는 동안 많은 분들의 도움을 받았습니다. 아무 경력도 없는 제게 처음으로 이 책의 출간을 제안하신 도서출판 한티재의 변홍철 주간과 집필 기간 내내 더 나은 책이 되도록 신경써주신 오은지 대표께 특히 깊은 감사의 마음을 전합니다. 또한 미완성 원고를 읽으며 독자의 입장에서 그리고 전문가의 입장에서 조언을 해주신 분들이 적지 않습니다. 죽마고우이며 독서광인 대구참여연대 상근활동가 장지혁은 귀찮을 법한 부탁에도 군말 없이 모든 원고를 꼼꼼히 읽고 가감 없이 피드백을 해주었습니다. 조금이라도 더 정확하고 나은 책이 되었다면 그의 덕이 적지 않을 것입니다.

그리고 더블유아프리카 박예원 대표, 한국국제협력단 박유정 이집트 파견단원, 송진아 네팔 파견단원은 현지 상황을 충실히 묘사할 수 있도록 도움을 주었으며, 전남대 법학전문대학원 김해원 교수와 임진식 변호사는 책 내용 중 법리적인 부분에 대해 깊은 조언을 해주었습니다. 책의 등장인물들 중에서 이메일과 메신저를 통해 연락이 닿는 이들 역시 당시의 기억을 정확히 재구성하는 데 많은 도움을 주었습니다. 이외에도 지면을 통해 감사의 인사를 올리는 것을 정중히 거절하신 분들께도 거듭 고마운 마음을 전합니다.

* * *

여행은, 특히 배낭을 짊어지고 홀로 나서는 여행은, 스스로를 자발적인 국외자로, 자발적인 이산자로 만듭니다. 그러니까 여행은 내가 존재하지 않던 사회에 '나'라는 이질적인 존재가 투입되면서 그곳의 사람들과 만나고 충돌하도록 만들어줍니다. 만남을 통해 이해하고 이해를 구하는 과정에서 인간의 공통적인 속성과 완벽하게 다른 습성을 체득하게 됩니다. 그렇게 그들과 나 사이에 충돌과 화해가 반복되는 과정 속에서, 일상으로부터 탈주를 꿈꾸었던 우리는 스스로 쌓아올린 벽이 있음을 알게 됩니다.

여행에서 목도한 가장 장엄한 풍경을 하나 꼽으라고 한다면 저는 스스로를 둘러싼 이 '벽'을 꼽고 싶습니다. 그리고 그 벽을 허물기 위해 고민하는 것을 멈추지 않다 보면, 여행을 떠난 사람들이 저마다 품에 안은 공통적인 동경과 염원인 '자유'에 수렴하지 않을까 생각합니다. 일상에서 탈주하여 여행에서 얻고자 하는 '자유'란 무엇일까요? 저는 여기에 대한 답으로, 백 년 전 세상을 바꾸기 위해 치열하게 살다 죽은 삶 자체로 '자유'Freiheit로 불리었던 로자 룩셈부르크의 말을 인용하고 싶습니다.

“자유, 그것은 항상 다르게 생각하는 사람들에 대한 존중이다.”

자신이 생각하는 자유마저도 다르게 생각하는 사람들에 대한 존중. 그것이 자유의 본질이 아닐까요? 이것을 ‘여행에서 느끼는 자유’로 한정시켜도 크게 달라지지는 않습니다. 일상에 머물며 사는 대로 생각하는 것에 익숙해진 우리가 여행을 통해 인식의 벽을 허무는 과정도 마찬가지일 겁니다. 이 역시 다른 공간에서 다른 사람과 만나며 그들만의 자유를 존중하는 과정에서 비롯되는 것일 테니까요. 그렇기에 여행은 길에서 만나는 사람들과 소통하고 부딪히며 인식의 벽을 넘으려는 과정에서 받아들이게 되는 ‘자유’를 향하는 과정이라고 생각합니다.

그렇기에 이 책은 어쩌면 여행에 대해서는 결국 아무런 이야기도 하지 않는 불친절한 책이 될지도 모릅니다. 시간 순으로 쓴 것도 아니며, 해당 장소에 대해 실용적인 정보를 적지도 않았습니다. 그럼에도 제가 이런 책을 쓴 것은 여행이, 고민할 수 있는 그 길이 우리를 둘러싼 인식의 벽을 허물 수 있는 하나의 방편이 되길 바라기 때문입니다.

2013년 늦은 여름

동네 앞 작은 커피집에서

이현석

차
례

윌슨

마카레나 지구, 세비야, 스페인

Wilson

두 문화의 자국

스페인 남부의 안달루시아 지방은 '이베리아 반도의 프라이팬'으로 불린다. 이베리아 반도는 프랑스와 접한 부분을 제외하면 사면을 바다가 두르고 있지만 유라시아 대륙의 서쪽에 붙어 있기에 여름철 무역풍을 타고 불어오는 바람이 무척 건조하기 때문이다. 이렇게 습도가 낮은 조건에 더하여 지면에 발을 디디면 바로 운동화 밑창이 녹을 것처럼 뜨거운 한여름 안달루시아의 정오를 경험하면 '프라이팬'이라는 별명이 농담이 아니라는 것을 느낄 수 있다.

그렇기에 세비야의 정오에 길을 나서면 영화 〈데블스 애드버킷〉의 마지막 장면처럼 인간을 포함한 온 생명체가 그 꼬리조차 감추고 지구상에 홀로 남아 있는 것 같은 경험을 할 수 있다. 이런 나라에서 시에스타 같은 낮잠 문화는 지나치게 낙천적인 민족성 때문에 생긴 게으름의 산물이라기보다는 오랜 세월 이와 같은 풍토 속에서 살아내며 터득한 삶의 지혜일지도 모른다.

지중해를 접하고 있는 안달루시아 지방은 고대 로마시대부터 교역의 중심지였다. 또 한편으로는 지중해 남쪽으로 가끔씩 육안으로 북아프리카를 볼 수 있을 만큼 아프리카 대륙과도 가까이 위치해 있다. 그래서 이곳으로 오래전부터 북동쪽에서는 기독교 문화가, 남동쪽에서는 이슬람교가 전파되어 왔다. 아브라함에서 비롯된 두 종교이지만 이질적인 문명이 하나의 장에서 마주치게 되면 쟁투가 시작되는 것은 필연적이었을 것이다.

이곳에서 전면적인 문명의 충돌은 8세기경 모로코의 이슬람 왕조였던 우마이야 왕조가 이베리아 반도를 지배하면서 시작된다. 이때부터 서구세계는 이베리아 반도의 이슬람인들을 가리켜 '무어인'Moors이라고 지칭했다. 이후 무려 팔백 년 동안 이슬람 문화와 기독교 문화는 이 땅에서 승전과 패퇴를 거듭하게 된다.

그야말로 '부질없이' 지난하게 이어진 이 전쟁의 세월을 두고 서양사는 기독교 문화의 관점에서 '레콘키스타'Reconquista(재정복, 국토회복운동)라고 부른다. 레콘키스타는 15세기 아라곤 왕국의 페르난도와 카스티야 왕국의 이사벨이 결혼하여 스페인이라는 통합 국가를 만든 후 더욱 융성해진 힘으로 남은 무어인들을 1492년에 모두 '코스타 델 솔'('태양의 해안'이란 뜻의 지명) 바깥으로 몰아냄으로써—즉, 모두 죽이거나 개종시킴으로써—마침내 종결된다. 때문에 안달루시아 지방에는 여전히 이슬람교와 기독교 간의 오랜 쟁투 기간 동안 형성된 복잡하고 복합적인 문화가 곳곳에 스며 있다.

안달루시아의 주도, '세비야'Sevilla의 경우 그 이름부터 두 문화가 엎치락뒤치락 범벅이 되었던 팔백 년의 역사를 증명한다. 세비야는 원래 이베리아말로 '이스팔'이라고 불렸다고 한다. 저지대를 뜻하는 이 이름은 로마제국이 이곳을 정복했을 때 '히스팔리스'라는 로마어로 바뀌어 불리게 되었고, 무어인들이 정복하면서 다시 '이시빌리야'로 바뀐다. 아랍어에는 'ㅍ'과 'ㅎ'에 대한 발음기호가 따로 없기 때문이었는데, 공교롭게도 '이시빌리야'는 아랍어로 '시장이 열리는 곳'이라는 뜻이었다고 한다. 지난한 전쟁 중에도 지중해 교역의 한 축을 담당했던 세비야의 위상이 이름에 스며들었던 것이다. 레콘키스타 이후 스페인 왕국은 이 지역의 이름을 다시 '히스팔리스'로 바꾸었으나 이미 사람들의 입에 익은 '이시빌리야'를 대신할 수 없었고, 시간이 흐르면서 자연스럽게 이를 축약하여 부르던 '세비야'가 정식으로 지역을 지칭하는 이름이 된다.

두 문화 간의 승리와 패퇴가 엎치락뒤치락했던 흔적은 세비야의 한복판에 위치한 세비야 대성당에도 마찬가지로 남아 있다. 바티칸의 산피에트로 대성당, 영국의 세인트폴 대성당에 이어 세계에서 세 번째로 큰 규모인 세비야 대성당의 골격이 된 것은 바로 후기 우마이야 왕조의 왕이었던 알 무하메드의 칙령으로 건립된 이슬람 사원이었다.

레콘키스타 이후 스페인의 기독교인들은 무어인들의 흔적을 지우고자 노력했다. 하지만 이미 그들의 문화에 깊숙이 뿌리내린 이슬람의 흔적을 지워내는 것은 불가능했다. 고딕 양식이 이베리아식으로 변형된 세비야 대성당을 축조하면서도 모스크에 존재했던 이슬람 양식의 정원은 보존되었고 무엇보다 약 백 미터에 달하는 미나레트minaret(모스크의 첨탑)는 고스란히 보존되어 성당의 종탑으로 활용되었다. 대항해시대의 정복왕 펠리페 2세 때 이르러 종탑 위에 절대적 신앙을 상징하는 풍향계를 거치했는데, 세비야를 상징하는 이 종탑의 이름이 '히랄다 탑'인 이유는 '히랄다'Giralda가 바로 닭 모양의 풍향계를 지칭하는 단어였던 까닭이다.

프라이팬이 식는 시간

히랄다 탑의 내부는 계단 대신 아주 완만한 비탈길로 이루어져 있다. 이 거대한 탑을 오르기 위해서는 결코 작지 않은 탑의 둘레를 따라 서른세 바퀴를 돌아 올라가야 했다. 이슬람의 예배시간마다 종을 치거나 목소리로 예배드릴 것을 알리던 '무에진'Muaddin이 당시로서는 가장 높은 미나레트 정상에 말을 타고 신속하게 올라가 제시간에 예배시간을 알릴 수 있도록 설계했기 때문이다.

물론 말을 타고 올라가는 것에 최적화된 설계였기에 걸어서 오르는 것은 쉬운 일이 아니다. '이게 과연 올라가고 있는 것인가?' 싶을 정도로 완만한 비탈길이 끊임없이 이어지지만 분명 경사가 있기 때문에 평지를 걷는 것보다 훨씬 빨리 지치게 된다. 게다가 하루에도 수백 명씩 오르내리는 그 길을 사람들 틈에 섞여 올라가다 보면 입마다 뿜어져 나오는 습기가 '이베리아의 프라이팬'에 뜨끈뜨끈하게 데워져 한여름 대구 한복판에서나 느낄 법한 무더위를 경험하게 된다.

마침내 종탑의 꼭대기에 다다른 나는 스물여덟 개의 종 사이로 불어오는 선선한 바람에 흠뻑 젖은 등덜미를 말렸다. 말린 등을 벽에 기대고 오후의 세비야를 내려다본다. 어스름이 조금씩 깔리는 시각. 오래된 가로등들이 하나 둘 골목들을 비추기 시작한다. 유대인 집단거주지인 산타마리아 지구는 그 하얀 외관이 더욱 하얗게 빛을 내고, 멀리 보이는 근대 유적이 밀집한 마카레나 지구의 붉은 벽돌은 더욱 붉게 빛난다. (한 시절을 풍미한 노래 〈마카레나〉는 전혀 어울리지 않지만, 바로 이곳을 배경으로 만들어진 노래다.) 이슬람 성채였던 알카사르Alcazar('성곽궁전'이라는 뜻) 옆에 있는 널찍한 이슬람 정원이 한낮 동안 머금은 초록빛을 해 질 녘이 되어서야 한꺼번에 뱉어내듯 푸른 빛을 한껏 뽐낸다. 저 유명한 '스페인광장' 역시 빠질 수 없었다. 영화 〈스타워즈〉에서 컴퓨터그래픽에 의해 외계의 성채로 변신했던 반원 모양의 스페인광장에 불이 켜지면서 곧 외계에서 온 비행물체가 착륙할 것 같은 착각을 자아냈고, 그 뒤로는 붉게 그슬린 빛을 내는 투우장에서 투우쇼가 한창이었다. 그나마 멀리 북쪽에 붙어 선 현대식 빌딩들에 불이 들어오기 시작하면서 내가 레콘키스타 시대나 스타워즈의 시대가 아닌 현대를 살아가고 있음을 비로소 깨닫게 된다.

이렇게 뜨겁게 달구어진 '프라이팬'이 조금씩 식어갈 때가 되어야 비로소 골목마다 제 개성을 드러내기 시작하는 것을 볼 수 있다. 그러나 '저녁이 있는 삶'을 제대로 살고 있는 남유럽 국가답게 비교적 이른 시간임에도 히랄다 탑의 패장 시간이 임박했음을 알리는 안내방송이 흘러나왔다. 나는 얼마 남지 않은 여행자 무리에 섞여서 다시 서른세 바퀴의 비탈길을 천천히 내려왔다.

히랄다 탑과 바로 통하는 세비야 성당의 정문 앞으로 나오자 약속 시간에 맞춰 하얀 셔츠에 면바지를 입은 백발의 노인이 팔짱을 끼고 서 있는 것이 보였다. 나와 눈이 마주친 노인은 그 시각 성당을 나서는 유일한 동양인인 내게 눈인사를 건네며 다가온다.

"딱 좋은 시간에 올라갔다 왔군요."

이베리아 사람의 구릿빛 피부와는 거리가 먼, 새하얀 피부에 헝클어진 갈색 머리카락을 대충 뒤로 넘긴 벽안의 노신사가 건네는 인사말에 나도 환하게 웃으며 인사한다.

"드디어 만나게 되네요. 반갑습니다."

잡다한 고민거리를 안고 극동에서 온 방황하는 청춘에게 기꺼이 말벗이자 스승이 되어주고, 거처를 내어주는 것에도 조금의 거리낌 없었던 영국인 노신사 윌슨과의 만남은 그렇게 시작되었다.

레게 리듬에 콩요리를 볶는 노인

윌슨은 영국의 한 대학에서 학생들을 가르치다가 은퇴하고 노년을 보내기 위해 수백 마일 떨어진 이곳으로 떠나왔다. 가르치는 일을 평생 해온 사람의 특성은 만국 공통인 모양이다. 그 역시 교수 시절의 꼬장꼬장함은 여전히 남아 있었다. 특히 그와 대화할 때에는 단어 선택에 유의해야 했다. 예컨대 고속도로를 뜻하는 'Highway' 같은 미국식 영어를 쓰면 "That's Yankeesh! it's a motorway!"라고 흥분하며 바로 잡아줄 정도로 모국어에 대한 사랑이 유별났다. 하긴 영어가 '잉글리시'인데 잉글랜드 사람에게 한때 식민지였던 나라—하지만 근래 들어서는 모국의 총리가 그 식민지의 푸들 취급을 받는 상태에서—의 어법으로 잉글리시를 어쭙잖게 말한다는 것은 어떤 면에서는 무척 실례가 되는 일인지도 모르겠다.

하지만 언어에 대한 꼬장꼬장함과는 전혀 다르게 윌슨의 집에는 맥북, 아이팟, 구글폰 같은 당시로서는 최신 유행을 선도하는 첨단 기기들이 넘쳐났다. 게다가 벽의 한쪽 면을 가득 메운 장식장에 들어찬 것은 책이 아니라 음반이었다. 은퇴한 교수의 음반 장식장은 바로크 시대부터 전위주의 시대의 클래식으로 가득 찼을 것이라는 편견을 비웃기라도 하듯, 장식장을 채우고 있는 음반들은 밥 말리, 더 클래쉬, 그린데이, 메탈리카 같은 것들이었다. 책 대신 음반으로 가득 찬 장식장과 장식장을 가득 채운 레게와 록 앨범들. 은퇴 후에도 다양한 길이 보장되어 있는, 굳이 표현하자면 성골 중에서도 범

세계적 성골 출신임에도 연고 하나 없는 곳으로 와서 노년을 보내기로 한 그의 기질에 대한 의문점은 거실 한쪽 벽면을 바라보는 것만으로도 충분히 설명되었다. 그런데 왜 하필 여기였을까?

"독거 노인이 노년을 보내기에 내 모국은 너무 춥거든요."

썰렁한 농담으로 대답한 윌슨은 내가 묵을 방으로 안내한다. 내가 짐을 풀고 있는 동안 침구를 내어준 그는 거실로 나가 밥 말리의 음반을 튼다. 멀리서 객이 온 김에 기분을 내나 싶었는데, 며칠을 묵는 동안 저녁 식사를 준비하는 중에 그는 예외 없이 밥 말리의 음악을 듣는다는 것을 알 수 있었다.

채식주의자인 윌슨의 저녁 메뉴는 주로 콩과 파프리카, 양상추 같은 채소들을 올리브유에 볶아 소스를 뿌려 먹는 식이었다. 채식주의를 존중하고 존경하지만 풀만 먹으면서 평생을 살 수 없다고 생각하고 있었음에도 윌슨의 요리를 먹으면서 나는 한 번도 고기가 먹고 싶다는 생각이 들지 않았다. 밤이면 레게 리듬에 맞추어 콩 요리를 볶는 노신사. 그는 그렇게 자신에게 남은 시간 동안 온전히 자신만을 위하겠다고 작정이라도 한 것처럼 삶을 즐기고 있었다.

세헤라자데 되기

건축된 지 이백 년은 가볍게 넘기는 사오층짜리 건물들이 돌로 포장된 골목을 따라 빼곡하게 이어진 마카레나 지구의 주택가 사이에 윌슨의 집이 자리하고 있다. 시에스타를 충분히 즐긴 세비야 사람들은 밤이 되면 이런 주택의 옥상에 모인다. 섭씨 40도까지 올라가는 정오에는 죽은 자들의 도시 같았던 세비야가 자정이 되면 음악과 술로 가득한 하나의 풍류로 변하게 된다. 삼삼오오 옥상에 모인 세비야 사람들은 골목이 떠나갈 듯 노래를 부르며 술을 마신다. 그래서 매일 밤, 자정을 훌쩍 넘긴 세비야의 밤은 여전히 부산하다.

윌슨과 함께 저녁을 먹은 후, 하숙을 하지 않았더라면 보지 못했을 이 나라 사람들의 일상을 엿보기 위해 나 역시 옥상으로 올라갔다. 윌슨의 아파트 옥상에는 아무도 없었지만 맞은편에 있는 조금 낮은 삼층짜리 건물 옥상에서 한 무리의 사람들이 테이블을 차려두고 떠들며 놀고 있었다. 한참을 그렇게 맞은편 사람들을 구경하고 있으니 그쪽에서 거나하게 취한 아저씨 한 명이 나를 발견하고는 "엘 치노el chino!"라며 내게 건배를 청한다. 사전적으로는 '중국인'이라는 말이지만, 사실 아시아인을 속되게 칭하는 말이었기에 기분이 나쁠 법도 했다. 하지만 흥에 겨워 하는 일이라 생각하며 나는 그냥 어깨를 으쓱하고는 손으로 그의 잔을 겨누며 총을 쏘는 시늉을 한다. 아저씨는 가슴팍에 한 방 맞은 척하더니 와인잔의 와인을 거침없이 들이키며 웃는다. 그 테이블에 있던 사람들도 뭐가 그렇게 흥겨운지 몸을 가누지 못할 정도로 웃으면서 내게도 "올라hola!" 손을 흔들며 인사한다.

"저쪽 옥상에 우리 친구들이 있구먼."

어느새 윌슨이 내 옆에 서 있었다. 영국 비밀정보청 요원처럼 인기척 없이 온 것인지, 내가 구경하는 데 집중하느라 느끼지 못했는지 알 수 없었다. 어쨌든 나는 화들짝 놀랐고 윌슨은 그런 나를 보면서 "이 친구 생각보다 겁이 많네"라며 잔을 건넨다. 직접 만든 샹그리아라며 한 잔을 부어주고는 맞은편 주택을 향해 "노 치노! 꼬레아노Coreano!"라고 소리치면서 나를 가리킨다. 의자에 앉아 옥상 담벼락에 발을 올린 우리는 과달키비르 강에서 불어오는 선선한 바람을 맞으며 샹그리아를 마셨다.

"숙박비는 내 말동무가 되어주는 것으로 충분하니, 이야기나 해볼까요?"

"잘 안 되는 영어로, 그것도 미국식 영어로 떠듬떠듬 이야기하는 것을 참으실 수 있겠어요, 선생님?"

"안 참을 거예요. 문법 틀릴 때마다, 미국식 단어 나올 때마다 지적할 테니 그건 감안하면서 이야기해보도록 하세요."

윌슨이 능청스럽게 대답했다. 이 역시 썰렁한 농담이라고 생각했는데, 정말로 관사 하나, 조사 하나 틀릴 때마다 이야기를 끊지 않을 정도로만 툭툭 던지듯 고쳐주었고, 미국식 단어가 나오면 "그거 양키 말이라니까!"라며 소리쳤다.

"어떤 이야기가 듣고 싶으세요?"

"당신이 살아온 이야기죠."

일흔을 얼마 남기지 않고 있던 이에게, 당시 이십대 중반에 불과했던 나의 이야기가 과연 얼마나 흥미로웠을까? 그럼에도 그는 매일 밤마다 이렇게 옥상에 앉아 이국에서 온 젊은이가 어설픈 영어로 말하는 것을 인내심을 가지고—하지만 문법과 미국식 단어에 대한 지적은 멈추질 않으며—들어주었다.

그렇게 나는 마치 『천일야화』의 세헤라자데가 된 것처럼, 세비야 구경을 마치고 돌아온 매일 밤마다 내 이야기를 시간 순서에 따라서 윌슨에게 들려주었다. 고등학교 때 이야기부터 시작했던 것 같다. 일반계 고등학교 2학년 때 230명 중 200등에 가까울 만큼 열등생이었던 이야기—씨름부만 40명이었으니 사실상 '전업 학생' 중에서는 꼴찌였던 이야기는 나에 대한 이야기를 풀어내면서 언제나 인상적인 시작을 장식하기 때문이다.

그리고 운칠기삼運七技三으로 서울에 있는 대학에 갈 수 있었고, 거기에서 바로 지금 윌슨의 집에 머물 수 있게 해준 첫사랑을 만나게 된 이야기까지 나아갔다. 스무 살 동갑내기로 만나서 내가 서울에서 내려오며 자연스럽게 헤어지기 전까지 풋풋한 사랑을 했던 그녀는 그때도 여전히 연락을 종종 주고받던 친구였다. 영화를 공부했던 그녀는 한동안 윌슨의 집에서 하숙하면서 유학생활을 했다. 그리고 내가 스페인 여행을 준비한다는 이야기를 듣고는 세비야에서 윌슨의 집에 머물 수 있도록 소개시켜주었던 것이다.

"그 친구를 그때 만났던 거군요. 그게 몇 년 전이죠?"

"오년이 넘었죠."

"아직까지 이렇게 친하게 지내는 걸 보니 여전히 많이 사랑하거나, 지금은 전혀 사랑하지 않거나 둘 중 하나겠네요."

"보통은 그런가요?"

"아니, 일반화시킨 내 개인적인 경험이에요."

여전히 대학로에서 버스를 기다릴 때면 아주 가끔씩 그때 서울대병원 쪽으로 늘어선 돌담에 앉아 이야기를 나누었던 때를 생각하곤 한다. 그 돌담에 앉아 속삭이던 기억을 가졌던 사람이 비단 나밖에 없을 리 없지만 그럼에도, 그럴 리가 없음에도 아주 가끔은 마치 우리만 사용했으리라 믿게 되는 추억을 간직한 그 장소를 떠올리곤 한다. 예의 시원한 웃음을 지으며 버스 정류장 쪽으로 걸어온 그녀와 그렇게 돌담에 걸터앉아서 어정쩡한 관계를 정리하고 연애의 시작을 고했던, 아주 어리고 무엇에도 익숙하지 않아 조금은 유치했던 우리의 모습이 아주 가끔씩 비친다. 열아홉 살이었다. 그렇게 떨리던 마음도, 애달프던 마음도 결국 사라진다는 것을 상상조차 하지 못했을 때의 일.

"그렇다면 당신이 지금은 전혀 사랑하지 않는 쪽이네요."

내 이야기를 듣던 윌슨이 갑자기 말한다. 무슨 말인가 싶어 의아한 표정으로 그를 쳐다본다. 윌슨은 아니냐며 고개를 갸웃거리고, 나는 아마도 속마음을 들킨 것 같아 까딱까딱 고개만 끄덕인다.

"어떻게 아셨죠?"

"지금 계속해서 당신의 기억에 대해서만 이야기하고 있잖아요. 그리고 계속해서 처음 만났을 때의 이야기만 하고 있고. 그녀와 사길 때 어떤 일이 있었는지에 대해서조차 이야기하지 않잖아요. 온전히 자신에게 집중된 거죠. 그리고 요즘에도 연락이 닿고 있다면, 지금 이 순간의 그녀에 대한 묘사를 하기 마련인데, 거기에 대해서는 아무런 말이 없으니까. 그녀를 기억하는 당신의 이야기잖아요. 당신이 기억하는 그녀의 이야기가 아니라."

"기가 막히게 예리하시네요. 그것도 일반화시킨 선생님의 개인적인 경험인가요?"

"당연하죠. 한 잔 더 하시겠나?"

삽질과 꿀값

우리가 흔히 '기억'이라고 말하는 것은 뇌의 정중앙에 위치한 변연계에서 감성과 버무려져 '뇌가소성'腦可塑性, brain plasticity이라는 원리에 의해 내측두엽과 해마에 저장된다. 여기 기억에 관한 흥미로운 실험이 있다. 뇌에 기질적인 손상을 받아 기억상실증에 걸린 군과 대조군을 설정하고 간단한 과제를 내준다. "당신이 해변에 있다고 가정하고 3분 동안 어떤 일이 일어날지 서술해보시오." 대조군은 해변에서 일어날 일에 대해 자유롭게 이야기한다. 서핑을 하거나 조개를 캐거나 헌팅을 하거나 등등. 기억상실증에 걸린 군은 아무것도 생각해내지 못한다. 이 실험이 가지는 의의는 기억을 관장하는 영역과 미래를 상상하는 영역이 겹쳐 있다는 것이다. 즉, 과거를 기억하지 못하는 사람은 미래도 상상하지 못한다는 뜻이다. 제

역사의 부끄러운 과거를 들추어내는 일을 수치로 여기는 이들이 모두가 함께 살아가는 미래를 상상하지 못하는 것처럼, 제 자신의 부끄러운 과거를 기억하지 않는 이는 또다시 같은 실수를 반복하는 것처럼.

마주치고 싶지 않은 과거가 기억날 때가 있다. 그리고 그런 기억은 의도적으로 지우려고 애쓸수록 다시금 생각하게 되고, 생각할수록 기억은 또렷해진다. 사랑에 대한 기억은 이러한 아이러니를 가장 극적으로 보여준다. 우리는 모두 한두 번쯤 지옥 같았던 시간이 있었고, 그때 분명 그것을 지옥 같다 생각했음에도 생각할수록 또렷해지는 것은 고통과 함께 했던, 혹은 그 이전을 장식했던 아름다운 기억이다. 그러다 보면 우습게도 지옥이 천국으로 환원되고 허우적거렸던 시간이 아름답기만 한 순간이 온다. 시야의 바깥은 진창이 되었음을 알면서도 그 시간에 대해 하염없는 감상에 젖게 된다. 부질없이 옛 기억을 또렷하게 만드는 것을 두고 우리는 '전문용어'로 삽질이니, 꼴값이니 부르게 되는 것이다.

'뇌가소성'이란, 같은 생각이나 행위를 반복할수록 대뇌피질에 그것을 기억하는 회로가 생기는 것을 뜻한다. 지우고 싶은 기억을 지우기 위해 끊임없이 그 기억을 떠올려야 하는 역설은 왜 사람들이 사랑을 하고 나면 '삽질'을 했다고 고백하면서 '꼴값'을 떠는가에 대해 설명해준다. 그러나 삽질이니 꼴값이니 업신여기면서도 하게 되는 것, 그것도 사람의 일이다.

사랑으로 이루어진 기억뿐이겠는가. 우리의 기억은 언제나 윤색된다. 가령 내가 멀쩡하게 다니던 대학을 때려치우고—물론 엄밀히 말해 그리 멀쩡히 다니지는 않았고, 학생운동 끝물에 꽤 진지하게 참여했던 까닭에 뒤이어 날아든 두 번의 학사경고가 결정적인 이유이긴 했지만—몇 해간의 재수학원 생활 끝에 의과대학에 들어온 이야기는 그 자체로는 뭔가 입시용 베스트셀러에 어울릴 법한 스토리일지 모른다.

하지만 처음 낙방한 후 재수생으로서 입시에 오롯이 한정되어 있었던 나의 세계가 무너지는 경험을 하고 자살의 문턱까지 다녀온 것은 전혀 아름답지 않다. 또한 다시 시작한 재수 생활 초반에 독학을 하며 '소셜 스모커'에서 골초로 거듭나게 되고, 친구들과 술을 마시기만 하면 세상에 나보다 못난 사람은 없다는 표정으로 만취해서 토사물로 범벅이 되고, 후반기에 재수학원에 다시 들어가게 되었을 때는 말하지도 못하고 듣지도 못하는 대인기피증이 된 것 역시 전혀 아름답지 못하다. 점심시간에도 빵조각 하나 물고 책을 보는 내가 안쓰러워 보였는지 주변에 앉은 사람들이 말을 걸어와도 사물을 쳐다보듯 슥 쳐다보고는 아무것도 못 들었다는 듯이 다시 책을 보는 내 모습은 입시용 베스트셀러에 어울릴 법한 아름다운 이야기와는 전혀 거리가 멀었다.

졸업을 하고 나면 흔히들 학생 때가 그래도 좋았다며 이야기하고 나 역시 그런 진부한 표현을 종종 입에 올리지만, 그렇다고 의과

대학에 입학한 이후의 이야기가 아름다운 것도 아니다. 폐쇄적이고 보수적인 학교 구조에 적응하는 데 거대한 벽을 느꼈던 나는 점점 학교 바깥을 맴돌며 학교에서는 거의 마주치지 못하는 유령 같은 존재가 되었다. 그렇다고 해서 외부생활에 완벽히 적응할 수 있는 여건도 되지 않았다. 소소한 자원활동 단체를 꾸려 가거나 글을 쓰는 동아리에서 마음 맞는 친구들과 같이 글 공부와 세상 공부를 하면서도 시험기간이면 몰려오는 압박감은 나를 그곳에서도 외부인으로 만들었다. 그렇잖아도 지각한 삶을 살고 있는데 여기에서 유급까지 하면 내게 주어진 시간이 한 겹씩 소진될 것이라는 불안감이 빈번히 돌아오는 시험 때마다 온몸을 휘감았기 때문이다.

그럼에도 그 사이에 존재한 좋았던 점들에 대해서 다시 생각할수록 그 부분이 점점 또렷하게 기억되는 것이었다. 기억에서 지운다고 해서 매일같이 삽질과 꼴값을 반복했던 내 행보가 사라지는 것은 아닐 것이며, 때문에 조금은 다른 인간이 되고자 안간힘을 쓰며 노력했던 그 작은 일탈들이 어느 순간에는 그토록 하찮고 부질없어 보이기도 하는 것이다. 그러니까 나는 한국의 평균적인 대학생들과 별반 다르지 않게 성인의 딱지를 달았음에도 여전히 유년기에 유폐되어 있었고, 주어진 시간 동안 지속적으로 주변인으로 지내왔으며 어느 쪽에서 보아도 외부인이었던 이십대를 지나는 중이었다.

마법

그 어느 장소에서도 '뒷목을 잡아끄는' 느낌을 받지 못했던 내가 귀속감을 느꼈던 곳들은 아이러니하게도 처음 닿게 되는 여행지들이었다. 혼자 떠나는 배낭여행은 온전히 나를 위한 시간이 되어주었다. 모두가 나에겐 이방인이었으며 모두가 나를 이방인으로 바라보는 그곳들만큼 편안함을 느낀 곳은 없었다. 일상에서 일탈하여 마침내 평온을 찾는 아이러니가 반복되던 이십대의 한가운데에서 만나게 된 윌슨은 나의 구구절절한 이야기를 청하였고 또한—이따금씩 미국식 영어를 지적하며—모든 이야기를 들어주었다.

그리고 세비야에서의 마지막 날.

다음 행선지인 모로코의 탕헤르로 가기 위해 윌슨과 함께 버스 정류장으로 가서 버스표와 배편을 예매하고 돌아왔다. 해가 저물기 무섭게 그는 밥 말리의 음악을 틀어두고는 요리를 하기 시작했다. 프라이팬에 '토—푸'tofu를 올려서 자글자글 부쳤다. 왜인지 그가 하는 두부요리는 두부보다는 '토—푸'라는 그들의 발음이 더욱 어울렸다. 여러 가지 채소를 데치고 마늘을 굽고 파스타를 삶아서 올리브유에 볶고 그 재료들을 한데 섞어서 간단한 저녁을 차린 그는 옥상에 올라가서 마지막 만찬을 함께 할 것을 제안했다.

여느 때와 마찬가지로 옥상에서 그와 함께 저녁을 먹으며 이런 저런 잡담을 하고는, 윌슨이 담근 샹그리아를 마시기 시작했다. 세비야에 사는 은퇴한 노교수의 집에서 '세헤라자데'로 지내는 마지막 밤을 지새울 주제로, 그는 이제 나의 미래에 대한 이야기를 해달라고 했다. 짧게는 앞으로 남은 여정에 대한 이야기부터, 길게는 한국에 돌아가서 어떻게 생활할 것인가에 대한 이야기를. 옥상의 난간에 걸터앉아 자갈로 포장된 길을 내려다보며 술까지 홀짝이면서 잡담과 함께 이런저런 이야기를 하던 나에게 그간 이야기를 들어주기만 하던 윌슨이 뜬금없이 질문을 해왔다.

"만약 당신에게 마법과 같은 힘이 생긴다면, 내일 당장 무엇이 되고 싶나요?"

"날아다니는 것 같은 걸 말씀하시는 건가요?"

"아니지, 당신의 미래 말입니다. 마법과 같은 힘이 주어진다면 내일 당장 어떤 사람이 되어 살고 싶은지 묻는 거예요."

"지금으로서는 작가가 되고 싶어요. 사람들을 불편하게 만드는 그런 좋은 글을 쓰는 사람이 되고 싶습니다. 다른 삶을 살 수 있다면 한 번은 그렇게 살아보고 싶어요."

"그럼, 그렇게 될 겁니다."

"네?"

"왜냐하면, 삶이 곧 마법이니까요."

윌슨의 대답을 들은 나는 난간을 쥐고 있던 손에 힘이 풀려 미끄러지듯 옥상 바닥으로 내려왔다. 윌슨은 말을 이었다.

"그렇지 않나요? 삶이라는 건 그 자체로 마법이에요. 생각해봐요. 당신을 내게 소개시켜준 그 친구를 사귀게 된 것도 분명 어떤 식으로든 노력을 했기 때문에 이룰 수 있었던 것이고, 열등생이었던 당신이 공부를 잘 하게 된 것도 그 사이에 어떤 비루함이 있었든 간에 그만큼 노력을 했기 때문에 가능한 일이었잖아요. 당신의 삶은, 우리들의 삶은 이미 오래전부터 마법이었어요. 이미 몇 번의 마법을 부렸다면 당신의 인생에서 더 많은 마법과 더 많은 기적이 일어나지 말라는 법이 있나요?"

맞다. 그러지 말라는 법은 없다.

흔히 잊고 살지만 우리는 우리가 모르는 수많은 마법을 부려왔다. 어머니와 아버지의 손에서 벗어나 두 발로 걷기 시작한 것도 마법이고, 중학교 때 점심을 오 분 만에 먹고 남은 사십 분 동안 비좁은 운동장에서 수백 명이 동시에 축구를 한 것도 마법이며, 학교를 졸업했든 홈스쿨링을 했든 흔히 말하는 질풍노도의 청소년기를 지나온 것도 마법이며, 취업을 했든 여전히 백수이든 아니면 자발적으로 자본의 노예가 되기를 거부했든 간에 정글 같은 한국사회를 자신의 방식으로 살아내고 있는 우리 모두는 마법을 부려온 것이다. 그러니까 우리의 일상은 사실 우리가 부려온 마법의 결과물이다.

이십대의 십 년 중 대부분을 두 개의 대학과 입시학원의 강의실에서 지내왔고, 지금 역시 작은 보건소의 진료실에 앉아 하루의 대부분을 보내고 있다. 그렇게 백면서생의 나날들을 보내면서 창을 통해 들어오는 볕을 쬐다 보면 산다는 것이 지난하고 부질없는 농담처럼 보이기도 한다. 부질없는 하루하루가 의미 없어 보이기도 하며, 그 하루를 의미 있게 지내기 위해 이것저것 쉼없이 찔러보지만, 그런 노력조차 부질없어 보이기도 한다.

'부질없다.'

생각해보면 우리는 한 해 한 해 지날수록 '부질없다'는 말을 입버릇처럼 달고 살게 되며 그 빈도도 점점 높아진다. 아마 스스로의 시간을 살아내지 못하고 남의 시간과 충돌하거나 혹은 남의 시간을 위해 살아오면서 무수히 많은 벽에 부딪히다 보면, 그것이 학습되어 "아무리 발버둥쳐도 되지 않는 것이 있다"고 혼자 단정 지어 버리기 때문인지도 모르겠다. 그렇기 때문에 '부질없다'는 말을 통해서 스스로 위안 받으려고 하는 것이 아닐까?

그럼에도 만약 지금까지 살아내는 내내 '부질없다'는 말을 입에 달고 살았다면, 이라고 가정했을 때 지금 어느 곳에서 무엇을 하고 있을지에 대해서 생각해본다. 딱히 부지런한 체질도 되지 못하고, 스스로의 시간으로 살아온 시간이 얼마나 되는지 의문이 들 만큼 '인정 투쟁'의 수레바퀴에서 크게 벗어나본 적이 없는 나의 경우, 이런 가정을 하게 되면 그 결과는 대부분 암담하기만 하다.

그래서 어쩌면 무엇이든 하고 싶다는 조급증이 생겼을지도 모른다. 등에 굳이 지지 않아도 될 괜한 짐들을 지면서, 지나온 시간을 되돌릴 수 없다면 앞으로 다가올 시간만이라도 스스로의 시간으로 만들고자 악을 쓰고 있는 것인지도 모른다. 지금 쓰고 있는 이 글도 마찬가지다. 주어진 시간을 '부질없이' 보내지 않고자 안간힘을 쓰는 것이 어쩌면 바로 이 글들을 쓰게 된 계기인지도 모른다.

그렇기에 누군가의 눈에 쓸데없이 바쁘게 사는 것처럼 보이는 내 모습이 아마 스스로의 시간을 가지지 못한 것에 대한 공포감에서 기인하는 아주 초라한 모습이 아닐까 생각하기도 한다. 이 때문일까? '부질없다'는 말을 스스로에게 하고 있는 모습을 발견하는 시간이 점점 늘어난다. 기성의 언어를 체화한다는 것은 스스로 기성의 틀로 진입하기 시작했다는 것일까?

재미있는 것은, '부질없다'는 말이 정말이지 가장 부질없어 보이는 일에서 비롯되었다는 것이다. 대장간에서 주철을 만들 때 강도를 높이기 위하여 쇠를 불에 달구었다 물에 담갔다 하기를 반복하는 것을 '부질'(불질)이라 했다. 부질을 하지 않는 쇠는 강도가 약하여 쓰일 수 있는 곳이 그리 많지 않았다. 그리하여 '부질없다'는 말이 공연히 쓸모없는 짓을 했다는 뜻이 된 것이다. 지금 기준에서 보면 쇠를 공연히 '불에 넣었다, 물에 넣었다'를 끊임없이 반복하는 것을 소위, '삽질'이라 부르며 경시하는 일이 아닐까? 그러나 그런 '삽질'이 주철을 만드는 가장 중요한 공정이다. 부질없어 보이는 일이 기실 가장 중요한 부질인 것이었다.

부질없음을 이야기함에 앞서, 한치 앞도 알지 못하는 스스로에 대해 끊임없이 겸손해 할 줄 모르고, 감히 세상의 모든 일에 가치를 매겨 '부질'인지 아닌지를 판단하는 조악한 습성은 우리 인간의 본

성일지도 모른다. 그럼에도 오늘의 '부질'이 부질없는 일이 아님을 믿는 것은 어제의 '삽질'로 오늘의 나를 만들어왔다는 스스로에 대한 믿음 때문일 것이다.

그렇기에 나는, 지난한 일상으로 인해 이 일상의 모든 행위가 부질없음과 삽질로 수렴되는 순간이 올 때면 늘 윌슨과 나눈 마지막 대화를 되뇌어본다. 꿈이 무엇이든, 이루고자 하는 바가 무엇이든, 내 삶을 내 의지대로 움직여본 경험이 단 한 번이라도 있다면 분명 앞으로의 내 삶도 내가 의지하는 바대로 될 것이라는 믿음을 주는 그 짤막한 문장을 통해, 하루하루 내 앞에 닥쳐오는 부질을 겸허히 받아들여 언젠가 단단히 제련된 주철을 두 손 가득 잡을 수 있기를 희망하며, 그의 마지막 문장을 되뇌어본다.

Life is Magic.

삶은 곧 마법이다.

장 에밀리아

김병화박물관, 시온고 마을, 우즈베키스탄

Emilia Chang

연해주로부터 6천 킬로미터

1937년 8월 21일 모스크바에서 소련 인민위원회와 당중앙위원회의 밀실회의가 열린다. 거기에서 내려진 극비 결정은 다음과 같았다. "연해주 흑룡강변의 조선인 18만 명을 이주시킬 것."

명분은 극동지방에서 일본 정보원의 침투와 같은 첩보 활동을 차단하고 조선 민족 집단의 분산을 통해 통치를 원활히 하도록 하기 위함이었다. 결정이 내려진 후 며칠 동안 연해주의 조선인 지식인 2천 명 이상이 소리 소문 없이 사라졌다. 대량 숙청이 끝나고 얼마 지나지 않아 연해주의 조선인들은 갑작스럽게 연해주를 떠나라는 통보를 받는다. 짐을 챙길 겨를도, 출장이나 여행을 간 가족을 기다릴 틈도 없이 강제 이주가 시작됐다.

목적지는 연해주로부터 6천 킬로미터 떨어진 중앙아시아 한가운데. 하지만 50일이 넘게 기차를 탄 조선인들 중에서 그들이 어디로 향하는지 알고 있는 사람은 아무도 없었다. 심지어 기차를 탈 때만 해도 그들이 탄 기차가 설원 위를 그렇게 오랜 시간 동안 달릴 것이라고 생각하지도 못했다.

기차는 객차가 아닌 화물칸이었다. 나무판자로 만들어진 벽과 바닥은 조잡하기 이를 데 없어, 기차가 달리는 내내 시베리아의 삭풍이 고스란히 살을 뚫고 뼈를 에었다. 먹을 것을 챙길 겨를도 없었기에 기차가 정차를 하기만 하면 그 역에서 인간이 먹을 수 있는 것은 죄다 동이 났다. 기차 안에는 화장실도 없었다. 정차만 하면 역사 주변이 분뇨로 뒤범벅되었다. 때문에 얼마 지나지 않아 기차는 역에 정차조차 하지 않았고 허허벌판에 잠시 정차해 사람들의 생리현상을 해결하도록 하는 지경에 이르렀다.

한 살이 채 되지 않은 아이들의 절반 이상이 기차 안에서 죽음을 맞이했다. 기차 안에는 홍역이 유행했다. 부모들은 달리는 기차 안에서 갓난아이들이 열병으로 죽어가는 것을 지켜보는 수밖에 없었다. 뜨겁게 피눈물을 흘려보아도 몸은 몸대로 얼어만 갔다. 이별은 이뿐만이 아니었다. 허허벌판에 정차한 기차는 예고 없이 떠나기 일쑤였다. 정차한 그 짧은 시간 동안 따뜻한 국 한 숟갈 먹겠다고 물을 끓이던 사람들이 시베리아 한복판에 남겨져 얼어 죽기도 했다. 총 5개월간의 이주 기간 동안 제때 같은 기차를 타지 못해서 이산가족이 된 사람들도 속출했다. 이 중 일부는 같은 자치주에 살면서 평생을 만나지 못한 사람들도 있었다.

죽음과 이별의 대이주 끝에 18만 명의 조선인 중 절반은 카자흐스탄에, 절반은 우즈베키스탄에 정착했다. 이주 원년의 겨울 역시 기차 안의 상황과 크게 다르지 않았다. 건초더미로 만든 집, 토굴, 현지인의 마구간 등 추위를 조금이라도 피할 수 있는 곳이 있다면 그곳에 몸을 뉘어야 했다. 천 명이 넘는 사람들이 그해 겨울을 넘기지 못하고 죽었다. 그리고 살아남은 이들에게 봄이 왔다. 조선인들은 입을 것 하나 변변하게 챙기지 못했어도 주머니에 볍씨만큼은 챙겨올 정도로 농경에 대한 집착이 강했다. 조선인들의 농업에 대한 집착을 알아본 당간부들은 조선인들을 모두 콜호스kolkhoz(집단농장)에 배치했다.

"학생은 본관이 어데요?"

"이게 우리 고려인들이 먹는 국시야. 한국 국수랑 비슷하지? 많이 들 자시라우."

고려인 아주머니 한 분이 고기와 고명이 잔뜩 올라간, 면이 한국 국수보다 굵은 '국시' 몇 사발을 테이블에 내려 놓았다. 심하게 짜고 기름진 우즈베키스탄 음식에 물릴 대로 물렸던 한국인 일행은 '국시'를 보자마자 높은 톤의 감탄사를 뽑아내며 고명을 휘젓기 시작했다. 구수한 향과 쫀득한 면발, 짭조름한 양념과 재료의 맛이 살아있는 담백한 고명. 다른 나라에서는 특별한 이유가 없는 한 그곳

음식을 선호하는 편이었지만, 눈으로만 먹어도 맛있어 보이는 '국시' 앞에서 그러한 선호는 잠시 옆자리에 내려두어도 될 만했다. 어쨌든 나는 '국수'가 아니라 '국시'를 먹는 거였으니까. 다시 주방으로 갔던 고려인 아주머니가 이번에는 반찬들을 가져왔다.

"이건 '베고자'고, 이건 '짐치'라요."

아주머니가 말한 '베고자'는 함흥식 고기만두처럼 남자 주먹만큼 커다란 찐만두를 가리키는 말이었다. '짐치'는 다름 아닌 김치였다. 젓가락을 쥔 엄지와 중지에 경련이 오고 손목 스냅이 현정화를 능가할 만큼 테이블 위로 각기 다른 손들이 바삐 오갔다. 사실 며칠간 고아원 보수공사를 했던 터라 피곤에 찌들 대로 찌들었던 우리는 주말에 예정된 시온고 고려인 마을 방문에 대해 큰 기대를 하지 않았다. 해외에 자원활동을 온 이들을 데리고 가는 코스라면 으레 생각하는 그런 것 있지 않나. 유적이나 박물관을 보고 대형 음식점에 가서 맛없는 음식을 먹는.

그런데 막상 시온고 마을의 입구를 지날 때부터 마음은 달뜨기 시작했다. 익숙한 글자들이 여기저기 보이고, 멋들어진 소나무가 길 양옆으로 우거져 있었다. 그 길을 따라 들어와 호젓한 고려 음식점에 도착해 모국의 음식과 비슷한, 아니 오히려 더 맛있는 고려 음식들을 먹고 있자니 모든 욕구 중 가장 강렬한 욕구는 식욕이며 모든 미감 중 가장 아름다운 감각은 식감임을 새삼 깨닫게 되었다.

시온고 마을은 우즈베키스탄의 수도 타슈켄트에서 약 삼십 킬로미터 정도 떨어져 있다. 1937년부터 이주한 연해주의 조선인들이 우즈베키스탄에 고려인으로 남아 여러 곳의 콜호스에 배치되었다. 그 중 가장 큰 곳이 바로 시온고 콜호스였으며, 시온고 마을은 이 시온고 콜호스를 중심으로 자생한 마을이었다.

그런데 '시온고'라는 이름의 유래가 흥미롭다. 처음 여기로 이주한 고려인들은 자기들끼리 이곳을 '신영동'이라고 불렀다고 한다. 신영동은 연해주에서 항일 독립운동의 중심지였던 곳이다. 하루아침에 날벼락 맞듯 연해주에서 쫓겨 와 겨우 생존하여 정착한 땅이었지만 살던 곳을 잊지 않고자 했던 사람들은 이곳을 다시 신영동이라 불렀다는 것이다. 그런데 '신영동'이라는 발음이 우즈베키스탄 사람들에게는 어려웠던 까닭에 세월이 지나며 순화되다 보니 '시온고'에 이르렀다고 한다. 시온고 마을의 정식 행정명칭은 '아흐마드 야사위'Ahmad Yasavi다. 하지만 우즈베키스탄 사람들조차도 '시온고 마을'이라고 해야 알아들을 만큼 '시온고'란 이름은 보편적으로 쓰이고 있었다.

국시와 베고자, 짐치로 배를 가득 채운 나는 혼자 음식점을 나와서 잠시 마을 구경에 나섰다. 마을 초입부터 이어진 소나무 가로수길 아래 벤치에는 고려인 할머니 두 분과 할아버지 한 분이 아이들과 함께 시간을 보내고 있었다. 아이들은 고무줄놀이를 하기도 했고, 얼음땡 비슷한 놀이를 하기도 했다. 그런데 노인들과 아이들은 고려인처럼 보였지만 젊은이들은 거의 다 중앙아시아 계열의 사람들처럼 보였다.

나는 노인들 곁으로 가서 인사를 했다. 할아버지는 친절하게 웃으시며 악수를 하셨다. 할아버지는 시온고 마을에서 부인과 동생과 함께 손자들을 데리고 살고 있다고 하셨다. 자식들은 어디 있냐고 하니 모두 타슈켄트로, 러시아로, 한국으로 구직이나 유학을 위해 떠나 있다고 했다. 아이들은 타슈켄트에 있는 장남의 아이들인데 주로 자신들이 돌본다고 이야기하셨다.

"여게 있는 젊은아들은 모다 모지랜 우즈베크아들이야. 우즈베크아들도 조금만 똑똑하면 다 이 나라를 떠나는 판에, 날 때부터 똑똑한 우리 고려인들이야 오죽하갔어? 젊은아들은 다 나갔지 뭐."

할아버지는 젊은 고려인들의 이촌향도와 탈우즈벡 현상을 이곳 특유의 사투리로 구수하게 이야기하셨다. 그러다가 너무 혼자 이야기했다는 생각이 드셨는지 옆에 앉은 할머니들을 소개시켜주셨다. 오른쪽에는 부인 '아나스타시아', 왼쪽은 여동생 '로자', 그리고 자신의 이름은 '박 드미트리'라고 하시더니 내게,

"내래 밀양 박씨라우. 학생은 본관이 어데요?"

하고 물으셨다. 내가 "성주입니다"라고 답하니, 박 드미트리 할아버지는 여동생에게 "로자, 성주가 어데 있는 기야?"라고 하신다. 옆에 계신 박 로자 할머니가 "거게 경상도에 있는 걸 끼야. 표트르 본관이 성주잖소?"라고 하신다. 나는 맞다며 너무 잘 아신다고 놀라워했다.

할머니 할아버지들은 북한말과 한국말이 섞인 이질적인 사투리를 쓰고 계셨다. 하지만 의사소통에는 큰 문제가 없었다. 몇 년 전 노인과 소의 오랜 우정을 다룬 다큐멘터리 영화 〈워낭소리〉가 흥행몰이를 했을 때 경상북도 사람 말고는 자막을 봐야 한다고 했을 만큼 나라 안에서도 사투리가 심하면 알아듣지 못하는데, 우즈베키스탄의 고려인들과 그럭저럭 말이 통한다는 사실이 흥미로웠다. 게다가 밀양 박씨 '박 드미트리' 할아버지가 만나자마자 본관부터 묻고, 심지어 '표트르 리'라는 분의 본관이 나와 같다는 말을 '박 로자'라는 이름의 할머니에게 듣고 있자니 기분이 묘했다.

할아버지 할머니들과 이야기를 나누다가 나도 궁금한 것들이 생겨 이것저것 묻기 시작했다. 한국인들이 여기를 많이 찾느냐고 물으니, 할아버지가 저번 주에는 국회의원이 다녀갔고 그 전주에도 부산의 어디 대학에서도 다녀갔다고 하신다. "적게 오지는 않네요"라고 하니 아나스타시아 할머니는 "한국 사람들이 이쪽으로 오면 시온고 마을과 근처에 김병화 콜호스를 가는 것은 공식"이라고 이야기하며 말을 이으셨다.

"십 년 전만 해도 시온고도 별 볼일 없드랬어요. 젊은 고려아들은 몽창 나가고, 주인 없는 집들이 주인 있는 집보다 많지 않았갔어? 한국 사람들이 많이 찾기 시작한 후에야 되레 살 맨해지기 시작한 기야."

그렇게 할아버지 할머니들과 두런두런 이야기를 나누던 나는 일정에 맞춰 인사를 드리고 음식점으로 돌아왔다.

음식점 앞에서 마을 대표와 만난 우리 일행은 그의 안내에 따라 시온고 마을 이곳저곳을 둘러보았다. 마을 대표는 마을 초입의 소나뭇길이 몇십 년 전부터 차근차근 조성된 것이라고 했다. 조선을 그리워하던 고려인들이 북한에서 소나무 묘목을 구해 와 심은 것이 이제 이렇게 아름드리 가로수길을 이루었다고 이야기했다.

그리고 그는 핑크빛이 감도는 벽돌로 지어진 신축 건물로 안내했다. 그는 이곳이 우즈베키스탄 최고의 시설을 자랑하게 될 요양원이라고 설명했다. 이름은 '아리랑요양원'으로 정해졌다고 한다. 우즈베키스탄 정부에서 건물 부지와 건설비를 지원하였으며 운영과 개보수는 한국 정부에서 맡게 될 것이라고 했다. 새집 냄새가 가시지 않은 요양원 안에서 그는 "우리 고려인들은 한국 사람들의 지대한 관심에 항상 감사해 하고 있다"면서, 마당으로 나가면 고려인 아이들이 준비한 간단한 공연이 있으니 같이 보자고 했다.

마당에는 색동저고리를 입은 아이들이 공연을 준비하고 있었다. 시온고 마을의 어르신들도 모두 구경 나오셨다. 방금 전까지 이야기를 나눈 드미트리 할아버지, 아나스타시아, 로자 할머니도 보였다. 공연은 요양원의 이름에 걸맞게 〈아리랑〉을 부르며 율동을 하는 것이었다. 제아무리 무심한 이라도 이런 공간에서 마주하는 아이들의 아리랑 노랫소리와 몸짓에 마음이 흔들리지 않기란 어려울 것이다. 북한에서 온 묘목으로 조성된 소나뭇길을 통해 들어온 시온고 마을. 한국 정부가 지원하게 될 아리랑요양원. 그 앞에서 색동 저고리를 입은 아이들이 아리랑을 부르는 장면. 일행의 눈에는 모두 눈물이 그렁그렁하게 맺혔고, 나 역시 예외는 아니었다.

김병화박물관

우리는 시온고 마을의 일정을 마치고 마을에서 얼마 떨어지지 않은 다른 곳을 보기 위해 버스를 탔다. 차창 밖으로 끊임없이 펼쳐진 벌판 군데군데에 피어 있는 목화와 드문드문 자라나는 작물들이 스쳐 지나간다. 농토의 흔적에서 이 벌판이 과거 거대한 콜호스들이었음을 가늠해볼 수 있었다.

시온고 마을을 중심으로 이 일대에는 꽤 많은 고려인 콜호스들이 있었다. 시온고 콜호스는 물론이고, 폴리타젤 콜호스, 프라우드 콜호스 등도 꽤 융성했던 집단농장이었다. 하지만 이런 콜호스 가운데서도 유독 한국인들의 눈길을 끄는 콜호스가 있었다. 아나스타시아 할머니가 이야기했던, 거의 공식처럼 한국 사람들이 간다는 '김병화 콜호스'가 그곳이다.

버스가 정차했다. 버스에서 내리니 나이가 꽤 있어 보이는 통통한 아주머니 한 분이 마중 나와 계셨다. 아주머니는 큰 목소리로 호탕하게 인사를 하며 일행이 모두 내리자마자 자신을 김병화박물관 관장인 '장 에밀리아'라고 소개하셨다.

'장 에밀리아.'

고려인들의 이름은 들을 때마다 통념의 틈을 파고들어왔다. 장 에밀리아 관장 역시 박 드미트리 할아버지처럼 흔한 조선 성씨와 흔한 러시아식 이름이 결합되어 있었다. 장과 박, 그리고 에밀리아와 드미트리는 따로 떼어 놓고 보면 매우 보편적이고 익명성을 띠는 성과 이름이다. 하지만 그것이 장 에밀리아로, 박 드미트리로 결합하는 순간 보편과 익명의 결은 지워지고 이질성과 특이함이 남게 된다. 어쩌면 이름 자체가 보여주는 이러한 이질성이 중앙아시아로 강제 이주된 고려인들이 인내해야 했던 역사의 질곡과 아픔을 내재하는 것인지도 모른다고 생각했다.

장 에밀리아 관장은 박물관 앞마당에 있는 김병화 동상 앞에 서서 콜호스의 지도자였던 김병화는 한 번도 받기 힘든 노력영웅훈장을 두 번에 걸쳐 받았고, 당중앙위원회 위원을 거쳐 소비에트연방 최고대의원을 세 차례나 지낸 위대한 영웅이라고 이야기했다. 지금은 〈대장금〉과 〈올인〉이 우즈베키스탄 전역에 방영되어 우즈베키스탄에서 이영애와 이병헌을 모르는 사람이 없을 정도이지만 이런 한국 드라마가 전파를 타기 전까지는 우즈베키스탄에서 가장 유명한 조선계 인물이 바로 김병화였다는 것이다.

그런데 그런 인물을 기리는 박물관치고 김병화박물관의 외관은 참 조야했다. 편견의 소산일까? 왠지 '노력영웅'이나 '당중앙위원'이나 '연방최고대의원' 같은 소비에트 시대의 요인을 기념하는 박물관이라면 뭔가 압도적인 규모로 만들어져 주변으로 해방군 동상이 몇 개 세워져 있고, 한쪽 팔을 번쩍 든 김병화의 전신 동상이 신주단지처럼 모셔져 있을 거라 생각했다. 하지만 현실의 김병화박물관은 작달막한 단층 건물에 기와지붕 비슷한 모양으로 올린 검붉은 지붕이 덮여 있었고 건물 밖에 작은 청동 흉상 하나가 세워진 소박한 모습이었다.

박물관 안에는 김병화의 석고 흉상 주위로 김병화 콜호스에 관련된 자료가 전시되어 있었다. 전시된 자료를 따라 몇 걸음 옮기면 김병화가 사용했다는 사무용 책상이 전시되어 있고 그 위로 김병화의 초상화가 큼직하게 걸려 있다. 초상화 양쪽에는 세로로 놓인 두 개의 현판 위에 그의 말로 추정되는 문장이 나뉘어 적혀 있었다.

"이 땅에서 나는 / 새로운 조국을 찾았다."

작은 규모인 만큼 박물관을 둘러보는 데에는 십 분도 채 걸리지 않았다. 사람들이 한 바퀴 둘러보고 모두 바깥으로 나오자, 장 에밀리아 관장은 박물관 앞 계단 위에 서서 일행을 굽어보며 열정적인 말투로 김병화 콜호스에 대해 설명하기 시작했다.

"한국인도 조선인도 아닌 고려인이라요"

김병화 콜호스의 원래 이름은 '북극성'이라는 뜻을 지닌 '폴랴르나야스웨스다 콜호스'(이하 스웨스다 콜호스)였다고 한다. 연해주에서 강제 이주되어 온 조선인들은 도착하자마자 농업노동 인력으로 대거 투입되었다. 당시 이곳에 온 조선인들의 리더 격이었던 이가 김병화였다. 집단농장은 거의 고려인들로 구성되었기 때문에 콜호스 지도자로 김병화가 추대된다.

김병화는 함께 이주해 온 조선인들을 독려했으며, 이왕 이렇게 된 거 스웨스다 콜호스를 소비에트연방 최고의 작업장으로 만들어 우리도 연방의 구성원으로 인정받는 편이 현명하다고 생각했다. 김병화뿐만 아니라 이주해 온 많은 조선인들이 그 편이 낫다고 생각을 했고, 조선인들은 점점 소비에트 사회에 적응하면서 고려인으로서 정체성을 만들어나가기 시작했다.

적응의 결과는 눈부셨다. 연해주에서도 농경을 주업으로 먹고살아온 고려인들은, 벼 재배의 한계 위도를 갱신해가며 농사에 임했다. 스웨스다 콜호스는 소비에트연방 전체에서 가장 높은 농작물 수확량을 기록한 것은 물론, 소비에트연방뿐만 아니라 단위면적당 세계에서 가장 높은 수확량을 올리는 기염을 토하기도 했다.

제2의 고향으로 생각하고 정 붙이고 살던 연해주에서 어느 날 갑자기 또다시 체제에 의해 떠밀려 도착한 이곳에서 고려인들은 악착같이 일했다. 자의로 오지 않았지만, 돌아갈 수 없다면 이곳을 제3의 고향으로 만들고자. 그리하여 스웨스다 콜호스는 아예 '김병화 콜호스'로 공식 명칭이 바뀐다. 콜호스가 없어진 후에도 김병화 박물관은 마을 한복판에 남아 이곳이 고려인들이 살아온 터전이었음을 증명하고 있다는 것이다.

열정적으로 김병화의 업적과 김병화 콜호스의 역사에 대해서 이야기하고는 잠시 숨을 고르던 장 에밀리아 관장에게 일행 중 어린 친구 한 명이 천진난만한 표정으로 관장님 말투가 북한말이랑 비슷하다고 이야기했다. 그 말을 들은 그녀는 고개를 저으며 이건 북한말이 아니라고 단호하게 말했다.

"아니야요, 아니야. 우리 고려인들이 쓰는 말은 북조선말도 한국말도 아닌 고려말입네다. 이곳에 살고 있는 사람들이 어데 남한 사람입네까? 아니면 북조선 사람들입네까? 우리는 고려인이라요" 라고 하더니 조금 흥분한 듯 말을 이었다.

"한국 사람들이 여기 구경을 오면 김병화 선생 동상 앞에서 기념사진을 찍고는 늘 순진하게 물어봅네다. 온갖 수모를 겪으면서도 왜 굳이 이 험준한 중앙아시아 땅에서 살고 있느냐고. 눈부시게 발전된 조국으로 돌아와서 편하게 사시지요, 라며. 이렇게 속 모르는 소리를 하면 저는 잔뜩 약이 올라 항상 같은 대답을 해야지요."

장 에밀리아 관장은 마치 그런 사람들에게 직접 답하듯 큰 소리로 이야기했다.

"한국이 우즈베키스탄보다 더 발전된 나라인 걸 누군들 모르나? 고렇지만 내 집도 이곳이요, 내 고향도 이곳이요, 내 가족과 친구들도 여기에 살고 있고 내 생업도 여기 있습네다. 우리 할아버지와 아버지는 러시아에서 태어났고, 나는 줄창 이곳에서 나고 자라 고려말 교사로, 김병화박물관 관장으로 지냈습네다. 내 몸에 조선 반도의 피가 흐르는 만큼 내 영혼은 중앙아시아 대륙의 것이기도 한 거예요."

조금은 설움이 북받친 것 같은 목소리로 이야기를 이어갔다.

"이런 우리를 한국 사람들은 잘 이해 못 합네다. 우즈베크, 카자흐, 위구르, 타지흐 이렇게 다양한 민족이 우즈베키스탄과 중앙아시아에 널리 펴져 살 듯 우리 고려인들에게도 중앙아시아가 바로 삶의 텃밭입네다. 내가 쓰는 말은 고려말이고, 여기는 고려 마을이며, 이곳이 내 고향인 것처럼 여기가 바로 내 나라 내 땅인 거란 말입네다."

세월이 겹겹이 쌓인 카랑카랑한 목소리로 자신과 고려인의 정체성에 대해서 말하던 장 에밀리아 관장은 그의 열정적인 어조와 낯선 이야기에 바짝 긴장한 우리를 보더니, 허허 웃으며 괜한 말을 했다는 듯 손을 내저었다. 그러고는 "자, 이제 다른 곳이나 보러 갑시다"라며 앞장선다. 열정적인 말투만큼이나 육중한 체구의 그녀를 따라가며 나는 방금 전 내 앞에 펼쳐진 '모국어의 풍경'을 되새김질해본다.

장 에밀리아 관장이 이야기한 것처럼 시온고 마을과 김병화박물관을 방문한 한국인 중 적지 않은 이들이 '한국'으로 '돌아오라'고 했을 것이다. 아무런 생각 없이 내뱉는 이 말은 국적과 국경의 무게를 인식하지 못하거나 아니면 너무 과중하게 생각하는 우리의 협소한 사고에서 기인하는 것인지도 모른다. '대한민국'이라는 영토 안에서 살고 있는 일반적인 우리들이, 세상 어느 곳에서도 타자가 될 수밖에 없는 이방인 '디아스포라'에 대해 낮은 수준의 인식을 가지고 있는 것은 어쩌면 당연한 일일지도 모른다. 좁다면 좁다고 할 수 있는 땅덩이 안에서 우리는 교육과 학습에 의해 국가주의에 훈육되어 '우리나라'라는 상상의 공동체를 공고히 구성해왔기 때문이다.

하지만 고려인들과 같이 세상 곳곳에 이산된 조선인들의 후손들을 생각해보라. 조선인들은 지난 백 년간 일본 제국주의하의 식민지시대를 거쳐 숨 쉴 틈도 주지 않고 일어난 한국전쟁, 그리고 남과 북의 권위주의 정권 등 다양한 이유로 세계 각지에 이산되었다. 이들의 수는 무려 6백만 명에 달한다고 한다. 장 에밀리아도, 박 드미트리도 그들 중 하나인 것이다.

모국에서 이방인이 되어, 태어난 땅을 뒤로 한 그들은 정착한 곳에서도 여전히 이방인일 수밖에 없었다. 민족이라는, 조상 대대로 전해 내려온 토지·언어·문화를 공유하는 공동체라는 견고한 '관념' 안에서 살고 있는 다수자인 우리 한국인들이 그녀를 '한국인'으로 인식하고 한국으로 돌아오라는 말을 하거나, 그녀의 말투가 이북 사투리와 닮았다고 하여 '북한말'로 생각하는 것 모두 소수자로 살아온 그들에게 하나의 폭력이 될 수 있을 것이다.

언어학자 다나카 가쓰히코田中克彦는 우리가 사용하는 언어는 '모어'와 '모국어'로 나누어진다고 했다. '모어'란 '태어나서 처음 익혀 내부에서 무의식적으로 형성된 말'이며 '한번 익히면 벗어날 수 없는 근원의 말'이다. 반면 '모국어'는 '자신이 국민으로서 속해 있는 국가, 즉 모국의 국어를 뜻하며 근대 국민국가가 교육과 미디어를 통해 구성원들에게 가르쳐 그들을 국민으로 만드는 장치'이다. 다나카 가쓰히코의 정의를 대입시켜본다면 장 에밀리아의 모어는 우즈베키스탄어이며, 모국어는 고려말인 셈이었다. 사실, 나를 포함해 한국 영토에서 나고 자란 다수의 한국인들에게 모어와 모국어의 차이를 인식할 수 있는 기회는 거의 없었을 것이다. 비로소 내 눈앞에 모국어의 풍경이 펼쳐진 것은 장 에밀리아 관장의 일성을 듣고 난 이후였다.

파괴의 잿더미 위를 걸어온 이들

그날 일정을 마치고 타슈켄트정보기술대학교의 기숙사로 돌아와 침대에 몸을 누이며 쉬고 있는 중에도 장 에밀리아 관장의 카랑카랑한 일설이 귀에서 떠나지 않았다. 그녀의 말을 곱씹으며 또 다른 디아스포라에 대한 이야기가 머리 한구석에서부터 밀물처럼 밀려들어왔다. 앞서 언급한 다나카 가쓰히코의 언어 개념을 한국에 대중적으로 소개한 재일 인문학자 서경식의 책 『디아스포라 기행』에서 접할 수 있었던, 일본에서 법적 무국적자인 '조선적'을 지닌 채 살아가는 이들의 이야기이다. 일본에서 한국 국적도 북한 국적도 일본 국적도 아닌 '조선적'을 지니고 살아가는 사람들. 이들의 기원을 이해하기 위해서는 일본의 패망 직후로 돌아가 보아야 한다.

일본 정부는 제2차 세계대전에서 패망하고 항복을 선언한 직후 연합국과 강화조약을 맺기 전까지는 일본에 살고 있는 모든 조선인들의 황국신민권은 유효하다는 결정을 내렸다. 하지만 2년 후인 1947년, 일본의 조선인들을 외국인으로 간주한다는 칙령이 발표되면서 재일조선인들에 대한 '외국인 등록령'이 선포됐다. 그런데 막상 외국인 등록을 하자니 난감한 일이 생겼다. 당시 한반도에는 대한민국도 조선민주주의인민공화국도 존재하지 않았던 것이다. 그럼에도 이미 일본에 터전을 잡고 살던 재일조선인들은 외국인 등록을 해야만 했다. 이런 상황에서 생각해낸 임시방편이 국적란에 그냥 '조선'이라고 기입하고 외국인 등록을 하는 것이었다. 서경식은 이때 '조선'의 의미는 '조선'이라는 국가의 국민이라는 뜻이 아니라, 조선 반도 출신, 조선 민족의 일원이라는 의미, 즉 국적이 아니라 민족적 귀속을 나타내는 기호였다고 해석한다.

역사의 분기가 여기까지라면 재일동포에 대한 공식적인 명칭은 '재일조선인'이 타당할 것이다. 그러나 아이러니를 거듭하는 역사는 또다시 변곡점을 맞는다. 이듬해인 1948년, 한반도에서 대한민국과 조선민주주의인민공화국이 차례로 수립되었다. 4년 후, 미일안보조약이 체결되면서 칙령의 조치대로 재일조선인들은 일본국적을 상실하게 된다. 한순간에 모든 재일조선인들이 난민이 되어버린 것이다. 그리고 13년이 지난 1965년, 한일조약이 체결된 후에야 재일조선인들은 법적으로 한국 국적을 취득할 수 있게 되었다.

하지만 반세기를 훌쩍 넘긴 지금까지도 무국적 상태로 조선적을 유지하는 사람들은 존재한다. 한반도에 '조선'이라는 하나의 나라가 있었음을 자신이 존재함으로써 증명하기 위해 자발적으로 난민이 된 사람들이다. 이렇게 일본에는 법적으로 무국적인 '조선적'을 유지하는 이들이 3만 명에서 4만 명에 이르는 것으로 추정된다.

조선적의 조선인들과 결이 조금 다르다 뿐이지, 시온고 마을과 김병화 콜호스의 고려인들 역시 남도, 북도, 무엇도 아니었던 한반도에 망각된 역사가 있음을 자신들의 존재로 증명하고 있었다. 처음에는 모국이 제국주의 일본에 강제 복속되면서, 혹은 가난 때문에 변방으로 연해주로 내몰렸다. 그리고 다시 강제 이주에 의해 떠밀려 도착한 이곳에서 러시아어와 우즈베키스탄의 언어가 '모어'가 된 고려인의 후손들은 자신들의 '모국어', 고려말로 인해 언어 소수자가 되었다. 우즈베키스탄이 아무리 다민족, 다언어 국가의 전통을 오랫동안 유지해왔다고 해도 생경한 언어를 쓰는 그들은 언어소수자로서 차별을 전혀 받지 않았다고 할 수 없을 것이다.

한국에서도 우리는 고려인 이주자들을 어렵지 않게 만날 수 있다. 이주노동자부터 대학에 유학 온 학생까지, 적지 않은 고려인들이 한국을 터전 삼아 살고 있다. 하지만 이들이 한국에서 모국어인 고려말을 사용했을 때 중앙아시아에서와 마찬가지로 그들은 또다시 이방인이 될 수밖에 없는 처지에 놓이게 된다. 그 낯선 어투와 '베고자', '짐치'처럼 생경한 단어들로 인해 모난 듯 드러날 수밖에 없는 존재. 그렇게 어느 곳에서도 불안하게 정주하는 삶. 디아스포라의 삶이란 아마도 이렇게 경계인의 운명을 생득하게 되는 것이 아닐까 짐작해본다.

모어와 모국어를 애초부터 동일시하는 우리의 일상은 단일민족국가라는 이데올로기 속에서 나고 자라면서 만들어진 환상일 것이다. 특히 한국처럼 이런 환상에 대해 공고한 믿음을 가지고 있는 곳에서 경계인들이 당해야만 하는 사회적 폭력은 다양하다. 아이러니하게도 이러한 폭력은 적지 않은 경우 "여기서 고생하지 마시고 한국으로 돌아오세요"와 같은 말처럼 '선의'에서 시작되기도 한다. 이것은 지혜와 배려의 문제가 아닌 감수성과 지식의 문제다.

한국 사회는 민족주의nationalism가 국가주의statism와 동일화되는 과정을 거쳤다. 이런 국가민족주의는 기성 종교만큼이나 ― 특히 20세기 이후 ― 숱한 전쟁과 분란의 씨앗이 되어왔다. 물론, 제2차 세계대전에 직접 연관되었던 여러 나라에서 알레르기 반응을 보이는 국가민족주의가 유독 한국에서 사랑받는 것을 아주 이해하지 못하는 것은 아니다. 식민지배하에서 36년을 보낸 조선인들에게는 저항적 민족주의에 대한 호의가 남아있을 수밖에 없다. 실제로 이것은 정당했으며 억압받던 이들에게 정의를 돌려주는 동력이 되었다. 하지만 독립 이후 민족주의는 반공주의, 배타주의같이 다양한 국가주의적 이데올로기와 융합되면서 파괴 지향의 형태를 띠어갔다. 디아스포라는 그 파괴의 잿더미 위를 걸어온 이들이다.

고려인들과 조선적의 조선인 외에도 한반도의 역사에서 비롯된 수많은 디아스포라들이 있다. 결혼이주자들과 그 2세들, 베트남에서의 미국전쟁 중 태어난 라이따이한Lai Daihan, 來大韓들, 동남아시아에서 섹스관광이 성행한 이후 태어난 코시안Kosian들, 입양아 수출국 1위였던 불명예스러운 훈장 뒤에서 세계 각지로 유입된 입양아들, 정치적 이유로 남과 북 어느 곳에도 정착하지 못하고 제3국을 택한 이들.

이들을 대하는 우리는 어떤 제스처를 취했던가? 그들이 부끄러운 과거의 소산이라면 이등국민이나 외국인으로 취급하고, 그들이 만에 하나 가시적인 업적을 이루어 신문지상을 장식하면 '한국인'이 되기를 강요해왔다. 그들이 원하건 원하지 않건 다수자인 우리들은 소수자인 그들에게 우리 입맛에 맞는 정체성을 요구해왔다. 다수자 중 아무도 거들떠보지 않던 그들의 정체성은 이렇게 모호한 기준에 의해 억압되어왔던 것이다.

모국어의 풍경

침대에 누웠던 몸을 일으켜 침상 스탠드의 불그스름한 조명을 밝힌다. 티셔츠를 젖혀 올려 배에 차고 있던 복대의 지퍼를 내린다. 국외로 여행을 다닐 때면 분실을 막기 위해 이렇게 복대를 차고 그 안에 여권을 넣어 둔다. 여권을 꺼내 들어 스탠드 불에 비춰 본다. 여권 위에는 금빛으로 선명하게 '대한민국'이라는 글자가 적혀 있다. 반짝반짝 빛나는 글자들을 바라보면서 시도 때도 없이 수면 위로 떠오르는 사상과 이념의 갈등이 오히려 우리 스스로가 체제의 틀에 구속되어 있다는 것을 망각하고 있기에 시작하는 것이 아닐까 의심해본다. 다수자들에게는 모어와 모국어가 동일한 것이 당연하며, 조국과 모국이 동일한 것도 당연하기에. 이 철벽 같은 게으른 관념 속에서 스스로를 상상 속에 귀속시켰기 때문에 체제의 가치와 존립과 권위를 위해서 끝없이 서로 충돌하고 증오하는 것이 아닐까?

다수자의 세상을 사는 다수자의 눈에는 이런 차이가 미세하게 여겨지거나 철저히 무시된다. 이런 것들을 생각하지 않아도 사는 데 아무런 지장이 없는 일상 속에서, 나 같은 범부가 틀 속에 있음을 스스로 의심하는 것 역시 쉬운 일은 아니었다. 때문에 나는 일상을 벗어난 시공간에서 게으른 관념의 틀을 산산조각 내준 풍경을 잊지 못할 것이다. 한여름의 중앙아시아가 뿜어내는 맹렬한 더위에, 땅에서 피어오르던 모든 풍경이 오갈 곳 없이 흔들리던 우즈베키스탄의 고려인 마을들에서 만난 그 '모국어의 풍경'을 말이다.

이브라힘

시와, 이집트

Ibrahim

푸른 어둠

"알라—후 아크바르."

늦은 저녁. 아—주 길고 시끄러운 사이렌 소리에 이어 이슬람 사원인 모스크의 첨탑, 미나레트에 달린 확성기로부터 기도가 울려 퍼진다. "신은 위대하다"는 사제의 굵고 강한 음성에 따라 가게와 노점의 사람들은 메카를 향해 두 손바닥을 올려 보이고는 절을 하기 시작한다. 생각보다 쌀쌀한 날씨에 몸을 꼭 움츠리고 잰걸음으로 길을 걷던 나는 그들의 경건한 일상에 방해가 될까 봐 잠시 가는 길을 멈춘다.

기도는 얼마간 계속된다. 신과 분리될 수 없는 삶. 오늘까지 묵었던 숙소의 주인과 그의 친구들이 거실에 모여 미국의 프로레슬러 에디 게레로의 죽음을 애도하며 눈물을 흘릴 만큼 서구 문명이 적잖게 들어온 이집트이지만, 하루 다섯 번의 살라salah(매일기도)가 진행되는 풍경만큼은 여느 이슬람 국가와 다르지 않다. 기도가 끝날 즈음 다시 걸음을 옮긴다.

이집트 북쪽의 대도시인 알렉산드리아는 아프리카에 위치하고 있지만 겨울이면 아주 가끔씩 눈도 내릴 만큼 꼭 덥지만은 않은 곳이다. 내가 머물렀던 정초의 알렉산드리아 역시 얇은 점퍼 하나 정도는 입어줄 필요가 있었다. 막연히 "그래 봐야 아프리카인데"라며 카디건 하나만 준비한 나는 최대한 몸을 움츠리며 마르사마트루흐Marsa Matruh로 가는 시외버스를 타기 위해 마이크로버스를 탈 만한 곳으로 걸어갔다. 길을 걸으며 도로를 향해 손짓을 하니 '마이크로버스'라 불리는 봉고차 하나가 옆으로 다가온다.

"까르후―?"

내가 시외버스 정류장이 있는 쇼핑몰의 이름을 대자 버스기사가 고개를 끄덕인다. 정차의 개념이 별로 없는 이곳에서 속도를 그나마 최대한 줄인 마이크로버스의 문을 열고 잽싸게 뛰어올라가 동전 하나를 차비로 낸다. 큰 무리 없이 버스 정류장에 도착한 나와 이곳에서 만난 일행 두 명은 마르사마트루흐로 가는 버스가 아직 있는 것을 확인하고 시외버스를 탄다. 쏟아지는 별빛 사이로 푸른 어둠이 깔린 알렉산드리아를 뒤로 하고 버스의 딱딱한 좌석에 바짝 몸을 뉘어 잠을 청한다.

장거리 택시 흥정하기

눈을 떠보니 네 시간이 훌쩍 지났다. 새벽 두시를 향하는 시각. 우리가 도착한 마르사에는 정말 버스 정류장 하나 외에는 아무것도 없었다. 당연히 운행하는 버스도 없었다. 최종 목적지인 사하라의 사막 마을 '시와'Siwa로 가기 위해서는 택시 말고는 선택의 여지가 없다. 물론 정보는 미리 듣고 왔다. 택시 가격이 크게 비싸지 않다는 것. 오전에 시와에 도착해 바로 사막으로 가려면 저녁 버스를 타고 마르사에서 택시를 타는 것이 가장 좋다는 것. 이런 정보와 함께 대략적인 택시 가격을 다른 여행자들로부터 미리 듣고 출발했던 터라 크게 당황하지는 않았다.

하지만 정작 당황스러운 것은 그 시간에 시와로 가고자 하는 사람들이 우리 세 명 말고는 아무도 없다는 데 있었다. 지금은 이집트 정국이 불안해지면서 물가가 많이 올랐다고 하지만, 당시에는 원화로 이만 원 정도면 마르사마트루흐에서 택시를 타고 네 시간 안에 시와로 갈 수 있었다. 세 시간 반 정도 걸리는 서울에서 대구까지 삼십만 원이 훨씬 넘는다는 것과 비교해보면 이 역시 거저 가는 것과 다름없지만, 여기 정류장에 모인 수십 명의 택시기사들에게 이삼만 원의 돈은 결코 적지 않은 돈이었다. 마이크로버스의 승차비가 이백 원 정도였고, 카이로에서 묵었던 저렴한 게스트하우스에서 하룻밤 묵는 데 들었던 돈이 원화로 천 원이었다는 것을 생각해보면 얼마나 큰 돈인지 짐작할 수 있을 것이다. 게다가 이 늦은 시간, 이곳으로 모인 택시기사들 중 대부분이 택시면허가 정지되거나 없는 불법 택시라는 점을 고려해보면 거의 유일한 생계수단이 관광객들을 상대하는 것이었다.

어둑한 형광등 몇 개만 비추는 버스 정류장 안에서 하얀 이를 번뜩이는 마르사마트루흐의 택시기사들이 좀비영화의 한 장면을 연상케 하며 정류장 안에 있는 유일한 관광객인 우리를 향해 우르르 몰려들면서 저마다 가격을 부른다. '백 달러!', '팔십 달러!' 얼토당토않은 가격에 껄껄 웃으며 일단 내가 있는 곳으로 다 모이라고 손짓을 했다. 택시기사들이 스무 명 정도 몰려들었다. 영어를 모르는 택시기사까지 고려해 외워둔 아랍숫자를 메모지에 써서 들어올렸다. 일단 만 원 가량으로 불러본다. "이놈이 뭘 좀 듣고 온 모양이다" 싶었는지 스무 명 중에 연륜이 제법 있어 보이는 절반 이상은 떨어져 나간다. 남은 일고여덟 명과 다시 흥정을 시작한다. 옥신각신 끝에 적당한 가격에 이십대 초반으로 보이는 기사 한 명이 시와로 데려다주는 것으로 결론이 났다.

하염없는 직선의 이차선 도로가 사막 한가운데 나 있었다. 네 시간 동안 별빛 아래 보이는 풍경은 모래와 모래언덕뿐. 택시기사는 배경음악으로 이집트 음악을 틀어놓는다. '후크'(짧은 후렴구에 반복된 가사로 구성된 음악)의 원조가 아마 아랍 음악이 아닐까? 내 이집트 여행의 목적이기도 했던 아부심벨 신전을 주제로 한 〈아부심벨〉이라는 곡이 귀에 쏙 들어온다. 귀에 쏙 들어올 수밖에 없는 것이 가사가 '아부심벨'만 무한 반복되기 때문이다.

금방이라도 코브라가 배낭 뚜껑을 열고 튀어나올 것만 같은 흥겨운 가락이지만 아무리 흥겨워도 같은 레퍼토리가 세 번 돌아가면 지루해진다. 세 시간 정도 지나자 기사 양반까지 꾸벅꾸벅 졸기 시작한다. 조수석에 타고 있던 나는 목숨의 위협을 느꼈기에 차 손잡이를 바싹 잡고, 말을 걸며 깨운다. 하지만 이 친구 영어를 전혀 못한다. 그럼 잠시 내려서 담배라도 태우자며 손으로 연초를 피우는 시늉을 하자, 반은 이해하고 반은 이해하지 못한 그는 방긋 웃으며 셔츠 주머니에서 담배 한 개비를 꺼내서 내게 하나 주고 자기도 하나 입에 물더니 차창을 내리지 않은 밀폐된 차 안에서 그윽하게 한 대 피우기 시작한다. 어쨌거나 그의 잠을 깨우는 데 성공했고 머지않아 무사히 시와의 터미널에 도착할 수 있었다.

헛간보다 나을 것이 별로 없어 보이는 터미널 주변으로 모래사장과 야자수가 우거진 숲만 보였다. 아직 아무도 깨지 않은 새벽녘의 터미널은 정적만 감돌았다. 멀리 보이는 사구 위로 이제 갓 밝아오는 여명만이 얼마 남지 않은 아침을 표지하는 수신호를 보낼 뿐, 너무 이른 시각인 까닭에 이집트에서 흔하게 볼 수 있는 삐끼들조차 찾을 수 없었고 표지판 역시 전무했다. 우리는 황량한 모래 풍경을 뒤로 하고 야자수가 우거진 곳으로 난 길을 따라 무작정 걸었다. 그나마 생명체가 있는 쪽에 오아시스라도 있겠거니 막연히 생각하면서도, 인디애나 존스라도 된 양 사막 속 밀림에서 길을 잃어 백골로 진토 되지는 않을까라는 어처구니없는 망상과 함께. 그런데 오 분 정도를 걸어가니 싱겁게도 밥 짓는 고슬고슬한 연기가 피어오르기 시작한 작은 동네가 눈에 들어온다. 그제야 정말 시와에 도착한 것이다.

토담집을 나선 사람들은 당나귀가 끄는 마차로 땔감을 나르고 있었다. 어린 여자아이들은 우물가에서 빨래를 하기 시작했다. 빨래하러 나온 누나들을 따라 나온 꼬맹이들이 우리를 보더니 연신 "할로"라고 하면서 손을 흔들어댔다. 나도 덩달아 "할로"라며 손을 흔든다. 생각지도 못한 아이들의 환대에 긴장이 녹아내린다. 사방이 사막인 동네였지만 우리에게 맑은 표정으로 인사를 하는 아이들의 마음은 그 사막만큼이나 넓고 밝아 보였다.

"진짜 쇼는 지금부터 시작이에요."

이브라힘은 시와 사람이다. 유목민의 습격을 피해 시와 사람들이 사막 한가운데에 요새이자 성곽이자 마을인 '샬리'shali를 만들었던 중세시대부터 대대로 이곳에서 살았다고 한다. 그는 시와 중심가에서 사막 투어를 알선하고 투어 가이드를 겸하고 있었다. 이브라힘은 사막으로 둘러싸인 시골 마을에서 관광객을 상대하며 영어를 익혀왔다고 했다. 음식점에서든 장터에서든 소금호숫가에서든, 시와 안에서 만난 동네 사람 중에서 이브라힘만큼 영어를 능란하게 하는 이는 없었다. 그러나 그의 천성 탓인지 투어를 계약할 때도, 사막 투어를 하는 동안에도 꼭 필요하지 않으면 입을 열지 않았다. 의사소통 능력과 믿음직스러운 이미지가 제법 소문이 났는지 열 명에 가까운 사막 투어 신청자들이 한 시간도 채 안 되어 다 모집되었다.

우리는 사륜구동 자동차를 타고 시속 백 킬로미터에 가까운 속도로 종횡무진하면서 사하라사막 최동단 중 하나인 시와사막을 속속들이 구경했다. 이브라힘과 그의 가이드팀 친구들은 한때 이곳이 깊은 바닷속이었다는 것을 증명이라도 하듯 수많은 조개 화석이 드넓게 쌓인 곳으로 안내하기도 했으며, 사막 위에 솟은 가시나무들이 듬성듬성 자라고 있는 자리로 가서 따끈한 홍차를 끓여 내어주기도 했다. 작은 오아시스에 내려 잠시 발을 담그기도 하고, 사구 꼭대기에서 미끄러져 한참을 굴러 내려갔다가 다시 올라가 또 내려가길 반복하고, 가까운 다른 사구에서 스노보드처럼 생긴 보드를 이용해 샌드보딩을 즐기는 사람들을 구경하기도 했다. 신나게 돌아다니며 놀다가 하룻밤을 보낼 천막이 있는 베이스캠프에 도착하니 사구 넘어 사막의 지평선을 노을이 휘감았다. 드러난 사막의 속살이 이제 그 절정을 보여주기 시작한 것이다.

"진짜 쇼는 지금부터 시작이에요."

이브라힘이 미소를 지으며 조용히 이야기했다. 조금씩 지평선 너머로 해가 저물며 무상하게 변해가는 하늘과 땅의 색조. 주황으로, 발갛게, 보랏빛으로 그리고 푸르스름하게 땅과 하늘은 그 경계가 불분명해지기 전까지 제각기 화려한 변검술을 선보였다. 그리고 마침내 지평선을 따라 하얀 빛 무리가 그려지고 짙은 어둠이 다시 깔려오면서 이브라힘이 말한 '진짜 쇼'가 시작되었다. 그것은 바로 쏟아지는 별빛이었다. 지평선의 끝에서 끝까지 거대한 은하수가 펼쳐졌다. 세상을 감싸는 검은 먹지 위에 은염을 먹인 붓을 사정없이 찍어내어 원래 거기 있던 것이 먹지였는지 아니면 은박이었는지 알 수 없을 만큼 별빛과 어둠은 그 경계를 스스로 모호하게 만들었다. 고개를 바짝 들어 별빛이 만들어낸 거대한 물줄기를 바라보던 일행은 경이와 찬탄을 그칠 줄 몰랐다.

이럴 때, 그 자체로 '서사'인 여행은 모든 사고를 압도하는 풍경 앞에서 하나의 '서정'으로 치환된다. 모래사장에서 가장 편안한 자세로 누워 별빛을 가슴에 담던 일행은 양고기와 닭고기를 굽는 기름진 냄새에 모래를 파서 급조한 화덕 앞으로 하나 둘 모여들었다. 서정은 서사를 압도하지만 허기에는 속절없이 압도당하는 모양이다. 이브라힘과 그의 친구들은 사무실에서 밥을 먹고 오겠다며 조리사 두 명만 남겨두고 식사를 하러 시와 시내로 갔다. 다음날 아침에 알게 된 사실이지만 사막의 베이스캠프와 시와 시내는 차로 불과 십 분밖에 걸리지 않는 거리였다.

베이스캠프에 남은 우리는 삶은 쌀과 렌즈콩, 마카로니를 토마토와 양파로 만든 소스와 섞어 먹는 이집트 사람들의 주식인 '코샤리'koshary와 함께, 양고기와 닭고기 바비큐를 하나씩 뜯어서 하루 종일 사막을 돌아다니느라 제대로 허기진 배를 채웠다. 식후경은 식후경. 부른 배를 하늘을 향해 드러내고 보니 쏟아지는 별빛들이 한층 더 부해 보였다. 별똥별 하나가 떨어졌다. 나를 포함해 소위 문명국들에서 온 도시남녀들은 별똥별을 처음 보고 흥분해 제각각의 언어로 소원을 말하기 시작했다. 그러나 얼마 지나지 않아 지치지 않고 쏟아지는 별똥별 때문에 소원이 고갈될 지경에 이르렀다.

언저리를 서성이는 경계

싸늘하게 추워지는 사막의 밤. 너나 할 것 없이 모두 담요를 몸에 두르고 화로 곁에 앉아 한참 동안 별밭을 감상하며 홍차를 마시고 있을 때였다. 시끄러운 자동차 엔진소리가 멀리서부터 가까워졌다. 이브라힘과 그의 친구들이 아주 여유로운 저녁을 먹고 도착한 것이다. 사륜구동 지프차의 경적은 유난히 요란스러웠고 그 경적 소리만큼이나 이들이 차 안에서 떠들고 노래 부르는 소리도 요란했다. 그들은 이미 초저녁에 식사를 끝내고, 후식 삼아 피운 약에 취할 만큼 취해서 온 것이다.

약에 취하기는 이브라힘도 마찬가지였다. 이미 반쯤 나사가 풀린 상태의 그와 친구들은 우리와 같이 화로에 옹기종기 앉아 조금 구슬픈 가락의 노래들을 흥겹게 주고받기 시작했다. 선창은 언제나 이브라힘의 몫이었다. 이브라힘은 음색도 좋았고 박자도 잘 탔다. 고철로 만든 것 같은 정체 모를 현악기를 번갈아가며 연주할 때도 그는 돋보이는 연주를 들려주었다. 여러모로 재주가 많은 사람이었다. 이런 재주꾼 덕분에 화로와 별과 달과 노래로 밤 깊은 사막은 빛나고 있었다.

화로 주변의 몇몇은 약에 취해 휘청거렸다. 다른 면에도 돋보이던 이브라힘은 휘청거림에서도 돋보였다. 그는 열사 가운데에서 살아남기 위해 영어를 배웠다. 노래도 유난히 잘 하며, 여행사를 운영하고, 작은 그룹에서 항상 리더가 된다. 하지만 북아프리카의 많은 촌민들이 그렇듯 이 재주 많은 청년 역시 약에 취해 산다.

사막 투어를 하는 이들은 여행자 한 명당 육십 이집션파운드를 받는 나름 고부가가치 산업에 종사하고 있지만 그들의 수입은 대부분 이렇게 해시시hashish(대마초에서 분리한 수지樹脂를 가루로 만든 것)를 사는 데 고스란히 들어간다. 관광객들을 상대하는 일 이외에는 배워본 것도 해본 것도 거의 없는 이들이 '천국'으로 갈 수 있는 가장 손쉬운 수단은 약에 취하는 것이었다. 화로에 둘러앉은 그들은 이제 대놓고 물담배병을 돌려가며 해시시를 나눠 피운다. 마약에 관대한 유럽 여행자들 역시 한 번씩 빼끔거린다. 약주정은 꼭 술주정과 닮았다. 노랫소리는 더욱 구성져지고, 재롱을 떨기 시작한다.

약 주정에서 비롯된 그들의 재롱에 시시덕거리다가 화덕 멀리서 우리가 물어뜯었던 뼈다귀를 탐내는 들개들의 안광을 보았다. 들개 가족 몇 마리가 베이스캠프 주변으로 빙 둘러앉았다. 파란 눈으로 우리 주변을 어슬렁거렸지만 결코 일정 거리 안으로 다가오는 법이 없었다. 들개들은 알고 있었을 것이다. 일정한 거리 안으로 들어오면 사람들의 발바닥이 자신의 등짝을 후려친다는 것을.

규준이나 척도에 대한 개념들이 그 잣대의 이쪽에서 보는 것과 저쪽에서 보는 의미가 서로 다르듯, "분수에 맞게 산다"는 말은 절제의 미덕을 이야기하는 한편, 인간의 가능성을 한정 짓는 기제로도 작용한다. 한밤에 천막 언저리를 서성이는 들개의 안광은 인간의 억압이 만든 마지노선을 따라 파란 줄을 그린다. 약에 취해 사는 이브라힘을 옹호하고 싶은 마음은 없다. 하지만 그토록 조용하고 과묵하던 그가 다른 이들보다 더욱 유난스럽게 약에 취해 몸을 가누지 못하는 이유는 저 들개가 사람들이 있는 영역으로 들어오지 못하는 것과 비슷하지 않을까?

태생적 한계를 극복하는 미담은 늘 숭고하고 아름답게 그려진다. 환경이 가능성을 구속하고 있는 사회일수록 더욱 그렇다. 그 '대단한 이들'의 뒤편에는 낙오된 수많은 이들이 고개를 숙이고 있다. 그렇게 잉여가 된 이들이 있는 것이다. 모든 것이 상품으로 환치되고 포장하지 않으면 존재하지 않는 지금 이곳에서 그들을 주목하는 이들은 그렇게 많지 않다. 아무것도 아닌 인간이 되기란, 인간의 영역을 침범한 들개가 등짝을 맞는 일만큼이나 흔하고 쉽게 일어난다. 작은 사막 마을 안에서 한계를 가지고 살아온 삶은 다재다능하고 리더십도 있는 그가 더 넓고 더 나은 세상으로 나가려는 의지를 꺾었을지도 모르겠다. 이브라힘은 그렇게 아무것도 아닌 존재임을 잊는 한 방편으로 약에 취하는 것인지도 모른다, 라는 생각 속으로 나는 빠져들었다.

이 세상에는 이브라힘이 데려다 준 사막에서 본 별들만큼이나 수많은 이브라힘들이 있다. 그러한 사실을 알면서도, 단 한 번도 배고픔에 울어본 적도 없고 추위에 고통스러워본 적이 없는 스스로가 부끄러워지지 않기란 어려운 일이다. 약자를 포용하고, 소수자를 존중하고, 세상의 응달진 곳에 존재하는 그들을 생각하며 사랑한다는 생각에는, 항상 포용하고 존중하고 생각하며 사랑하는 '주체'가 숨어 있다. 그리고 제 이웃을 긍휼히 여기고 측은지심과 수오지심을 느끼는 행위에는 어떠한 형태로든 존재하는 '위계'가 있다. 그렇기에 타인의 이야기를 빌려 자신의 이야기로 풀어낼 때면, 내가 이런 이들에 비해서 그만큼 풍족하고 배부르게 지내왔구나 하는 자기 위안을 새삼 느낄 수밖에 없다. 누군가에게는 저열한 자위로 보이겠지만 이 역시 존재하는 현실이다. 계급이 혁파의 대상일 수는 있어도 애초부터 존재하지 않는다고 부정할 수 없는 것처럼. 인텔리겐치아들이 오랫동안 시달려온 딜레마가 뜬금없이 사막 한가운데에서 뱃속부터 목을 타고 머리까지 스멀스멀 기어올라온다.

그 사이에 약에 취한 이브라힘과 가이드 친구들은 화로를 뛰어넘으며 춤을 추기 시작했고, 노랫소리는 더욱 빨라졌으며, 날은 더욱 추워졌다. 약 대신 싸구려 양주 한 병을 비워낸 나도 그들과 함께 화로를 뛰어넘으며 춤을 추기 시작했고, 모래 씹히는 소리로 괜스러운 노래 한 곡조를 뽑아내며 그들의 여흥에 어울린다. 삐뚤어진 지평선 너머로 별들이 춤을 추고 은하수는 사방으로 퍼진다. 추위를 잊은 겨울 사막의 밤은 무르익었고, 꽁꽁 언 발을 디디며 천막 안으로 들어가 선잠을 청한 것은 한참 뒤의 일이었다.

얕은 나눔의 깊은 부끄러움

사막 투어에서 돌아온 날. 이브라힘이 소개해준 숙소에 짐을 푼 후 시원하게 낮잠을 청하고 오후 느지막이 일어나 마을 구경을 나섰다. 동네 끝에서 끝까지 걸어서 삼십 분밖에 걸리지 않는 마을에서 단연 눈길을 끄는 것은 폐허가 된 고도시 샬리였다. 그리고 그 샬리 너머에 원판이 겹겹으로 쌓인 원추형으로 야트막하게 솟은 바위산 하나. '알 마우타의 무덤' Gebel al-Mawta이라 불리는 고대 이집트인들의 공동묘지인 '죽음의 산'이 있다.

강황 가루에 조 같은 곡식과 잘게 썬 배추를 삶아낸 사하라 지역의 전통음식인 쿠스쿠스로 끼니를 때운 나와 일행은 바위산을 올라가보기로 했다. 그러나 트레킹은 시작부터 난관에 부딪혔다. 출입구를 찾지 못했고, 입구로 보이는 곳에는 군사시설 혹은 매표소로 보이는 건물 하나가 있었다. 그때는 재스민혁명이나 '아랍의 봄'이 일어나기 전이었고 무라바크의 군권통치가 여전히 유효하던 시기였다. 매표소라면 돈을 내면 그만인데 문이 닫혀 있어 혹 군사시설이라면 문제가 되지 않을까 걱정을 하고 있던 차에 우리는 자히드를 만날 수 있었다.

자히드는 그 바위산의 산자락에 사는 열한 살짜리 꼬마였다. 정체를 알 수 없는 건물 주변을 어슬렁거리는 우리에게 자히드와 자히드보다 어려 보이는 동생들 네댓 명이 다가왔다. "할로 마이 네임 이즈 자히드, 아임 일레븐 이얼즈 올드!"를 연발하면서. 열한 살짜리 시골 꼬마가 영어를 이렇게 잘 하다니 과연 관광입국이구나 생각했는데, 동생들을 소개하면서도 "할로 마이 네임 이즈 무스타파, 아임 일레븐 이얼즈 올드!", "할로 마이 네임 이즈 자히라, 아임 일레븐 이얼즈 올드!"라는 걸 보고, 그게 아님을 깨닫고 한참을 웃었다. 자히드는 어서 따라오라며 손짓을 했다. 귀여운 아이들의 모습에 경계심을 풀고 아이들을 따라 산을 올라가기 시작했다.

처음에는 이집트의 관광지에서 흔히 볼 수 있는 구걸하는 아이들처럼, 이 아이들도 '박시시'Baksheesh를 요구하는 녀석들이라 생각했다. 박시시는 '바가지'나 '구걸' 같은 의미로 변질되어 사용되는 용어이지만 이슬람 교리 중 하나인 '자카트'zakat(자선을 행하라)에 따라 가진 자가 없는 자에게 희사喜事하는 것을 뜻한다. 시와로 오기 전까지 박시시를 요구하는 세례에 워낙 당해온 터라 이런 꼬마들의 출몰에 긴장을 하지 않을 수 없었다.

바위산 중턱으로 오르면서 경사가 급해지자 그 길을 오르기에 너무 어린 자히드의 동생들은 총총걸음으로 돌아가면서도 우리에게 "할로", "할로"를 연발했다. 인사하는 것을 이렇게 좋아해서야 동방예의지국의 타이틀은 시와의 아이들에게 넘겨주어야 할 것만 같았다. 산 정상에 당도할 때는 자히드만 앞장섰고, 그 사이 따라붙은 자히드 또래의 개구쟁이 친구들 몇 명도 함께 올랐다. 원추형의 바위산이라 정상은 협소했다. 일고여덟 명쯤 되는 우리 일행과 꼬마들은 옹기종기 바위산 정상에 자리를 잡고 앉아 자히드가 손가락으로 가리키는 쪽을 쳐다보았다.

커다란 오아시스와 그 주변으로 드넓게 숲이 펼쳐졌으며 그 주변으로 다시 사막이 펼쳐졌다. 사막 곳곳에는 이곳 '알 마우타의 무덤'처럼 생긴 원추형의 바위산들이 자리를 잡고 있었다. 그리고 해가 저물어가고 있었다. 아이맥스니 파노라마니 하는 인간의 이기들이 만들어낸 이미지가 애초부터 채워지지 않을 욕망의 소산이었음은 이러한 풍광들 속에서 증명된다. 어떠한 사진과 영상도 이 무상한 해 질 녘을 표현할 수 없으며, 어떠한 묘사도 이 무수한 색상을 다 표현해낼 수 없다. 이 풍광은 느낌으로 가슴 한구석에 다가와 깊이 박힌다. 다만 그렇게 존재할 뿐이다. 자히드는 처음 보는 우리를 데리고 기꺼이 산을 올라 우리에게 '느낌'을 주었다. 타인에게 느낌을 준다는 것은 타인에 대한 배려와 관심이 있을 때에만 가능하다. 그것은 아마도 광의의 '사랑'일 것이다. 말하자면, 이 아이는 이국에서 날아든 이들에게 '사랑'을 준 셈이었다.

그러나 그것이 '사랑'에서 비롯되었다는 것을 너무 늦게 깨달은 까닭에 나와 일행은 실수를 범하고 말았다. 우리가 그 아이의 사랑에 대한 보답이랍시고 건넨 것은 일 이집션파운드(당시 환율로 약 이백 원)짜리 지전 한 장이었다. 그렇지 않아도 검은 피부에 씻지 않아 더욱 검은 얼굴, 꾀죄죄한 옷과 맨발. 우리는 자히드의 외모에서 파악할 수 있는 경제적 지표에 반응했다. 일생 동안 단 한 번도 자유로워본 적이 없는 자본의 척도는 자히드의 얼굴에 환하게 핀 미소가 가지는 의미를 알아보지 못하게 만들었다. 일행 한 명이 아이의 해진 셔츠 주머니에 그 지전을 넣으며 "슈크란" shukran(감사합니다)이라고 하자, 열한 살짜리 이 아이는 다시 지전을 꺼내 돌려주며 그저 생글생글 웃는다. 순간, 우리는 밀려오는 부끄러움에 몸 둘 바를 몰랐고 여자 일행 한 명은 "어떡하지, 어쩜 좋아"라며 미안한 마음을 감추지 못하고 울먹인다.

종종 연대는 시혜가 아닌 나눔이 되어야 한다고 입에 올렸으나 그 말을 입에 올린 스스로가 이토록 어색하고 부끄러웠던 때는 지금까지도 없었다. 그때 아이의 이방인에 대한 관심과 사랑에 답하는 우리의 방식은 고작 지전 한 장이었다. 우리는 어쩌면 아이의 행위에 대해 덧셈과 뺄셈을 하고 그러한 대가를 주면서 결과적으로 마음의 평온을 얻고자 했는지도 모른다. 우리는 자히드를 자본의 관점에서 약하고 힘없는 자로 보았다. 그것은 사실일지도 모른다. 아이는 정말 약하고 힘없는 자일 수 있다. 그러나 그게 어쨌건 약자를 대하는 우리의 태도는 어떠했던가? 분명 천박했음을 고백한다. 지전 한 장으로 우리는 스스로 얼마간 위안 받길 원했을 것이다. 우리는 아이의 사랑을 자본으로 환산했고 아이를 동정했으며 그 동정심을 돈으로 상쇄했다.

'나눔'이란 무엇인가? 내게 나눔이란 가진 자가 가지지 못한 자에게 퍼주는 것을 뜻하는 것이 아니었다. 그것은 가지지 못한 자들, 힘없는 자들, 소외된 자들이 더 이상 타의에 의해 가지지 못하게 되거나 힘없게 되거나 소외되지 않도록 세상을 함께 바꾸어나가는 것을 뜻하는 것이었다. 그러한 이상과 이념이 현실 앞에서 망각되어 스스로가 초라하고 남루해지는 순간, 전날 사막의 밤에 느꼈던 그 딜레마가 다시 뱃속부터 목을 타고 머리까지 기어올라온다. 시와란 동네가 가지고 있던 어떤 가치가 이미 자본의 수혜를 듬뿍 받으며 자라온 나와 부딪혔던 까닭일까?

물론 시와에도 구걸하는 이들은 있었다. 내킨다면 그들에게 적선을 한다. '박시시'는 본디 '기쁘게 내어주는 것'이며, 이들 문화에서 박시시를 주고받는 것은 자연스러운 일이다. 단돈 이백 원에 그들이 행복하다면 어설픈 도덕관념에 얽매여 그것마저 주지 않을 정도로 꼬장꼬장하지는 않다. 그것이 행복이라면 행복일 것이니. 그럼에도 한 푼 쥐어주는 손이 시린 것은 그들의 행복이 왜곡되었음을 꾸짖는 것조차 너무 야박할 정도로 삶이 남루한 까닭이다.

사계절이 뚜렷한 우리나라에서 연말이면 예외 없이 모든 미디어를 도배하는 것이 '나눔'이다. 그러나 이 '나눔'이라는 것은 어쩌면 지독할 정도로 '행동해야 하는 것'이 아닐는지. 얼마간의 헌금에서 위안을 느낀다면 돈으로 심적 평안을 구입한 것에 지나지 않는다. 헌금과 헌물은 할수록 아파지고, 어려워지고, 슬퍼져야 하는 것이리라. 수많은 동정심들이 세상에 존재하고 거기서 비롯된 헌금과 헌물들이 한반도 서른 개 정도는 사고도 남겠지만 현실은 여전하다. 바뀌지 않는 현실에 아파하지 않는다면 그러한 행위가 자기 위안 외에 그 무엇이 될 수 있을까?

그럼에도, 이런 지향을 가지고 있음에도 왜 이렇게 약하고 초라해야만 하는가? 이런 곳을 돌아다니면 신념이라는 것이 애초부터 존재하지 않았던 것처럼 되어버린다. 그들의 가난이 나를 우울하게 만든다면 그것은 그들이 그렇게밖에 살 수 없는 구조 때문이어야 하지, 그들의 행색 그 자체가 원인이 되어서는 안 된다. 하지만 나의 우울도 그러한 즉자성即自性에서 크게 벗어난 적은 없었다.

그날 산을 내려오면서 만난 독일인이 이야기하기를 몇 년 후에 시와에 있는 군용 공항에 민항기가 취항하게 되며 카이로에서 시와로 직행하는 고속도로도 곧 개통된다고 했다. 그 말이 사실이었다면 지금쯤 시와는 그때보다 훨씬 더 많은 관광객을 유치하고 있을 것이다. 관광업에 종사하는 인구는 훨씬 더 많은 수입을 올리고 있을 것이며, 시가지는 훨씬 번창하고 있는지도 모르겠다. 하지만 그 작은 동네에 살던 그때 그곳의 자히드들이 가졌던 환한 미소가 관광객들이 밀물처럼 몰려든 지금에도 계속되고 있을까? 모순에 빠지는 것은 이런 지점이다. 자본에서 유리되지 못하는 삶을 살면서도 이것에 분명한 결함과 과오가 있음을 느낄 때, 막막함에서 벗어나오는 길을 찾기가 어려워진다.

강퍅한 세상을 살면서 우리는 얼마나 제대로 '나누면서' 살 수 있을까? 어떻게 하면 나눔으로 채워나가면서 연대할 수 있을까? 대승적인 고민이 유희와 조소의 대상이 된 지 이미 오래된 지금 이곳에서, 그럼에도 우리가 끝까지 짊어지고 고민해야 할 작지만 가볍지만은 않은 숙제에 대해서 생각하게 된다.

그것이 신의 뜻이라면

시와를 떠나는 날. 호텔에서 짐을 챙겨 일행들과 함께 버스 정류장으로 바로 가려다가 급할 것 없지 않느냐며 밥도 먹고 작별인사도 하고 가자는 말이 나왔다. 우리는 이브라힘의 여행사 겸 식당에 들러 든든히 밥을 먹고 서비스로 내준 홍차도 마셨다. 그리고 그날의 사막 투어 신청자가 모두 모일 때까지 이브라힘과 그의 친구들과 함께 담소를 나누다가 팀이 모여 떠날 때가 되자 작별인사를 나누었다.

여행자들은 보통 작별인사로 "잘 가요" 보다는 "다음에 다시 만납시다"를 더 선호한다. 언젠가 어디에선가, 정 안 되면 다음 생에라도 다시 만나게 될지 모르는 연緣의 끈을 느끼게 하는 인사말이기에 더욱 긴 여운이 남을 것이다. 나 역시 이브라힘에게 그렇게 작별인사를 건넸다. 다음에 다시 만나요. See you again. 이브라힘은 활짝 웃으면서 나를 끌어안더니 그 또한 다음에 다시 만나자며 인사를 하고는 한마디를 덧붙인다.

"인샬라."

신의 뜻이라면. 그러니까 이 말은 외신 인터뷰에 흔히 등장하는 복면 뒤집어쓴 무자헤딘의 일원이 수류탄으로 누빈 드레스를 입어야만 하는 말이 아니다. 식당에서 만났던 바카랏이 농을 치며 이야기한다. "내년에 한국에 갈 예정이에요, 인샬라." 게스트하우스에서 같이 놀았던 매니저 알리에게 이야기했다. "나중에 엽서 부칠게요." 알리는 대답했다. "하하하, 인샬라."

이것은 그들이 믿는 유일신의 전능함만을 이야기하는 것은 아니다. "다음에 또 보자"는 관용구에는 의지만 있다면 언젠가는 만날 수 있다는 이성적 낙관은 존재하지만 세상 일은 우리 의지대로 돌아가지 않는다는 겸손은 부족한 편이다. 그 말에 '인샬라'라는 한마디가 붙으면서 일상에서 우리가 놓치고 있던 부분이 추가된다. 그것은 이성에도 치우치지 않고, 감성이나 신앙에도 치우치지 않는 꽤나 균형 있는 작별인사다. 포장하지 않으면 존재하지 않는 세상에서 신의 존재를 믿든 믿지 않든, 믿더라도 다른 신을 믿든 간에 팍팍해진 우리네 삶에는 어느 정도의 '인샬라'가 필요할 것이다.

지금쯤 자히드는 그때 그곳의 이브라힘과 같은 청년이 되었을 것이며, 아마 그 동네의 많은 이브라힘들처럼 사막 투어에 종사하고 있을지도 모르겠다. 혹은 여전히 바위산에 앉아 그곳을 오르내리는 사람들에게 산의 구석구석을 보여주며 웃음으로 안내하고 있을지도 모르는 일이다. 아니면 시와를 떠나 더 큰 도시에서 생활을 시작했을지도 모르고, 무라바크 정권에 대항해 궐기했던 이집트 재스민혁명의 행렬에 참여한 이브라힘들 중 한 명이 됐을지도 모르는 일이다. 어쩌면 이주노동자로 한국에 와서 내가 일하는 곳 근처의 공단에서 일을 하고 있을지도 모르는 일이고, 한국의 대학으로 와서 공부를 하고 있을지도 모를 일이다. 그 어느 것도 알 수 없는 일.

다만 지금 이곳에도 존재하는 수많은 이브라힘들과 함께 무엇을 나누면서 채워갈 것인가에 대해 고민하고 실천하는 것이 그때 그곳의 이브라힘들로부터 깨닫게 된 것을 묵상하며 다시 그들을 만나지 못하더라도 그들과 함께 웃을 수 있는 길이 아닐까 생각해본다. 그렇기에 우리 모두 어디에서 무엇을 하든, 자기 밭에서 몸과 마음의 양식을 한아름 길러낼 수 있기를. 그것이 신의 뜻이라면.

하루코

치앙마이, 태국

Haruko

상변화

어린 시절을 나와 비슷한 시기에 보낸 이들이라면 문방구 앞에서 파는 손난로를 사본 기억 없이 초등학교를 졸업한 이는 없을 것이다. 길어야 삼사십 분 정도밖에 온기가 유지되지 않는 산화철로 만든 재생불가능한 철가루 손난로는 사치품이라고 생각했기에 나의 선택은 언제나 하이포 용액으로 만들어진 재생가능한 액체 손난로였다.

하이포 용액은 티오황산나트륨을 주원료로 한다. 먼저 물에 고체 상태의 티오황산나트륨을 과량 넣고 열을 가하면 용액은 열을 흡수한다. 그런 다음 식히게 되는데 다시 식을 때는 고체 결정을 이루지 않고 과포화 상태의 액체로 남아 있게 된다. 과포화 상태는 불안정한 까닭에 외부에서 충격을 가하면 고체 결정을 만들게 되고 이때 액체 내에 저장되어 있던 열이 방출된다. 손난로 안에 둥둥 떠다니는 똑딱이는 바로 외부충격을 위한 격발장치이다.

흔히 우리가 '애증'이라고 양가감정을 표현하듯 '사랑'과 '미움'은 하이포 용액의 상변화相變化와 같다. 사람은 누구나 정념이라는 것을 가지고 있다. 이 정념은 상대방에 따라, 아니 같은 상대라도 시공간에 따라 표현되는 방법이 변한다. 양자는 때론 격렬하며 때론 수그러든다. 더없이 마음을 아프게 만들기도 하지만 웃지 않고는 견딜 수 없는 쾌감을 느끼게도 한다. 사랑이 과포화 상태의 하이포 용액이라면 미움은 고체가 되어버린 하이포 결정이다. 아주 사소한 격발장치 때문에 사랑은 미움이 된다. 미움이 사랑으로 바뀌기 위해서는 사랑했던 당시의 뜨거움을 다시금 느껴야 한다. 그러니까 죽을 듯 누군가를 사랑한다는 것은 죽을 듯 누군가를 미워할 씨앗을 예비한다는 뜻이다.

가령, 사랑하는 사람을 만나고 돌아오는 길이라고 가정해보자.

한 시간 전 당신은 몇 송이의 장미꽃과 쇼트케이크를 준비했고, 삼십 분 전에 상대방은 당신의 깜짝이벤트에 진심으로 기뻐하는 듯 보였다. 하지만 집에 돌아오는 지하철에서 묵묵히 손전화기를 쳐다보고 있어도 아무런 연락이 없다. 12분이 지나면서 먼저 메시지를 보낼까 생각하다가 자존심 때문에 전화기를 내려놓는다. 16분경에는 그저 괘씸한 마음에 전화기를 꺼버린다. 집에 돌아와 내가 무엇을 잘못했던가 생각하다가 화가 치민다. 미움은 되풀이되고 사람을 잘못 봤나, 내가 너무 저자세였나 등등의 생각을 하다가 잠에 든다. 아침에 일어나서 전원을 켜보니 그제야 뭔가 도착한다.

「연락이 좀 늦었지? 들어가는 길에

친구 만나서 이야기 잠시 하느라.

오늘 정말 고마웠어. 사랑해.」

마음이 놓인다. 이런 식이다. 누군가에게 마음을 쓰게 되면 사랑과 미움은 한 몸처럼 움직인다.

연애가 일종의 기술이 필요한 게임이라고 가정한다면 어떤 상태에서도 '쿨함'을 유지하는 것은 가장 강력한 무기가 될 것이다. 하지만 연애가 사람의 정념을 토대로 하는 것이라면 쿨하지 않을 수밖에 없으며, 그것이 쿨하게 굴러 간다면 연애는 단순한 게임 내지는 전희 외에 아무것도 될 수 없다. 치명적이게 순수한 패자가 되느냐, 기계적인 게임의 승자가 되느냐라는 선택에 대한 고민은 누구나 하게 된다.

탭워터

"일어나요. 벌써 점심시간이야. 으억…… 해장하러 가자."

바스락거리며 이불 젖히는 소리, 물병 따는 소리, 만난 지 일주일도 안 된 일본 여자가 숙취로 으억거리며 내는 신음소리에 베개로 귀를 틀어막고 있던 나는 해장하러 가자는 말에 오른쪽 눈을 살포시 뜬다. 실눈 사이로 남국의 정오가 비친다. 엷은 커튼을 통해 열대지방의 작열하는 빛과 조금은 눅눅한 공기가 함께 스며든다. 산발을 하고 맞은편 침대에 앉아 있던 하루코는 힘에 부쳤는지 다시 이불에 머리를 파묻더니 또다시 으억거린다. 몇 번 더 죽어가는 소리를 낸 그녀는 고개를 들고 탄산수를 벌컥벌컥 들이킨다.

간밤에 무슨 일이 있었는지 기억나지 않는다. 서양인들 몇 명과 테라스 바에서 술을 거하게 마신 기억은 있는데 이름이 기억나는 사람은 아무도 없다. 기억나는 얼굴이라고는 젊은 시절의 척 노리스를 닮은 단발의 곱슬머리 사내 정도. 'Tap water'가 수돗물이라는 것을 몰랐던 나로 인해 대화가 한참 산으로 가던 것까지는 기억이 난다.

척 노리스가 운을 뗐다. "얘네 칵테일에 탭워터 섞은 거 같아." 서양 것들은 항상 까칠하단 말이지 싶어 나는 괜히 뚱한 표정으로 대답한다. "그게 뭐 어때서 물맛만 좋은데?" "아니 탭워터를 섞었다고." "칵테일에 물 좀 섞을 수도 있는 거지. 2달러짜리 칵테일에 뭘 바라냐?" "그래도 찝찝하잖아. 너 혹시 탭워터가 뭔지 모르는 거 아냐?" "알아, 자식아. 워터도 모르고 너네랑 웃고 떠들 생각하겠냐? 그냥 마셔." "워터 말고 탭워터!" 순간 뭔가 잘못 돌아가고 있다는 것을 직감한 나는 최후의 전언을 한다. "그건 어디 브랜드니?"

박장대소. 조명이 세차게 흔들렸다. 암전.

약진을 하듯 침대를 기어 창가로 향한다. 창가에 둔 물병을 잡으니 뜨뜻미지근하다. 물을 마시니 물맛이 딱 문제의 '탭워터'다. 등

덜미에는 벌써 땀이 찼다. 하루코가 자신이 마시던 탄산수 병을 내 침대로 던진다. 한 팔 간격밖에 되지 않아, 던진다는 말도 무색하다. 아리가또. 벌컥벌컥 들이키며 나도 똑같이 으억, 거린다.

"어제 으억, 우리 어떻게 들어왔죠? 하루코 상은 기억나요?"

나이아가라 파마를 한 긴 머리카락을 위로 묶어 올리며 하루코가 대답한다.

"나도 잘 기억이 안 나요, 으억. 들어왔으니 된 거죠, 으억. 아유, 속이 그냥……."

"그래, 무슨 상관이야. 해장이나 하러 갑시다. 뭐가 좋을까?"

"글쎄…… 똠양꿍?"

"별로……."

"그럼 코코넛 스프?"

"괜찮네. 어디가 맛있는지 매니저한테 한번 물어보죠."

소– 소– 소–

닷새 전 태국 북부의 고도 치앙마이에서 정글트레킹을 하기 위해 카렌족이 모여 사는 마을로 가는 썽태우 안에서 하루코를 만났다. 썽태우는 작은 트럭에 지붕을 덧대어 만든 태국에서 흔히 볼 수 있는 승합차다. 썽태우를 타고 산골로 들어가는 비포장도로를 달리다 보면 도로의 질감이 골반을 거쳐 척추를 타고 고스란히 머리까지 전달되는 승차감을 느낄 수 있다. 썽태우 안에서 마주 보고 앉은 나에게 하루코는 한참 동안 뭔가 이야기했다. 그것도 일본어로.

새까맣게 그을린 피부에 새우수염을 기르고 인조머리카락을 붙여 흔히 '레게머리'라고 부르는 드레드펌까지 하고, 방콕의 짜뚜작 시장바닥에서 구입한 밥 말리가 그려진 치렁치렁한 셔츠와 헐렁하기 이를 데 없는 바지로 거지꼴을 하고 있던 나는 대마를 담배종이에 돌돌 말아 왼쪽 귀에 꽂아 두어도 어색하지 않을 모양새였기에 하루코는 지레짐작으로 내가 일본인 장기여행자라고 생각한 것이다. 물론 히라가나도 외우지 않아 교양일어 에프를 맞은 내가 알아들을 리 없었다. 하지만 장난기가 동한 나는 "한번 이야기해봐라. 듣는 척할 테니 어디까지 가나 보자" 하는 마음에 하루코가 뭔가 재차 확인하려고 하면 그저 먼 산을 바라보면서 "소― 소― 소―"(그래 그래)라고 대꾸하며 재수 없는 일본 히피족 행세를 했다.

물론 얼마 가지는 못했다. 처음에 짧은 일본어로 한국 사람이라고 말하니 피식 웃으면서 이 자식이 농담도 썰렁하게 한다는 투로 쳐다봤다. 아예 한국말로 "한국사람이에요. 놀려서 미안"이라고 하니 벙찐 표정으로 바라본다. 하지만 하루코는 이내 깔깔 웃더니 제대로 속았다며 유창한 영어로 한국 어디서 왔느냐, 여행한 지는 얼마나 됐느냐, 태국에서 다녀온 그 동네는 재미있었느냐 등등 이것저것 물어보기 시작했다. 영어를 잘 하는 데다가 수다스럽기까지 한 일본인 여행자를 만나는 것은 생각보다 쉽지 않았다. 잘됐다 싶었던 나는 산을 오르는 썽태우 안에서 창문 손잡이에 온몸을 의

지해 꾸벅꾸벅 졸고 있는 다른 동행자들에 전혀 개의치 않고 하루코와 한참 동안 이야기를 나누었다.

코코넛 아이스크림

이박삼일간의 정글트레킹을 마치고 돌아오는 길. 우리는 제법 친해져 있었다. 치앙마이로 돌아온 우리는 여행사에 짐을 맡겨두고 치앙마이에서 지낼 동안 묵을 숙소를 구하기 위해 돌아다녔다. 그러나 성수기인 까닭에 목이 좋은 곳의 도미토리는 이미 동이 난 상태. 여행자 거리를 이리저리 돌아다녔지만 빠듯한 예산에 맞는 방은 딱 하나밖에 없었다. 이마저도 망설이면 누군가 먼저 가져갈 것 같아 고민할 여유도 없이 방을 같이 쓰기로 하고 체크인부터 했다. 여행사에서 배낭을 가져와 방에 던져 두고 한숨 돌리기 위해 근처의 작은 갤러리 까페로 향했다. 주인 아저씨가 한 번 잡숴보면 치앙마이를 생각할 때마다 이걸 생각하게 될 것이라며 자신 있게 추천한 코코넛 아이스크림을 주문했다.

하루코는 요코하마 출신으로 도쿄에서 미술을 전공하던 이십대 후반의 휴학생이었다. 아르바이트로 번 돈을 가지고 어학연수를 위해 호주에 갔던 하루코는 히피문화의 메카, 바이런베이의 풍경에 반하는 바람에 그곳에 눌러앉아 무작정 두 해를 지냈다. 그렇게 지내는 동안 호주 히피 조각가와 사귀었다고 했다. 같이 미술 작업을 하고 사랑을 나누고 여행을 다니는 동안 — 결론적으로 — 영어가 많이 늘었다고 한다. 흔한 건 아니지만 그렇다고 흔하지 않은 것도 아닌, 약간의 일탈을 동반한 신대륙 어학연수자의 어학실력 향상 스토리다. 그녀는 이제 가지고 있던 돈도 다 썼고 더 이상 휴학을 할 수도 없었기에 귀국을 해야 했고 어중간하게 남은 시일을 여행으로 보내고자 한 달 동안 태국을 돌아다니고 있던 중이었다.

"그런데 내가 잘못 알아들은 게 아닌지 모르겠는데, 어제는 일본에서 4년 동안 사귄 남자친구가 있다고 하지 않았어요?"

"잘 기억하고 있네요. 맞아요."

"그런데 호주에서 또 남자친구를 만난 거고?"

"그런 셈이죠. 사실 일본 남자친구에게 말을 해야 하는데 아직까지 전하질 못하고 있어요. 이번에 일본으로 돌아가게 되면 이야기하려고요."

하루코는 어깨를 으쓱거리며 대수롭지 않다는 듯 대답했다.

"그럼 호주 남자친구랑 계속 사귀고 싶다는 뜻이네요?"

"아마도. 이렇게 사랑할 수 있는 사람을 또 어디에서 만날 수 있을까 생각해요. 그 사람이 일본에 와서 같이 살 수도 있는 거고, 졸업하고 내가 다시 호주로 갈 수도 있는 거고. 이렇게 열정적으로 누군가를 좋아해본 건 처음인 것 같아요."

"맞아. 정말 살면서 한두 번 정도는 그런 생각이 드는 사람을 만날 때가 있는 것 같아요. 그런데 그런 사람과 만나게 되는 것도 쉽지 않지만, 계속 만나는 것도 쉽지 않던데요? 나는 그런 사람이랑

막 헤어지고 여기 왔거든요."

덤덤하게 헤어진 이야기를 하면서 나는 코코넛 속살과 코코넛향 아이스크림을 버무려 코코넛 열매 껍질에 가득 담아낸 아이스크림을 한 스푼 뜬다. 달달한 아이스크림과 함께 씹히는 과육의 맛은 무엇에도 비할 바 아닐 만큼 맛있었다. 하지만 혈당의 빠른 상승에도 불구하고 몸 한구석으로 힘이 가만히 빠져나가는 느낌이었다.

하루코는 "Oh, I'm so sorry"(어머, 어떡해) 같은 영혼 없는 대답 대신 "It always happens"(뭐, 다 그런 거지)라며 고개를 끄덕였다. 생애를 통틀어 가장 사랑하고 있다고 생각되는 사람과 만나고 있다는 이의 반응치고는 꽤나 냉소적이었다. 우리는 말없이 아이스크림을 몇 스푼 떠 먹었다. 꾸역꾸역 아이스크림만 삼키고 있는 침묵이 어색해진 내가 이야기를 이어갔다.

"힘들겠어요, 이런 말을 해야 하는 당신이나 들어야 할 일본에 있는 남자친구나. 일 년의 시간이 있었지만 그동안 말하지 못했다는 건 그 사람에 대해서 그만큼 미안한 마음도 있었다는 말이니까."

"쉽지 않은 일이에요, 정말. 그와도 뜨거운 마음으로, 내 열정의 모든 걸 다 바쳐가며 만났고 함께 지나온 시간이 있는데, 그렇게 마주 보며 이별을 이야기해야 한다는 게."

"그래도 마주 보면서 이야기하려고 마음 먹는 게 어디예요. 나는 그럴 용기도 나지 않더라고요."

공명.

진동수가 거의 같은 발음체를 가지런히 늘어놓고서

한쪽의 물체가 음을 발하게 되면

다른 한쪽의 물체도 음을 발하게 되는 것을 말한다.

마음의 자장이 비슷한 두 명이 가지런히 앉아,

한쪽의 내심이 내밀히 고백되었을 때

그것이 결코 한쪽의 마음만이 아니었음을 알게 된다.

사랑은 공명이다.

친구의 친구로 시작해 지인, 아는 친구, 이따금씩 생각나서 연락하는 사람으로. 그렇게 지내던 우리가 마침내 연애를 시작하게 된 그해 겨울 어느 날의 메모. 어디를 가든 지니고 다니던 노트에는 그때의 감상이 남아 있다.

하루코가 그림 재료를 사러 시내로 나간 뒤, 방에서 책을 읽던 나 역시 자리에서 일어나 인근의 절을 찾아 나섰다. 치앙마이 고성을 둘러싼 해자를 따라서 절을 찾아 걷는 동안 흩어지고 지워져 흔적을 찾기 힘든 기억을 알알이 모아 그때의 상기된 감상을 곱씹어 본다. 화두로 곱씹게 되는 명제는 흔한 한마디.

"나는 너를 사랑한다."

사람마다 다르겠지만 대부분의 경우는 그렇다. 이 명제를 받아들이고 각인시키는 데 걸리는 시간은 그리 길지 않다. 예를 들자면 이런 식이다. 만난다. 이야기한다. 웃는다. 마음에 든다. 하지만 이런 건 사랑이 아니라고 부정한다. 약간 속이 거북하다. 잠시 생각하다 쓰림을 느낀다. 이후 그 사람이 던졌던 언어와 행했던 행동에 온 신경이 쓰인다. 앓는다. 인정한다. 나는 너를 사랑한다. 다시 그 사람을 만난다. 먼저 가서 기다린다. 기다리는 자리. 문을 여닫는 소리, 나에게로 향하는 발자국 소리 하나하나에 예민해진다. 그 사람이 왔다. 여전히 서먹한 가운데 간혹 끊기는 대화. 어색한 침묵. 그 공백 사이를 메워가는 어설픈 웃음. 그 사람이 잔을 드는 방법, 그 사람이 입술 주변을 매만지는 버릇, 그 사람이 오른쪽 위를 바라보며 옛이야기를 들려주는 모습. 사소한 움직임은 모두 의미가 된다.

이런 의미화는 에빙하우스Herman Ebbinghaus(1850~1909)가 학습과 기억에 관한 '보유곡선'Retention curve을 그릴 때 사용한 절약률을 계산하는 과정을 연상케 한다. 먼저 원래 학습을 할 때 소요된 시간에서 재학습에 소요된 시간을 뺀다. 그리고 그것을 원래 학습에 소요된 시간으로 나눈다.

절약률(%) = (원학습 소요시간－재학습 소요시간) / (원학습 소요시간) × 100

이미 배웠던 것을 다시 학습하는 데 더 오랜 시간이 걸리는 아주

특이한 경우가 아니라면 모든 값은 양수가 되고 재학습의 횟수가 늘어날수록 절약률은 점점 증가하며 학습에 소요되는 시간은 줄어든다. 사랑을 느끼는 이와 만나고 또 만난다는 것 역시 그렇다. 만날수록 더 짧은 시간에 더 많은 것을 기억하게 된다. 그 사람과 함께 걸어 나가는 길, 집까지 바래다주는 시간, 그 사이에 우연찮게 부딪힌 손가락 마디마디에 감정을 새긴다. 우리는 그렇게 기억한다. "나는 너를 사랑한다." 그렇게 사랑이 시작된다.

망각곡선

정독도서관 앞 작은 영화관에서 우리 둘 말고는 세상 사람 아무도 모를 것 같은 영화 한 편을 보고 나와 북촌 방향에 자리 잡은 우리 둘 말고는 세상 사람 아무도 모를 것 같은 까페에서 우리 둘 말고는 세상 사람 아무도 보지 않을 것 같은 책을 한 권씩 쥐고 소파에 앉아 서로의 어깨와 머리에 기대어 각자의 책을 읽다가 세상 사람 아무도 모르게 졸음에 빠진 그녀의 머리에 손을 얹고 가지런히 책을 탁자 위에 놓는다. 세상 사람 아무도 모를 만큼 우리의 사랑은 특별하리라 생각했으나 그 누구의 사랑도 특별한 것이 아님을 알아차리는 데까지 고작 일 년의 시간밖에 걸리지 않았다. 그렇게 사랑은 끝난다. 그리고 짙었던 명제는 차례대로 지워진다.

먼저 우리는 조사를 지운다. '는'과 '를'. 누가 누구를 사랑했던 것인가는 더 이상 중요하지 않다. "나는 너를 사랑했다"는 명제가 진심이었는지에 대해서도 의심스러워진다. 그때 우리의 사랑에 진실했었는가에 대해 생각하다 보면 그저 지치게 된다. 지친 마음에 그런 생각마저 잊어버릴 때가 되면 조사는 사라진다.

이제 동사의 어미를 잃어버린다. '한다'. 어렴풋이 감정이 남아 있지만 사랑을 가지고 무엇을 했는가에 대해서는 생각나지 않는다. 메워지지 않는 기억의 틈이 존재하고 파편으로 남은 잔상 말고는 '사랑하다'의 진행형을 기억해내지 못한다. 우리가 함께 세상 사람 모를 영화를 보고, 세상 사람 모를 까페에서 세상 사람 아무도 읽지 않을 책을 읽으며 곤히 잠들었다는 것이 우리가 '사랑했다'는 것을 증명해주지는 못하기 때문이다.

어미를 잃고 나면 목적어를 지운다. '너'를 잊는다. 처음에는 그 사람의 귀가 기억나지 않는다. 코도 하나의 자국이 된다. 볼의 윤곽이 흐려지고 입술의 색깔이 변색된다. 머리결의 촉감이 생각나지 않고, 마침내 그 사람의 눈매마저 생각나지 않는다. 온통 흐린 모습. 그리고 그 사람의 이름이 지워진다. 'mississippi'의 스펠링을 기억할 때 앞의 S가 몇 개인지 뒤의 S가 몇 개인지 P가 몇 개인지 도통 기억이 나지 않는 것처럼 이름도 가끔씩 아득해진다.

목적어와 어미를 잃은 어간은 명사로만 존재한다. 그 명사는 한때 고유명사였다. '너'와 '나'에 의해서 비로소 존재하게 되는 것이었으나, 더 이상 '사랑'은 그런 고유명사가 아니게 된다. 사랑은 다시 보통명사로 환원된다. 너와 나의 사랑이 세속의 숱한 사랑과는 다를 것이라고 생각한 스스로가 틀렸음을 깨닫는다. 다를 것이라고 믿어왔던 사랑이 결국 똑같음을 알게 된다. 사랑은 원래 있던 자리로 돌아간다. 그와 동시에 주어와 목적어였던 '나'와 '너'는 완벽히 다른 공간에서 그 자체로 주어인 '나'와 '나'로 남아 완벽히 다른 스스로의 시간을 살아가게 된다.

에빙하우스의 '보유곡선'을 두고 후학들은 그것을 '망각곡선'Forgetting curve이라고 부르게 된다. 언뜻 '보유'와 '망각'의 골은 깊어 보인다. 하지만 그물을 볼 때 씨줄과 날줄을 보는 이도 있고, 그 사이의 공간을 보는 이도 있는 것처럼 그것은 같은 상황을 달리 받아들이고 해석한 것일 뿐이다. 그러니까 누군가를 기억하는 일(보유)은 누군가를 잊어가는 일(망각)인 셈이다.

그리움으로 치환된 기억. 어쩌면 우리는 그것을 '망각'이라고 부르는지도 모른다.

사브지루 스압지루

해장을 위해 찾은 식당은 네댓 평 정도에 테이블이 여섯 개밖에 없는 곳이었다. 하얀색과 하늘색으로 벽을 칠하고 그림을 그린 실내장식은 포르투갈의 전통 양식인 아줄Azul을 떠올리게 했다. 조야하고 소박하지만 정이 가는 밥집이었다. 다행히 메뉴에는 똠양꿍도 있었다. 각자가 원했던 해장 메뉴를 시키고 기다리는 동안 하루코는 빈정 상한 듯 이야기한다.

"메일을 확인해봤는데, 읽고도 답이 없더라고요. 남자들은 다 그런가?"

어디서 많이 듣던 이야기. "남자들은 다 그런가" 혹은 "여자들은 다 그런가"라는 심오하고 철학적인 화두는 국적불문이다. 남자들이 다 그럴 리가 없는 것을 당신이 잘 알지 않느냐고 하자, 고개를 끄덕이면서 "빠가"라고 혼잣말을 한다. "그 정도는 알아들을 수 있는데 혹시 나보고 한 건 아니겠죠?"라고 농을 던지니 당연히 아니라며 그놈한테 하는 말이었다고 한다. 어쩌면 사소한 일이라고 생각할 수 있지만 이 예민한 젊은 예술가는 그런 것을 잘 납득할 수 없는 모양이다.

"사실 이런 게 처음은 아니에요."

"뭐가요?"

"누군가에게 이렇게 빠져들어 내 신경을 모두 그 남자에게 쏟는 거 말이에요."

"그만큼 당신이 감정에 솔직하다는 말이겠죠. 그게 문제가 되나요?"

"문제는 이럴 때마다 내 열정을 다 쏟아 붓는 것 같다는 거예요. 내가 사랑하는 방식이라는 게 지독하고. 이런 식으로 사랑하다 보면 결국, 내가 상처 받는다는 걸 잘 아는데도 이런 식의 뜨거움이 아니면 설레지도 않고 사랑을 하는 것 같지도 않고. 이거 나름 괴로운 일이거든요."

한 손으로는 턱을 괴고 한 손으로는 포크를 만지작거리며 하루코는 한숨 섞인 목소리로 주절주절 이야기한다. 내 사정도 그녀의 고민과 크게 다를 바 없었다.

"그 마음은 내가 잘 알죠. 난 그렇지 않은 사람이라고 생각했는데 이번에 지독하게 앓고 시달리면서 연애를 해보니까 그런 식의 사랑이 사람의 마음을 몽땅 축내는 거 같더라고요. 한국에서 속어로 이런 쓸데없는 소모를 '삽질'이라고 해요. 아무 의미 없이 땅을 파고 다시 파낸 흙으로 덮고 또 땅을 파고. 그런데 사람인 이상 삽질을 하지 않을 수 없는 거 같아요."

"그죠? 그 '사브지루'라는 거 마음에 드네요."

이럴 때 그녀가 일본인임을 새삼스럽게 느끼게 된다.

"사브지루가 아니라 삽질……."

"스—압지루? 발음이 많이 이상해요?"

"아니요, 뭐. 아니지, 이상한 건 하나 있네요."

"뭐가요?"

"그 호주놈이 메일을 읽고도 답장을 보내지 않은 건 상당히 구린 구석이 있네요. 뭔가 냄새가 나."

내가 말하자 하루코는 만지작거리던 포크의 손잡이로 테이블을 톡톡 치면서 고개를 절레절레 흔든다. 나는 목을 쭉 빼서 댁이 생각해도 그렇지 않느냐는 강력한 추궁의 눈빛을 보낸다. 내 시선을 튕겨내듯 뾰로통하게 쳐다보던 하루코는 밖을 내다보며 다시 고개를 절레절레 흔들면서 말한다.

"에이, 에러가 났거나 뭐 그랬겠죠."

"얼씨구? 이 아가씨 혹시 방금 전까지 메일 확인하고 답 안 보냈다고 '빠가 빠가' 거리던 그 아가씨 아닌가?"

자기도 민망한지 키득키득 웃고는 또다시 한숨을 쉰다. 그러다 또 민망한지 혼자 웃는다. 그 사이에 식사가 나왔다. 스프를 한 숟가락 떠 먹어본다. 숙취에 요동치며 경련을 일으키던 내장을 어루만지는 기분이다. 하루코 역시 똠양꿍을 먹으면서 이제 좀 살겠다는 시늉을 한다. 그러더니 다시 킥킥거리며 웃는다.

"술에서 깨어나질 못하네. 왜 그렇게 웃어요?"

"이렇게 오락가락하는 내가 웃겨서요. 나 정말 좀 미친 사람인 거 같아. 좀 쿨해지고 싶은데. 무뚝뚝한 현 짱은 쿨한 편 아닌가?"

"전혀요. 체온이 36도 이상인데 사랑 앞에서 사람이 '쿨'하다면 그건 뭔가 잘못되거나 죽은 거죠. 굳이 표현하자면 '핫' 해야 하는 거 아닐까요? 당신이 조금 재미있는 캐릭터이긴 해도 사랑에 대처하는 방법이 잘못되었다고는 누구도 이야기할 수 없잖아요. 뭐, 미성년자나 유부남처럼 법적으로 금지된 대상에게 성적 욕망을 느끼는 건 아니니까."

유리상자

어쩌면 사랑을 하며 살아가게 되어 있는 우리는 정념으로 이루어진 손난로의 똑딱이를 시도 때도 없이 꺾어대는 것인지도 모른다. 사람이기 때문에. 뜨거운 사랑 안에서 증오를 예비하는 일. 내게 가장 뜨거웠던 사랑은 가장 추악했던 증오를 안겨주었고 서로에게 큰 상처를 안긴 채 끝났다. 결국 믿음의 문제가 아니었을까? 사랑이 증오로 바뀌게 되는 흔한 이유가 우리를 비켜갈 리 없었다.

하나의 사랑이 끝나면서 사랑과 함께 뜨거웠던 감정들은 빠른 속도로 소멸되어갔다. 소멸된 감정과 함께 증오의 타래도 서서히 풀려갔다. 함께 했던 시간을 증명할 만한 것들을 차례로 정리해나갔다. 차곡차곡 모아 두었던 편지를 버리는 것부터 시작했다. 오랜 시간 장거리 연애를 하는 동안 서울과 대구를 오가며 모아두었던 기차표들도 버린다. 왠지 모르게 후련한 마음. 매몰차게 돌아선 내게 끊임없이 전화를 해오는 그녀의 전화번호를 스팸번호로 등록하고 전원을 끈다. 편리한 세상의 편하지만은 않은 방식이지만 그렇게 해야 한다고 생각했다.

모두 다 지워버리겠다고 생각했다. 하지만 느끼지 않으려 해도 느껴지는 감촉이 나를 괴롭힌다. 별 것 아닌 일에 눈물이 난다. 많이 사랑했던 만큼 많이 지쳤다. 그만큼 지쳤기에 더 이상 우리는 아니었음을 안다. 우리가 손에 나눠 꼈던 반지 때문에 그을리지 않은 부분이 남아 백악기의 화석처럼 한때 그곳에 무엇인가 있었음을 표지하고 있었다. 하지만 이것도 녹이 슬고, 바람이 불고, 사람이 죽고, 고깃덩어리가 부패하는 것처럼 얼마 있지 않아 아무런 흔적도 감각도 남지 않게 될 것이라 생각했다. 통조림에서 갓 꺼낸 복숭아처럼 하늘이 샛노랬다. 당장은 어려워 보이겠지만 자연스럽게 잊힐 것이리라. 계절은 돌고 사건은 반복되지만 그 안에 사는 이들은 바뀌는 것처럼. 사랑은 흙먼지처럼 가볍고 아마 이름도, 얼굴도 제대로 생각하지 못하는 순간이 올 것이라고 생각했다.

아마 그렇게 생각했을 것이다.

그리고 관계의 종결을 선언하기 훨씬 전부터 우리의 따뜻했던 겨울은 끝나가고 있었을 것이다. 꿈이라고 해도 좋을 만큼 선명했던 기억이 아슬아슬 사라져 종내 희미한 마음만 남아 돌아볼 수 없게 된 그 겨울은 이미 한참 전부터 끝나가고 있었다. 그리고 나는 그 겨울을 오래전부터 유리상자로 만들어 두었다. 그것은 건드리면 바스락하니 깨질 듯 얇고, 실루엣만 간신히 보이는 불투명한 유리벽으로 만들어진 상자였다. 오랫동안 얇은 유리를 밀어내지 않고 그대로 두고 있었던 나는 여전히 그 겨울에 스스로를 가두어 두었다. 사랑을 구하는 일이 가없이 가엽다고 여겨질지 모르나, 무너진 믿음으로 매몰차게 고개 돌린 그 마지막 순간에 다시 한 번 구해 보았다면, 이토록 꼼짝없이 그 자리에 갇혀 겨울을 떠올리고, 그 따스함을 떠올리고, 그 온도에서 그 체온을 떠올리고, 그 체온을 감싸며 속삭였던 끊임없는 이야기를 살갑게 떠올리며, 아주 가끔씩 그리워하거나 후회하거나 기억을 떠올리지 않았을지도 모르는 일이다. 이제는 그 순간이 지나 다시 잡을 수 없을 만치 멀리 떠난 시간임에도 유리상자 안으로 희미한 내음이 들어와 잠들었던 기억을 명료히 만들지 않을까 생각해본다. 하지만 모질었던 내 마음 덕에 그 사람을 추억할 수 있는 것은 어느 하나 남아 있지 않다.

아니, 그렇게 어디에도 남아 있지 않았으리라 생각했다.

하지만 책갈피로 넣어 계절 속에 숨겨 두었던 진물 가득한 여름 잎사귀 하나가 서재를 훑을 때 해진 낙엽으로 떨어지듯, 체온을 감싸며 우리가 들었던 음악이 여전히 남아 귓바퀴를 맴돌 때 불투명했던 유리상자가 깨끗이 씻겨 나가고 모든 풍광이 또렷하게 눈앞에 펼쳐진다.

당신과 처음 스쳤던 거리와, 당신과 처음 이야기했던 자리. 당신과 처음 눈을 맞추었던 순간 블라인드 안으로 내리비쳤던 햇살. 그리고 너무 밝아 찌푸렸던 나의 이맛살처럼 무너진 우리의 시간들과, 당신을 보내야 했고 당신이 꼭 안고 나를 보냈던 그 자리가 투명한 유리상자 밖으로 겹겹 펼쳐진다. 나는 손끝으로 닿고자 온 힘 다해 유리를 쳐보지만 무엇으로도 깨지지 않을 만큼 단단한 벽이었음을 그제야 깨닫는다. 마음만 먹으면 쉬이 깨질 것이라 생각했을 뿐, 그것은 무엇으로도 깨지지 않는 단단한 벽임을 그제야 알아차린다. 그렇게 당신을 보냈던 그 자리에 남은 나는 여전히 한 발자국도 움직이지 못하고 있다. 뜨거운 여름이 당도한 후에야 나는 따뜻한 겨울에 저릿하게 붙잡혀 있음을 안다.

법륜法輪처럼 만남과 이별을 반복하는 여행의 길 위에서 에로스를 수반하지 않는다고 해도, 그것이 제아무리 길 위에서 스쳐 지나가는 연이라 해도 사람과 사람의 만남, 그리고 만남에서 비롯되는 관계는 필연적으로 사랑과 미움의 줄타기를 동반한다. 정도의 차이일 뿐 사람과 사람 사이의 양가감정은 사람과 사람 사이에 있는 '과'와 같은 것이다. 없어도 크게 어색하지는 않지만 이어지기 위해서는 존재해야 하는 접속사 같은.

사실 하루코와 열흘이 넘는 시간 동안 급조된 동거를 하면서 거의 하루 종일 붙어 돌아다녔기에 애틋한 감정이 들 법도 했고 서로의 욕망이 합의될 법도 했다. 하지만 그런 화학작용에 알레르기 반응을 보인 것은 나였다. 하루코를 하루코만으로 보지 못한 까닭이다. 그녀와 함께 지내고, 이야기를 나누며, 공유하는 것이 많아질수록 나는 그녀에게서 기시감을 느꼈다. 예를 들면 이런 것이다.

세상 사람 아무도 모를 것 같은 코코넛 아이스크림을 먹고 나와, 치앙마이 고성의 정문 타페게이트 방향에 자리 잡은 우리 둘 말고는 세상 사람 아무도 모를 것 같은 노천 까페에서, 우리 둘 말고는 세상 사람 아무도 보지 않을 것 같은 미니호텔 뒤편 헌책방에서 산 B급 영문소설을 읽으며, 소파에 앉아 졸다가 일어나 게스트하우스 옥상으로 가서 새로운 친구들을 사귀며 술과 음악으로 밤을 지새우며 하루를 마감하는. 익숙하다 못해 불편한 '공명'의 징후들은 지난한 사랑을 통해 나를 무던히 괴롭혔던 그 사람을 시도 때도 없이 떠올리게 했고 그 기시감은 전혀 유쾌하지 않았다.

또한 오랜 연인에게 일 년간 다른 사람이 생겼음에 대해 함구하고 지금 와서야 이별을 고할 예정이라는 그녀에게 그래도 용기 있는 것이라며 응원했지만, 사실 이것은 그때 그 겨울에 그 사람과 나의 믿음이 깨어지던 과정을 끊임없이 상기시켜주었다. 때문에 시일이 지남에 따라 필요 이상으로 하루코와 거리감을 두었고, 자연스럽게 생활 패턴을 달리했으며, 내가 귀국을 위해 방콕으로 먼저 돌아가던 날 아침에도 그녀를 깨우지 않고 "Bon voyage"(좋은 여행되길)라고 적은 쪽지 하나만 남기고 숙소를 빠져 나왔다.

오밤중의 습격

치앙마이에서 한국으로 돌아온 지 두 달이 될 무렵, 오밤중에 메일을 확인하다가 하루코로부터 이메일이 온 것을 확인했다. 반가운 마음에 바로 읽어나갔다. 하루코는 남은 한 학기 동안 일주일에 한 번씩 수업을 들으며 백화점 매장에서 아르바이트 중이라고 했다. 하루코는 자신의 지금 모습을 절대로 상상할 수 없을 것이라며 일본에서는 더 이상 히피소녀가 아닌 깔끔하게 정장을 차려입은 영업직원으로 살고 있다고 이야기했다. 그건 나도 크게 다를 바 없었다. 치앙마이에서는 밥 말리의 적자라고 해도 믿을 만큼 하루코 못지않게 히피 스타일을 고수했던 내가 한국으로 돌아와서는 매일같이 셔츠를 다려 넥타이를 매고 흰 가운을 걸치고 선배 의사들의 지도를 받으며 소소한 병원 잡일을 하는 병원 실습생이 되어 있었다. 여행이라는 백일몽으로 탈주를 꿈꾸었던 우리들 중 대부분은 이렇게 돌아갈 곳이 항상 존재하는 까닭에, 국외자의 느낌을 겨우 여행으로 체험이나 할 수 있을 뿐이다.

더 중요한 것은 다음 내용이었다. 하루코가 일본으로 돌아간 지 한 달이 채 지나지 않아서 호주 그놈은 다른 여자와 동거를 하기 시작했다는 것이다. 편지글에서 히피 호주 조각가를 지칭하는 명사는 '호주놈'Aussie에서 '호로자식'Bastard으로 급이 올라도 한참 올라가 있었다. 다행인지 불행인지, 원래 사귀고 있었던 일본 남자친구에게는 아직 호주 조각가의 이야기를 하지 않았는데, 그에게 호주에서 있었던 일에 대해서 아주 적나라하게는 아니더라도 조금은 마음 가는 사람이 있었다는 것 정도로는 이야기를 해야 되지 않을까 고민이라고 했다. 똑딱이를 쉼없이 딸깍거리며 이별의 후폭풍에서 스스로를 제대로 건사하지 못하고 있던 나까지 괜히 마음 졸이며 감상의 나락에 빠지게 만들었던 모든 시간들이 무색할 만큼 하루코의 손난로는 생각보다 싱겁게 식어버렸다. 아니면, 호주산 손난로가 고장나자 쓰레기통에 던져버리고, 원래 있던 손난로의 똑딱이를 꺾어 다시 뜨끈뜨끈한 일본의 봄을 맞이하려 하는 것인지도 모르겠다. 이유야 어찌됐든 오밤중에 제대로 허탈해진 나는 '답장'을 클릭하고 짧은 답장을 적어서 보낸다.

다 잘됐네요. 그런데 내 생각에는 그냥 그 호주 남자는 아예 존재하지 않았던 것처럼, 이야기하지 않는 게 좋을 것 같아요. 그리고 혹시 모르니 내게 보낸 메일과 지금 이 메일도 지우는 게 좋겠어요.

그러니까 그런 거 같아요. 당신이 무엇을 했느냐는 중요하지 않아요. 그게 드러나느냐 드러나지 않느냐가 중요하지. 신뢰는 정직으로 쌓이는 게 아니더라고요. 당신을 만났을 때 망가져 있었던 내 연애사도 정직으로 인해 신뢰가 무너진 것에서 비롯되었으니까.

어쨌든 어디까지나 이건 전적으로 당신이 판단할 문제죠. 잘 지내요.

○

테리

○

침사추이, 홍콩

Terry

이 세상 모든 젊은이들이

결코 애국자가 안 되면

더 많은 것을 아끼고

사랑하며 살 것이고

세상은 아름답고

따사로워질 것이다

— 권정생, 「애국자가 없는 세상」 중에서

웰컴 투 리-얼 홍콩

"장거리 연애?"

개리가 덩치에 맞지 않게 눈을 똥그랗게 뜨고 말한다.

"홍콩에는 남쪽의 스탠리Stanley, 赤柱(홍콩 섬 남동부)에서 중국의 선전深圳(홍콩과 중국의 국경)까지 지하철이 아주 잘 연결돼 있어. 그런데 우리는 그걸 장거리 연애라고 불러. 그러고는 뭐라는지 알아?"

개리가 운을 떼며 크리스를 쳐다보자 크리스가 받아서 말한다

"장거리 연애는 다들 잘 되지 않을 거라고 말해. 그런데 뭐? 서울에서 대구까지? 거리가 얼만데?"

"이백 킬로미터 정도?"

내 대답을 들은 다섯 명의 홍콩 사내들은 어처구니없다는 표정을 짓더니 이내 배를 잡고 웃기 시작한다. 그러고는 약속이나 한 듯이 한 목소리로 외친다.

"말도 안 돼!"

테이블에 앉은 홍콩 사내들은 낄낄거리면서 4년 동안 세 명과 장거리 연애를 했던 나를 놀리고 있는 것이다. 짓궂은 이 청년들은 한국에 교환학생으로 왔을 때 친해져 황금연휴를 홍콩에서 보내게 만든 당사자들인 빅터와 크리스, 그들의 친구들인 개리와 핀 그리고 테리였다. 홍콩에 있던 빅터, 크리스, 개리를 포함해 영국에서 유학생활을 마치고 돌아온 테리와 이탈리아에서 일을 하다가 잠시 들어온 핀은 설 연휴를 맞아 침사추이尖沙咀의 클럽에 딸린 홍콩 야경이 내려다보이는 테라스를 통으로 장악하고—클럽 사장이 바로 개리였다—문틈으로 새어 나오는 음악을 들으며 회포를 풀고 있는 중이었다. 그들은 이방인인 나를 기꺼이 자신들의 파티에 초

대해주었다. 알게 된 지 이틀에서 일 년밖에 되지 않은 이들이었지만 아주 오랜 친구를 만난 것처럼 유쾌하게 대해주었다. 자기들끼리 이야기할 때는 홍콩말로 해도 될 것을 타국에서 온 이를 배려하며 굳이 영어로 이야기해준 덕에 나 역시 이들과 홍콩에서의 처음이자 마지막 '불금'을 흥겹게 보내고 있었다.

클럽의 테라스에서 한눈에 내다보이는 주룽九龍 반도 남단, 빅토리아하버가 휘도는 끝에 위치한 침사추이는 홍콩에 한 번이라도 가봤다면 절대 지나칠 수 없는 홍콩 최대 번화가이다. 침사추이 좌우로는 고급 호텔과 쇼핑센터가 즐비한 캔톤로드와 로드사우스가 위치하고 남북으로는 펍과 고급 레스토랑으로 가득한 네이든로드가 가로지른다.

대부분의 여행자들은 네이든로드에서 열리는 크고 작은 파티에 참여하거나 펍에서 여행자들끼리 혹은 동행자들끼리 간단하게 한잔을 하면서 밤을 보낸다. 그러나 여행자로 북적이는 번화가에서 조금만 모퉁이로 빠져나오면 가이드북에는 나오지 않지만 현지의 젊은이들로 밤이면 밤마다 북적이는 클럽들이 모여 있다. 여행자들이 침사추이에서 이런 클럽을 찾지 못하는 첫 번째 이유는 가이드북에 적혀 있지 않기 때문이고, 두 번째 이유는 아무래도 초고층 빌딩의 고층이나 한가운데 층에 클럽이 존재한다는 것이 클럽에 대해 우리가 가지고 있는 일반적인 상식에 반하기 때문일 것이다. 이런 홍콩의 클럽으로 친구들이 초대하지 않았다면 그들이 한반도 남쪽을 종단하는 장거리 연애를 믿지 않는 것처럼 고층빌딩 한가운데에 클럽들이 숨어 있다는 것을 믿지 않았을지도 모른다.

경호원들이 지키는 로비에서 간단한 검문을 받고 안으로 들어가면 대형병원에서나 볼 수 있는 아주 넓은 엘리베이터 문이 보인다. 땡. 줄을 서서 기다리던 홍콩의 청춘남녀들은 엘리베이터가 도착하기 무섭게 안으로 안으로 빨려 들어간다. 고강도의 금속박스를 타고 묵직한 케이블에 딸려 올라가다 보면 어느 순간부터 금속을 타고 발끝으로 진동이 전달되기 시작한다. "퉁퉁탁퉁퉁탁" 하는 진동이 "쿵쿵쾅쿵쿵쾅" 하는 소리로 변하면 비트와 멜로디가 몸과 귀를 타고 울려퍼진다. 클럽이 있는 층에 도착할 때쯤이면 "땡" 소리는 음악소리에 묻혀 들리지도 않고 문이 열림과 동시에 난사되는 사이키 조명과 현란한 디제잉이 온몸을 파고든다.

크리스는 클럽에 들어서자마자 바텐더에게 가서 얼음을 채운 버켓을 받아 종류별로 병맥주를 골라 버켓이 터질만큼 담아서 테이블로 가져왔다. 내가 많이도 가져온다고 하니, 빅터가 홍콩의 클럽은 일단 입장하는 순간부터 병맥주가 무제한이라고 했다. 이 무슨 '보편적 복지국가' 같은 이야기인가? 어리둥절한 표정으로 버켓을 바라보고 있는 내게 빅터는 병따개로 뚜껑을 "뻑—" 하고 따고는 너스레를 떨며 한 병을 건넨다.

"놀랐지? 웰컴 투 리—얼 홍콩!"

병맥주가 무제한이라는 점만 특이한 것은 아니었다. 중국 본토의 클럽과 비슷하게 춤을 출 수 있는 스테이지는 협소한 편이었고 오히려 스테이지 주변으로 테이블이 많이 놓여 있었다. 그리고 테이블마다 작은 주사위와 검은색 컵이 놓여 있었다. 이것이 뭣에 쓰는 물건인가 하니, 다름 아닌 대화수단(!)이라는 것이다. 이 동네에서는 귀에 대고 이야기하거나 휴대전화 메시지란을 이용해 필담을 나누면서 끌리는 사람에게 다가가는 방식으로 실마리가 풀리지 않는다. 옆 테이블에 앉은 사람이 마음에 들면 주사위 두 개를 컵에 넣고 달그락달그락 흔든 다음 상대방 테이블에 뒤집어 놓는다. 마음에 들면 게임이 시작되고 마음에 들지 않으면 테이블에 올린 손가락을 머쓱하게 빨곤 한다.

하지만 막상 이런 소소한 차이를 제외하면 사실 이곳이 홍콩의 클럽인지 한국의 클럽인지 가늠하기 어려웠다. 일단 음악의 절반 이상이 한국 아이돌 그룹의 노래였다. 말도 안 되는 가정이지만, 나를 초대했기 때문에 일부러 클럽 사장인 개리가 한국 노래를 많이 틀도록 주문해 두었나 싶을 정도였다. 하지만 이런 가정을 한 지 몇 초 지나지 않아 모두가 하나 된 마음으로 슈퍼주니어 노래의 후렴구를 "쏘리쏘리"라며 따라 부르는 것을 보고는 가설을 겸허히 기각했다.

그 자리에서 만난 사람들과 어울려 정신없이 음악과 분위기를 즐기고 있으니 빅터가 다들 도착했다며 테라스로 나가자고 한다. 붐비는 스테이지를 질러서 육중한 여닫이문 앞에 닿았다. 문을 지키고 있던 경호원들이 가볍게 인사를 하며 문을 열어준다. 홍콩의 인구밀도를 축소해놓은 것 같은 클럽 내부와 다르게 테라스에는 널찍하게 몇 개의 테이블만 있고, 맥주 대신 도수가 높은 고가의 술들이 테이블마다 놓여 있다.

전망이 가장 좋은 테라스에 앉아 있던 이들이 손을 흔들었다. 빅터와 크리스는 오랜만에 만난 친구들과 반갑게 포옹을 하고 왁자지껄 떠들며 나에게 그들을 소개시켜주었다. 우락부락하게 생긴 클럽 사장 개리는 압도적인 덩치와 문신 때문에 흑사회(중국 최대의 폭력조직)라고 해도 믿을 정도였다. 하지만 외모와 달리 하이톤의 목소리로 "헤이 브로!"라면서 가벼운 포옹을 청하니 살짝 졸였던 마음이 놓였다. 이탈리아의 명품가방 회사에서 디자이너로 일하다가 잠시 귀국한 핀은 누가 봐도 디자이너구나 알 수 있는 스타일이었다. 훤칠한 키에 비대칭 헤어스타일, 한쪽 귀에 피어싱을 하고 바이크라이더 같은 차림새에 부츠를 신은 그와 가벼운 포옹을 하면서 인사를 나눴다. 그러니까 이들 모두 이 나이대의 홍콩 젊은이들 중에서는 한가락 하는 친구들이었다. 크리스와 빅터 역시, 한 명은 아시아 최고의 이공대학 중 한 곳에서 학부를 졸업하고 석사과정을 밟고 있었고 다른 한 명은 굴지의 보안업체에서 엔지니어로 일하고 있었으니까.

그런데 이런 그들이 "우리의 리더"라고 소개한 테리의 경우에는 또 다른 차원의 엘리트였다. 단정한 정장 차림에 무테 안경을 쓰고 있는 그는 홍콩느와르에 종종 등장하는 캐릭터를 연상케 했다. 왜 그런 캐릭터 한 명쯤 있지 않나? 홍콩의 검은돈이 어떻게 흐르는지를 훤히 꿰고 있으면서 보스와 조직의 살림을 철저하게 관리해주며 정관계 인사들에게 로비를 하는 등 조직에서 없어서는 안 될 인물이지만 영화 종반부에 가면—홍콩느와르는 주인공들이 반동 인물과 함께 죽는 것으로 끝나는 게 대부분이니까—주요 인물들이 사망하기 전에 항상 먼저 죽는 그런 캐릭터 말이다.

테리는 홍콩대를 졸업하고는 캠브리지대학원에서 학위를 받고 돌아와 금융위기와 대량실업의 한복판에서도 홍콩자치정부의 고위관료가 될 수 있는 길을 마다한 친구였다. 그리고 그 금융위기를 몰고 온 원인이었으나 대마불사로 굳건한 위상을 자랑하던 다국적 금융회사 중 한 곳에 어마어마한 초봉을 받으며 갓 입사한 수재였다. 하지만 외양만 보면 테리는 무리에서 체구도 가장 왜소했고, 클럽에 맞는 자유로운 차림을 하고 온 다른 친구들과 달리 캐주얼 정장을 입은 모습이 살짝 촌스러워 보이기도 했다. 그래서 처음에는 "우리의 리더"라고 하는 것이 혹시 놀리려고 그러는 것이 아닌가 싶었다. 하지만 테이블에 앉아 수다가 시작되면서 왜 그를 "우리의 리더"라고 부르는지 알 수 있었다. 때때로 비속어가 섞이는 그의 언변은 거침없었고 거의 모든 대화를 주도했기 때문이다.

장거리 연애에 대한 이야기로 나를 한참 놀려먹고 있던 그들에게 나는 "한국은 그래도 양반이다. 중국 본토 사람들이 장거리 연애를 하면 어떻겠냐?" 고 했다. 커플이 각각 동쪽 끝과 서쪽 끝에 산다면 만나러 가는 데만 꼬박 주말을 다 써야 한다며 농담 섞인 항변을 했다. 딴에는 제법 농담이 섞였다고 생각했는데, 낄낄거리던 웃음 사이로 왠지 어색하고 헛헛한 웃음도 같이 흘러나왔다. 헛헛한 웃음을 낸 이는 개리였다.

뚱한 표정으로 있던 개리가 입을 열었다. 그는 본토에서 온 인간들이라면 이가 갈린다고 했다. 자기 클럽에서 벽에다가 소변을 보거나 어처구니없는 사고를 치는 이들은 죄다 본토에서 온 사람들이라며 본토인 출입금지 팻말이라도 붙이고 싶다고 대놓고 혐오스러워했다. 다른 이들도 고개를 끄덕이며 "문제야, 문제"라고 이야기했다. 내가 본토 사람들 이미지가 그렇게 안 좋으냐고 물으니 빅터는 외려 "예의도 없고 매너도 없고 시끄럽고 지저분한데 중국인에 대해 좋은 이미지를 가진 나라가 어디 있겠냐" 며 되묻는다.

빅터가 고개를 절레절레 흔들며 본토 사람들의 흉을 보기 시작하자 볼멘소리가 여기저기서 터져나온다. 그렇지 않아도 홍콩은 사람으로 바글바글한데 본토인들이 자꾸 들어오니까 이제 인구폭발 직전에 왔다는 것이다. 살인적인 집값은 정신없이 올라가고, 공산품이 부족해져서 물가도 올라가고, 살인 사건도 자주 일어나고,

동네 상점이나 홍콩 고유 브랜드들은 몰락하고 그 자리를 중국 대기업 브랜드가 덮고 있다는 것이었다.

중국 본토인에 대한 볼멘소리는 홍콩 반환 당시에 대한 이야기로 이어졌다. 나와 나이가 엇비슷한 친구들은 모두 1997년 6월 30일 여름의 홍콩 반환 당시를 생생히 기억하고 있었다. 찜통을 방불케 하는 홍콩의 여름답지 않게 궂은 날씨 속에서 진행된 반환절차는 홍콩 행정부 관저에 걸렸던 유니언잭이 내려오는 것으로 시작되었다. 홍콩의 마지막 총독이었던 패튼 총독이 곱게 접힌 국기를 착잡한 표정으로 받아들었다. 뒤이어 홍콩항으로 정복을 입은 찰스 왕세자가 입항해 반환식장으로 향했다. 무엇 하나 스펙터클하지 않은 광경이 없었다.

하지만 무엇보다 이들에게 강렬한 기억으로 남아 있는 것은 6월 30일 저녁, 선전을 통해서 들어오는 인민해방군의 행렬이었다. 탱크를 앞세운 인민해방군은 마치 점령군처럼 홍콩으로 진주했다. 다들 어린 나이였지만 그 장면에서는 모골이 송연해지는 것을 느꼈다고 한다. 어떤 이의 부모는 나라를 잃은 것마냥 흐느꼈고, 어떤 친구의 아버지는 이미 반환이 되기 훨씬 전부터 뉴질랜드에 가서 취직을 했으며, 어떤 이의 가족은 반환식 일정이 주말과 겹쳐 연휴였던 까닭에 오스트레일리아로 가족여행을 다녀왔다고도 했다.

다양한 반응이 있었지만 반환 당시에 장쩌민江澤民이 이야기한 "백 년간의 치욕을 씻었다"는 말에 동의하는 사람들은 없는 듯했다. 아무리 홍콩 반환이 식민지배의 종식이라고 해도 생중계를 보면 볼수록 불안감이 엄습해왔기 때문이었다. 영국의 대처 수상 때인 1983년부터 이듬해까지 스물두 차례나 진행된 중영회담의 결과 홍콩 반환 시점부터 오십 년간 하나의 국가에 두 개의 사회경제체제를 인정한다는 '일국이체제'를 천명했다. 하지만 인민해방군의 행렬을 보면서 홍콩 사람들의 머리에 공통적으로 떠오른 생각은 "과연 이게 지켜질까?" 하는 것이었다고 한다.

"그때는 탱크로 점령했고, 지금은 본토의 대기업으로 점령하고 있어. 걔네들도 잘 알고 있는 거야. 오래전부터 무기는 바뀌었다는 걸."

테리가 이야기했다. 그래도 본토에서 이주를 한 사람들은 괜찮은 편이라며, 그들은 최소한 홍콩에 적응하기 위해서 이곳의 규범이나 규칙은 지킨다고 했다. 오히려 중국인들의 이미지를 떨어뜨리는 건 본토 관광객들이라며, 타인을 배려하는 문화 자체가 없기에 그들이 오가는 자리마다 시끄럽다고 불만스럽게 이야기했다.

흥미로운 것은 테리가 중국 본토의 사람들을 지칭하며 '본토인' the mainland이라는 표현만큼이나 '중국인' Chinese이라는 표현을 자주 사용한다는 점이었다. 자국민을 객관화해서 부르는 뉘앙스가 아니라 아예 다른 나라 사람을 지칭하는 것처럼 이야기했다. 생각해보면 그들이 서로를 부르는 것도 다 영어 이름이었다. 테리, 빅터, 크리스, 개리, 핀 중 그나마 광둥어에 기반을 둔 이름은 핀 정도였다.

나처럼 외국인이 있기 때문에 서로 영어 이름을 불러주는 것이 아니라 그들끼리 대화할 때조차 본명보다는 영어 이름으로 부르는 것이 더 익숙해 보였다.

"중국인이 전혀 아니라고 느끼지는 않아. 하지만 나보고 '넌 중국인이냐 홍콩인이냐'고 묻는다면 아무 주저 없이 홍콩인이라고 대답할 거야. 나뿐만 아니라 홍콩인이라면 모두가. 딱 잘라 말해서 홍콩 사람들 대부분은 영국 식민시대를 그리워해. 제아무리 관에 줄을 대고 정부에 아양을 떠는 이들이라고 해도 속으로는 다 그렇게 생각할 거야. 완전 깡촌이던 어촌 마을이 금융경제의 심장이 되는 데 결정적인 역할을 한 건 마오가 아니라 영국 총독부니까. 아편전쟁이 치욕인 건 본토 사람들 생각일 뿐이지."

홍콩인들에게 중국인으로서의 자의식은 없느냐는 내 질문에 테리는 수위 조절 없이 대답을 마구 쏟아냈다. 자신이 식민주의를 옹호하는 것은 절대 아니며, 단지 홍콩의 식민 상황이 다른 식민지 출신 신흥국들과는 한참 다르기 때문에 홍콩인들의 영국 식민시절에 대한 향수를 식민지 근성에서 벗어나지 못하는 것으로 보면 안 된다고 강변했다. 테리가 열변을 토하고 목을 축이는 동안 크리스가 이어받았다.

"맞아. 사실 여기 주룽 반도와 홍콩 섬의 역사는 아편전쟁 이후에 시작된 거잖아. 문화가 다른 것을 넘어 나라가 다르다는 생각도 가끔은 해. 우리는 본토 사람들보다 인터내셔널한 것들을 누릴 기회가 많으니까 아무래도 비교를 하게 되지. 서양의 최신 유행을 시간차 없이 받아들이고, 최첨단 기술로 지어진 고층빌딩에서 일하고, 그런 곳에서 살고 있기도 하고, 먹고 마시는 것도 백주白酒보다는 맥주를, 딤섬보다는 버거를 많이 먹으니까. 그렇다고 딤섬을 안 먹는 것도 아니고, 백주를 안 마시는 것도 아니니까 '홍콩인들은 뭐다'라고 딱 잘라 말하기는 어려워."

신식민지주의

한때 '신식민지론'은 자본을 통해서 정치적 독립을 부여하고 문화적·경제적 예속을 통해 식민지 지배를 유지한다는 뜻으로 '종속이론'의 동의어처럼 받아들여졌다. 하지만 국제관계학자 니시카와 나가오西川長夫는 그의 책 『신식민지주의론』에서 '신식민지주의'를 약간 다른 관점에서 해석한다.

거칠게 정리하면 그는 현대의 지구화된 시대를 식민지 없는 식민지주의 상태로 정의하고 있으며 그런 의미에서 '글로벌리제이션'Globalization이란 제2의 식민지화와 다름없다고 주장한다. 가시적으로 보이지 않는 식민지이기 때문에 그 양상은 매우 다채롭다. 그에 따르면 국가 안에 존재하고 있는 지역적인 식민지나 도시 안의 이민자들에 의해 형성되는 식민지가 국가 내부에서 민족국가의 기반을 약화하고, 트렌드와 산업 양상이 지구적인 범위로 시차 없이 일어나는 글로벌리제이션 때문에 민족국가의 기반이 약화된다고 설명한다. 약화된 기반에 위기의식을 느끼는 국가체제는 반작용으로 수세적이고 복고적인 민족주의를 강화하게 되고, 다양한 힘이 상충하는 상태에서 식민의 주체와 객체를 종잡을 수 없는 상태에 이른 것이 오늘 우리가 살아가는 신식민지 사회의 모습이라는 것이다.

다른 이론가들은 식민지 없는 식민지 시대에서 가시적인 식민지는 다름 아닌 바로 우리 개개인들이라고도 이야기한다. 북한산 단추가 달린 중국산 셔츠를 입고, 일본 브랜드의 베트남산 바지를 입고, 스위스 시계를 차고, 독일차를 몰고, 한국 상표가 달린 이탈리아산 안경을 끼는 우리들의 차림만 보아도 누가 지배자이고 누가 피지배자인지는 알 수 없지만 우리 몸은 그 자체로 식민지의 양상을 띠고 있다는 것이다. 때문에 도통 무엇이 무엇인지 알 수 없는 시대에 이들 홍콩인들의 정체성을 두고 영국 식민지시대의 향수에 사로잡혀 있다고 하는 것은 듣는 사람 입장에서는 퍽 억울한 일이라고 이야기할 수도 있다.

오히려 이들의 이야기를 들어보면 영국보다는 일본에 대한 불만이 더 많은 편이었다. 제2차 세계대전 당시 난징대학살의 비극을 만들면서 광저우廣州를 장악한 제국주의 일본은 홍콩이 영국의 식민지라는 부담에도 불구하고 아시아태평양지역 교통의 요충지였던 홍콩을 포기할 수 없었다. 1941년 12월에 시작한 전쟁은 20일도 채 되지 않는 기간 안에 끝났다. 홍콩의 일제 강점기는 일본이 세계대전에 패하는 1945년까지 지속된다. 일본의 패망 직전에 연합군 측이었던 대만 정부는 홍콩으로 들어가 일본의 항복을 받아내고 홍콩을 장악하려고 했다. 하지만 영국의 반대로 무산되고 홍콩은 다시 영국의 군정하에 복속된다. 4년밖에 되지 않는 기간이었지만 일본의 통치 기간 동안 무단통치가 계속되었고 불만은 극에 달했다. 역사적으로도, 영국에 대한 홍콩인들의 무력 저항은 영국군정 초기에 잠시 나타날 뿐이었지만 일본통치기에는 지속적으로 저항이 일어났음이 이를 반증한다.

아편전쟁의 결과로 영국의 식민지가 되었다가 일본의 식민지가 된 후 다시 영국의 식민지로 돌아가고 몇십 년 만에 중국에 반환되었으나 일국이체제로 남게 된 상황. 역사의 주요한 분기마다 전쟁과 그 흔적으로 점철된 이 도시를 사는 이들에게 국가란 무엇일까?

애국심

"아무리 스스로를 홍콩인이라고 생각한다고 해도 중국에 대한, 혹은 중국인으로서의 애국심이 불끈거릴 때가 있지 않아?"

나의 질문에 테리는 당연히 있다며 베이징올림픽을 예로 들었다. 그때는 "중국에서 올림픽이 열렸구나"로 받아들인 것이 아니라 "우리나라에서 올림픽이 열렸구나"로 받아들였다고 했다. 그때 밀라노에 있었던 핀은 오성홍기를 들고 본토 사람들과 함께 어울려 중국팀을 열렬히 응원했다고 이야기했다.

"재미있네. 내가 한국에서 목격한 가장 큰 국제 스포츠 행사는 한일 월드컵이었는데, 그때 우리나라 사람들은 모두 축구공과 빨간색 티셔츠와 태극기에 목숨을 건 것처럼 보였거든."

어림짐작으로는 실질적인 역사의 기원이 전쟁의 잔재였던 홍콩에서 살아온 홍콩인들의 경우 국가 간 대결 구도를 싫어하고 숨기고 싶은 경향이 조금은 있지 않을까 하는 생각을 했다. 하지만 이 친구들의 이야기를 듣다 보면 올림픽과 같은 국가 간의 유사 전쟁 상황에서는 한국과 별반 다를 바 없이 국가정체성이나 집단자의식이 순간적으로 분출된다는 것을 알 수 있었다. 테리는 베이징올림픽뿐만이 아니라 국제 이슈나 국가적 성취가 얽힐 때는 홍콩인들이 중국인임을 인지한다고 이야기했다.

"동중국해에 댜오위다오釣魚島 영해 분쟁이 생길 때처럼 국가 간의 분쟁이 생기면 당연히 우리는 중국인임을 깨닫지. 우리 홍콩 사람들이 가장 싫어하는 민족이 있다면 아마 일본일 테니까, 일본과 영해 분쟁이 생긴다면 없던 중국에 대한 애국심도 생기는 거야."

본질적으로 베이징올림픽 때와 비슷한 셈이었다. 올림픽도 국가 간의 대결이고, 영해 분쟁은 더욱 확실한 국가 간의 대결이므로. 실상 홍콩은 올림픽에도 따로 출전하고, '댜오위다오'가 중국령이 되든, '센카쿠'로 일본령이 되든, '타오위치다오'로 대만령이 되든, '조어도'로 한국령이 되든 사실 홍콩과는 별 상관이 없는 일이었다. 그럼에도 홍콩 사람들은 이렇게 중국 대 타국의 대결 구도가 형성되면 중국인임을 느낀다는 것이다. 심지어 이어지는 이야기를 들으면서 몇 분 전까지만 해도 본토인들의 무례함과 소란스러움을 비난하던 그들과 같은 사람인가 하는 생각이 들 정도였다.

"우리가 중국인이라고 느낀 또 다른 뭉클한 순간은 중국이 세계에서 세 번째로 유인우주선을 쏘아 올렸을 때일 거야. 안 그래?"

테리의 말에 다른 이들 모두 고개를 끄덕였다.

폭력의 예감

역사학자 도미야마 이치로가 쓴 『전장의 기억』과 『폭력의 예감』을 떠올려 본다. 그는 이 두 권의 책을 통해 전쟁은 끝났지만 전장戰場은 계속되고 있다고 이야기한다. 제2차 세계대전이 끝난 지 반세기가 훌쩍 넘었지만 전장의 흔적이 지워지기보다는 오히려 우리의 일상생활과 일상적인 공간 안에서 더욱 또렷해진다는 것이다. 또렷해지는 이유는 다음과 같다.

근대 이후의 전쟁은 일상 공간을 모두 전장으로 만들었다. 일단 전쟁이란 것이 공간 안에서 일어나면 피할 수 있는 방법은 없다. 국민국가에서 모든 국민은 병사로 동원되고 모든 공간이 전장이 된다. 이렇게 되면 전투병과 비전투병 간에 구분이 없어진다. 때문에 우리가 살고 있는 일상의 모든 공간에는 전장이 될 가능성이 내재되며, 일상을 살아가는 모든 인간에게는 군병軍兵의 가능성이 내재된 상태로 근대의 일상이 구성되는 것이다. 전장이 일상으로 옮겨

오면서 제국주의 시대와 식민주의 시대의 폭력은 끊이지 않는 고리를 낳는다. 즉, 평상시의 법 · 제도 · 규율이 일상 속에서도 끊임없이 전쟁 시기에 사용되는 군율軍律과 조응하고 공명한다는 이야기다. 전장의 기억이 생생하게 서린 곳으로 도미야마 이치로는 '오키나와'沖繩를 불러낸다.

오키나와는 1897년까지 류큐 왕국이었던 역사를 지니고 있다. 류큐 왕국은 오백 년간 중앙집권적 왕조국가를 형성하고 있었다. 일본 제국주의의 첫 번째 정복지는 바로 이 류큐 왕국이었다. 이미 17세기부터 일본에 속국화되어 왔지만, 그래도 왕조를 꾸준히 유지하고 있던 류큐 왕국은 메이지유신이 있던 해에 맥없이 무너지고 일본으로 편입된다. 대동아전쟁을 준비하면서 오키나와는 병참기지화되었고, 오키나와 사람들은 일본군으로 징병되어 욱일승천기 아래 동아시아의 여러 국가들을 침략하는 데 동원된다. 그들은 제국주의의 폭력에 적극적으로 동참하는 것이 생존할 수 있는 길이라고 생각했다. 전쟁터에 앞장서 공훈을 세우면 그동안 이등국민 대우를 받던 서러움도 걷힐 것이고, 일본 내지인들과 같은 대우를 받을 수 있다고 생각했다.

물론 결과는 정반대였다. 이등국민 대우는 달라지지 않았다. 오히려 일본 정부는 오키나와 사람들이 이등국민은커녕 죽어도 상관없는 금수와 같다고 생각했다. 일제 패망 직전에 오키나와에 떨어진 '옥쇄령'玉碎令(옥처럼 아름답게 부서지라는 집단자결 명령)이 이를 반중한다. 미군이 오키나와에 상륙하자 일본 정부는 내지로 상륙하는 것을 지연시키기 위해서 '옥쇄'를 명령했다. 오키나와에 있는 이들은 모두 전투 중에 죽든 자살을 하든 어떤 식으로든 모두 다 죽으라는 명령이었다. 어처구니없는 명령이었지만 실제로 오키나와 인구의 40퍼센트가 '옥쇄' 기간 동안 사망했다. 그리고 전후에 오키나와 곳곳에서는 전투 중에 죽은 것이 아니라 서로가 서로를 죽인 것으로 추정되는 시체들이 상당수 발견되었다.

관동대지진 당시에도 마찬가지였다. 일본은 국내적 위기를 타개하기 위해 내부의 식민지인들을 희생양 삼는다. 내지에서 조선인 대학살이 일어난 것이다. 이 학살 기간 동안 적지 않은 오키나와인들도 조선인으로 오인되어 희생된다. 책에는 이런 장면이 나온다. 관동의 자경단이 오키나와인을 붙잡아 칼을 들이대며 조선인이냐고 묻는다. 오키나와인은 "아니다"라고 이야기하지만 말투가 다르다는 이유로 칼이 목 안으로 파고들어온다. 그 찰나 옆에 있던 이가 청일전쟁과 러일전쟁에서 전공을 세운 오키나와인이라는 것을 확인해주는 것으로 죽음을 모면한다. 그리고 장면은 관동대지진 후 오키나와의 교실로 옮겨 간다. 그 교실 장면에서 선생은 "우리가 조선인이 아니라는 것을 반드시 밝혀야 한다"는 것을 가르치고 있었다고 묘사한다.

또한, 전장의 기억에서 자유롭지 않은 오키나와 사람들도 조선인을 학살하는 데 적극적으로 동참했다는 정황이 밝혀진다. 하지만 오키나와인들이, 그러니까 식민지 류큐인들이 그렇게 세 번의 큰 전쟁에 전공을 세우고 조선인들을 학살하는 데 앞장섰다고 해서 내지인들과 같은 대우를 받게 되었을까? 결국에는 그렇게 되지 않았음을 여전히 전장의 기억에서 자유롭지 못한 지금의 오키나와가 잘 보여주고 있다.

이제 남은 것은, 오키나와인들이 왜 그리도 오래 시간 동안 내지인의 민족주의와 동일한 환상의 '일본인'에 편입되기 위해 자발적으로 복속되어 왔는가 하는 의문이다. 이를 두고 도미야마 이치로는 '폭력의 예감'이라는 키워드로 설명한다. 오키나와 사람들은 이미 겪은 역사 속에서 폭력의 공포를 예감하게 되었다. 특히 전체주의의 바람이 횡행할수록 불확실한 미래에서 언제 닥칠지 모르는 권력의 파괴성에 대하여 과거를 통해 가늠하게 된다. 불확실하기 때문에 권력의 주체를 완벽하게 파악할 수도 없고, 그러한 폭력이 도래하는 것을 예측할 수 없다. 하지만 그러한 권력과 폭력이 예측 불가인 까닭에 그에 대한 '예감'은 식민지인들이 자발적으로 내지인들의 공동체에 귀속되고자 하는 본능을 끊임없이 불러일으킨다. 전장의 기억으로부터 인지된 폭력의 예감은 식민지의 타자들을 끊임없이 상상의 공동체로 밀어넣고 있는 것이다.

섬에서 섬으로

테리는 관료가 되는 길과 금융계 종사자가 되는 길 중에서 후자를 택했다. 단순히 어마어마한 연봉 때문에 선택했다고 하기에는 이미 그는 별 걱정 없이 살 만한 재산을 가진 집안의 장남이었다. 그럼에도 왜 둘 중 그 길을 택했냐고 묻자, 그는 이런 선택은 홍콩에서 보편적이고 오래된 현상이라며 돈을 택한 것이 무력감의 소산임을 고백했다.

"예전에도 그랬지만 요즘에는 더 그래. 홍콩에서는 관료가 되는 길이 그렇게 매력적이지 않거든. 중국에 반환되면서부터 홍콩 정부에서 일하는 것이 뭔가 무기력해 보이기도 하고 의미 없어 보이기도 했어. 나 같은 홍콩대 출신의 경제경영 엘리트들은 금융권으로 진출을 하는 게 정석이야. 반환 전이든 후이든 어차피 홍콩인들은 권력을 아무리 타고 올라가도 홍콩인의 것이 아니지만, 최소한 돈은 내 것이 되니까."

이런 테리의 이야기를 들으면서 '성장의 한계'의 전범을 보여주는 것 같은 이 팽창된 도시에 만연한 소비와 향락과 자본의 불빛이 어쩌면 전장의 기억에서 비롯되지 않았을까 하는 생각이 드는 것이었다. 오키나와만큼이나 홍콩 역시 불확실한 현실 속에서 언제가 도래하게 될 폭력을 예감할 만한 역사가 스며 있다. 그리고 이런 역사에 대한 기억과 그로부터 얻어지는 폭력이 홍콩인 각자의 유전자에 각인된 것은 엘리트 코스를 차곡차곡 밟아온 테리 같은 이에게도 예외가 아니었다. 중국 본토인에 대해서는 한없이 경멸을 보이다가도 중국이 보여주는 강함 앞에서는 중국인 되기를 마다하지 않는 그들은 절대 유약하고 무지한 이들이 아니었다. 자기 분야에서 둘째가라면 서러울 위치를 차지하고 있는 이들마저도 이처럼 '중화'와 '민족'이란 허울 앞에서 자발적으로 '애국자'임을 천명하는 장면은 쉽게 잊히지 않는다.

이제 다시 나에게, 그리고 타지에서 지낼수록 점점 나를 규정하는 '한민족'과 '국가'에 동일한 잣대를 들이밀어본다. 내가 사는 일상에서 전장이란 흔적이 아닌 현재다. 분단으로 지속되고 있는 전장에서 폭력은 인터넷상의 수사부터 현실 권력의 폭력까지 다양한 방식으로 나타난다. 예컨대 소위 민주주의 사회에서 자신과 의견이 다른 사람을 향해 우스개처럼 '종북'이라고 낙인 찍는 것은 얼마나 끔찍한 일인가? 이런 혐오의 언어를 아무 죄의식 없이 쓰는 이들은 '빨갱이' 같은 수사修辭가 전장의 기억이 또렷했던 곳에서 저지른 비극을 상기해보아야 한다.

그 비극은 홍콩 섬이나 오키나와와 마찬가지로 섬을 배경으로 했다. 비극은 그렇게 섬에서 섬으로 전파되었다. 하루아침에 빨갱이로 몰려 1948년 4월 3일부터 약 반년 동안 군경과 우익테러단체 서북청년단에 의해 죽임을 당한 제주도의 사망자 중 확인된 수만 3만 명이며 추정치는 8만 명에 이른다. 이는 당시 제주 인구의 8분의 1에 해당하는 수치였다. 인명을 수치로 계산하는 얼치기 효율을 내던지고 한 명의 죽음 속으로 들어가보자. 죽은 육신을 두고 감기지 않은 수만 쌍의 눈동자가 밤하늘의 별을, 안개 낀 오름을, 그리고 이 모든 살육의 현장을 기억하는 한라산을 바라보며 논과 밭과 모래사장 위를 나뒹굴었다. 2003년 당시 대통령은 국가의 잘못을 인정하면서 사과를 하고 제주를 '평화의 섬'으로 선포했다. 하지만 망자들과 참혹을 기억하는 이들에게 한마디 사과와 '평화의 섬'이라는 허울이 무슨 소용일까? 그로부터 십 년 넘게 지난 오늘까지도 다이너마이트가 터지고 있는 제주도 작은 해변의 바윗자락에서 폭력에 대한 예감은 충분히 느낄 수 있는데 말이다.

그 안에서 자유롭지 못한 나는 역사란 부끄러울수록 기억해야 하는 것임에도 종종 그것이 불러오는 무게로부터 도피하곤 한다. 변명은 다양하다. "내 일이 아니므로", "나와 상관 없으므로", "내가 바꿀 수 없으므로". 그러나 이 다양한 변명 속에 존재하는 '나'는 과연 아무런 상관이 없는 객체일까? 나는 테리와 다른 홍콩 친구들과의 대화를 떠올리면서 자문하지 않을 수 없었다. 사유의 끈을 풀고 도망쳐, 불의는 참을 수 있어도 불이익은 참지 못하며, 4년마다 붉은 티셔츠를 입고 "대한민국"을 외치고, 5년마다 누구를 찍는 것이 옳으니 그르니 따지는 나와 나를 둘러싼 공동체의 모습에 환멸을 느끼지 않는 것이 과연 정상적인 일인지.

까말

포카라, 안나푸르나, 네팔

Kamal

고산병과 '순응'

고산병은 흔히 '병'으로 지칭되지만 영어로는 'High-altitude medical problem'이라고 한다. 즉, 하나의 특정한 병disease이 아니라 신체의 여러 증상symptom이라는 뜻이다. 해발 2천 미터에서 3천 미터 이상의 고지대에 올라가면 공기 중에 산소의 농도가 희박해진다. 숨을 쉬어도 공기 중 산소가 적기 때문에 산소를 몸속에 운반하는 혈액, 특히 동맥혈 내의 산소분압(폐와 인체 각 조직 사이에 기체를 교환할 때 압력 차에 의해 교환이 되는데 이때 산소만의 압력을 뜻함)이 낮아지게 되고, 이로 인해 여러 가지 급성반응이 생긴다. 두통, 호흡 곤란, 메슥거림, 구토와 같이 바로 눈치 챌 수 있는 증상이 먼저 나타나고, 시간이 지나면서 소변 양이 줄고 잠을 못 자게 되는 증상들을 느낄 수 있으며, 아주 심하면 뇌나 폐에 물이 차는 뇌수종 · 폐수종 같은 것들이 나타날 수도 있다.

간단하게 고산병이 일어나는 과정을 살펴보자. 먼저 대기 중의 산소 밀도가 낮아지면 동맥혈 안의 산소 농도도 낮아진다. 이렇게 되면 세포로 이루어진 인체의 기본단위인 조직에 산소가 충분히 공급되지 못하는 저산소증이 일어난다. 조직에 저산소증이 일어나면 우리 몸으로 에너지 전달이 충분히 되지 못하고 심하면 조직이 죽어버리는 괴사가 일어날 수도 있기 때문에 우리의 몸은 낮아진 산소분압에 대응하기 위한 보상반응을 일으킨다. 이것을 의학용어로 '순응'compliance이라고 이야기한다.

예를 들면 이런 것들이 인체의 순응 현상이다. 숨을 많이 쉬어서 부족한 산소를 보충하기도 하고, 괴사하면 치명적인 조직인 뇌를 우선적으로 보호하기 위해 뇌로 가는 혈류량을 증가시키기도 하며, 산소를 이미 쓰고 난 정맥혈을 폐로 빨리 순환시키려고 하기도 한다. 이렇게 인간의 몸은 주변의 조건에 인체를 순응시키려고 노력하지만 대기 중의 산소 농도가 특정한 수치 이하로 떨어지면 그때는 몸도 어쩔 수 없어져 산소결핍 증상이 일어나며 고산병 증세가 생기기 시작하는 것이다.

그렇다면 고산병이 발생했을 때 가장 중요한 치료법은 무엇일까? 허무하게도 정답은 "산을 내려간다"이다. 농담이 아니라 교과서에 '가장 중요한 치료법'Treatment of Choice, TOC이라고 적혀 있는 그대로다. 하지만 생각해보라. 히말라야 한번 등반해보겠다고, 있는 휴가 없는 휴가 차곡차곡 쌓아서 비싼 비행기까지 타고 왔는데 두통이나 구역질에 내려가겠다는 사람은 그리 많지 않을 것이다.

그것은 푼힐에서 트레킹을 함께 한 혜영도 마찬가지였다. 히말라야의 고산준봉들이 병풍처럼 펼쳐진 페와 호수 주변으로 안나푸르나 등반을 원하는 사람들이 모여 등반 준비도 하고 까페와 바, 레스토랑에서 여흥도 즐길 수 있는 네팔의 제2도시 포카라Pokhara에서 출발한 우리는 나야풀(해발 1070m), 힐레(해발 1475m)를 거쳐 푼힐전망대를 올라가기 위해 마지막으로 묵게 되는 산장 밀집 지대인 고레파니(해발 2860m)에 당도했다. 푼힐에서 일출을 본 뒤 간드룩과 담푸스를 거쳐 내려가는 코스로 보통 6일은 잡는 코스였지만 혜영의 귀국 일정에 맞추다 보니 이 모든 일정을 빠르면 4일, 늦어도 5일 만에 다녀와야 했다.

등반 사흘째 새벽.

우리는 고레파니의 한 산장에서 출발해서 푼힐전망대를 향해 가파른 산길을 올라가고 있었다. 한 시간 만에 해발고도 삼백 미터를 더 올라가야 했기 때문에 체력 소모가 만만치 않은 구간이었다. 게다가 그 높은 곳에 있는 산장까지 바리바리 싸들고 간 1리터짜리 팩 와인을 비우고 잔 데다 기상 시각은 새벽 네 시였던 까닭에 걸음이 몇 배는 더 무거웠다. 결국 등산 경험이 거의 없던, 한국에서 온 이십대 초반의 여성은 머리와 입을 감싸고 주저앉아버렸다.

하지만 세계 최고의 절경 중 하나라는 푼힐전망대에 도착하기까지 불과 이십여 분도 남지 않았는데 그깟 두통이나 구역질이 대수일 리가 있겠는가. 그래서 이렇게 가벼운 증상을 보이는 경우에는 굳이 하산을 하지 않는 방법도 있다. 증세가 나타나는 자리에 가만히 앉아서 몸을 환경에 지속적으로 적응토록 하여 강제로 순응시키는 것이다.

우리를 이끌던 포터(가이드 겸 짐꾼)인 까말 아저씨는 혜영을 자리에 앉힌 후 몇 분간 깊이 숨을 쉬도록 했다. 아저씨는 혜영의 몸이 어제부터 썩 좋아 보이지 않아 오늘은 부러 일찍 출발했다고 이야기했다. 이렇게 고산병이 왔을 때 조금씩 쉬어가더라도 제시간에 안나푸르나의 일출을 볼 수 있도록 한 배려였다.

"어제 술은 왜 마셨어? 한국 사람들 술 너무 좋아해."

까말 아저씨가 반은 웃자고, 반은 나무라듯 이야기했다.

"그러게요, 아저씨. 왜 그러는 걸까요?"

뒷머리를 긁적이며 민망한 목소리로 내가 반문하자 아저씨는 "네팔 사람들은 간짜(마리화나)를 하니까 쌤쌤"이라며 웃는다. 잡담을 하는 동안 일출 시간이 조금씩 가까워지고 있었다. 좁은 산등성을 따라 세계 각지에서 몰려든 관광객들이 안나푸르나의 일출을 보기 위해 올라가고 있었다. 까말 아저씨와 나는 비좁은 산길 안쪽에 쪼그려 앉아 해발고도 3천 미터에서 순응하려고 안간힘을 쓰는 혜영을 걱정스럽게 바라보았다.

일출 시각이 가까워질수록 눈앞을 지나가는 사람들의 다리가 혜

아릴 수 없을 만큼 늘어나 마치 무협지에 등장하는 무영각無影脚을 보는 듯했다. 얼마간을 쉬고 나서야 혜영은 이제 괜찮다며 자리를 털고 일어났다. 배낭을 다시 둘러멘 우리는 그 인파를 따라서 철쭉제 시즌의 정체 구간을 오르는 등산객이 된 양 길게 늘어선 줄에 끼어들어 천천히 산길을 따라 푼힐전망대로 올라가기 시작했다.

고산병은 원래 전문산악인들에게나 나타나는 직업병이었지만, 고산트레킹을 즐기는 레저 인구가 늘어나면서 매우 보편적인 것이 되었다. 그런 까닭에 레저용 고산트레킹 중 세계에서 가장 유명한 코스라고 할 수 있는 안나푸르나 푼힐전망대를 오르는 길에는 고산병 증세 때문에 숨을 헐떡이거나 웅크려 주저앉은 사람들을 심심찮게 볼 수 있다.

그런데 고산병 증세가 나타날 때 하산이 가장 중요한 치료법인 것은 맞지만 사실 이것도 최선의 치료법이라고 이야기할 수는 없다. 최선의 치료는 고산병 증세가 나타나지 않도록 미리 예방하는 것이기 때문이다. 가장 간단하게 예방하는 방법은 천천히 올라가는 것이다. 조금 올라가서 인체가 순응하는 동안 쉬고, 또 조금 올라가서 인체가 순응하는 동안 쉬고. 전문산악인 중에서 무산소로 고산등정을 해내는 사람들 역시 똑같은 원리로 천천히 이동한다. 물론 시간에 의존하는 방법만 있는 것은 아니다. 순응을 '돕는' 방법도 있다. 아세타졸아마이드라는 이뇨제를 아침저녁으로 하루에 두 알씩만 먹으며 올라가면 레저용 산악고도인 3천 미터에서 5천 미터 사이는 대부분 고산병 없이 등정을 할 수 있다.

천천히 순응을 하면서 올라가면 아무 문제가 없겠지만, 문제는 대부분의 사람들이 그렇게 할 시간이 없다는 것에 있다. 휴가도 한정되어 있고, 여행 일정도 짜여 있고, 출국하는 비행기편도 예약되어 있고, 포터와의 계약일도 있고, 하루가 지연되면 산장에 묵으면서 써야 할 돈도 만만치 않다. 아무 계획도 없고, 시간도 많고, 돈도 충분하다면 문제될 것이 없겠지만 세상일이라는 것이 늘 그렇지만은 않지 않나. 그러니까 인간의 신체가 고산지대라는 자연환경에 순응하기 어려운 이유는 아이러니하게도 사회환경이 신체를 구속하고 있기 때문이다.

번다

착륙할 예정이니 안전벨트를 매라는 안내방송이 나왔다. 나는 멍한 상태로 가만히 눈만 떴다. 방콕에서 카트만두까지 몇 시간 걸리지 않았지만 방콕에서 일주일간 낮밤을 바꿔가며 놀고는 바로 비행기를 탄 까닭에 나는 턱 밑으로 흥건히 흘린 침을 닦아야 했다. 턱을 매만지는 척, 침을 문질러 닦은 나는 "으응—" 하는 외마디 신음과 함께 기지개를 켜고 시트를 바로 세웠다. 까치집 지었을 것이 뻔한 뒷머리를 정리하고 있으니 사람들의 따가운 시선이 느껴졌다. 시선이 쏠려오는 왼쪽을 쳐다보니 같은 열에 앉은 사람 중 절반 이상이 나를 쳐다보고 있었다. 어제 새벽까지 과음을 했더니 코골

이가 심했나. 민망하고 머쓱해진 나는 시선을 반대쪽으로 돌렸고, 그제야 나는 사람들이 나를 보고 있는 것이 아니라는 것을 알 수 있었다.

비행기가 우측으로 선회하여 공항으로 진입하려는 찰나였다. 내가 앉은 창가 자리 창문 밖으로는 만년설로 붓질 해둔 히말라야의 준령들이 끊임없이 펼쳐졌다. "비행기 처음 타보나? 창밖 구경이 뭐야, 촌스럽게"라며 시크하게 창밖을 보지 않을 교만한 여행자라고 할지라도 이 풍경 앞에서는 눈을 창문에 고정시킬 수밖에 없을 것이다. 해발고도 천 미터에 지어진 트리부반 국제공항에 가까워질수록 뾰족한 칼날이 하늘을 향해 촘촘히 박힌 것 같은 산들이 제각기 위엄과 풍모를 드러내며 눈앞으로 다가왔다. 계속해서 우로 좌로 선회하면서 몇 시간이고 구경만 하면 좋겠다는 생각이 들 정도로 착륙이 아쉬웠다.

전기가 제대로 들어오지 않아 어둑어둑한 입국 심사대와 세관을 거쳐 공항 밖으로 나와서 택시가 늘어선 곳을 향했다. 수도의 국제공항 앞에 늘어선 택시들이 터무니없는 가격을 부르는 것은 어느 나라를 가든 일상이었기에 "이 정도 실랑이쯤이야" 하면서 옥신각신 흥정을 하려고 했다. 미터기 따위는 존재하지도 않고 있다고 해도 장식품에 불과한 네팔의 택시를 타기 위해서는 흥정이 필수였다. 그런데 흥정에는 잔뼈가 굵을 대로 굵었다고 생각했음에도 아무리 깎고 깎아도 좀체 예상했던 가격 아래로 내려가질 않았다. 도저히 못 깎겠다 싶어서 다음 택시로 가려고 하면 대체로 잡기 마련인데 여기 택시기사들은 붙잡기는커녕 그냥 딴 차 알아보라며 가라고 손짓했다. 택시기사들 사이에 카르텔이 형성된 것인가 싶어 버스를 알아보려고 했지만 버스는 아예 운행도 하지 않았다.

하릴없이 다시 택시정류장으로 가고 있는데 단돈 1달러라도 아끼기 위해 동분서주하고 있는 청춘을 보고 있던 교민 아주머니 한 분이 택시를 같이 타자고 했다. 다행이다 싶어 아주머니와 함께 택시를 타고 카트만두의 여행자숙소 밀집지대인 타멜 지구로 향했다. 아주머니는 카트만두와 포카라에서 게스트하우스를 운영하고 있는데, 태국에서 게스트하우스를 하는 동지들과 하는 계모임에 갔다가 돌아오는 길이라고 했다. 아주머니가 하는 게스트하우스가 혹시 내가 예약한 곳인가 싶어서 물어보자 "맞구마잉! 우리 손님이네!" 하시더니 택시비는 자기가 내겠다고 했다. 택시비도 비싼데 무리하시는 거 아니냐고 하니, 아주머니는 "내가 그래도 네팔에서는 장영자급 큰손이야, 걱정하덜 마잉" 이라고 하셨다.

"그리고 택시기사들이 당신한테 유난스럽게 바가지를 씌우는 게 아녀. 지금 여그 물가가 매일 몇 배씩 뛰어서 그러요."

아주머니가 택시요금이 천정부지로 솟은 까닭을 이야기하려는 찰나, 택시 뒤쪽으로 둔탁한 물체 몇 개가 날아들어 차를 강타했다. 깜짝 놀란 나는 이게 무슨 테러인가 싶어 황급히 고개를 숙였고, 아주머니는 호쾌하게 욕을 한 그릇 뱉으시며 노발대발하셨다.

"아주 잡것들이 미쳤어, 미쳤어. 맨날 저 지랄이여! 괜찮응께 고개 들어. 그래도 지들 밥줄은 알아가지고, 여행하는 사람들은 심하게 건들지는 않어."

아주머니 말을 듣고 고개를 들어 차창 밖을 내다보았다. 손에 짱돌과 화염병을 들고 길가에 늘어선 사람들은 차나 오토바이가 지나가면 돌을 던지고 화염병을 투척했다. 곳곳에서 폐타이어가 활활 타오르고 있었고, 사람들은 그 주변에서 손을 녹이며 저마다 구호를 외쳤다. 왜 이러느냐고 물으니 아주머니는 네팔에 새롭게 정부가 들어섰는데 얘들이 하는 짓이 영 신통치 않아서 물가가 하루에도 몇 배씩 오르고 있다고 했다. 그 중에서도 유가가 천정부지로 올랐는데 물가 통제를 전혀 하지 못하는 정부의 무능에 성난 사람들이 아예 기름을 쓰지 말자고 시위를 하는 중이라는 것이다. 도로 위에 차나 오토바이 같은 것이 보이면 보이는 족족 운전하지 못하도록 방해를 하는 것도 이런 이유 때문이었다.

"왕 있을 때는 후레자식 죽으라고 그렇게 난리법석이더니, 왕이 물러나니까 정부도 뭐 같다며 욕하고. 이 나라도 참 답이 없어. 오늘 우리 게스트하우스에서 픽업용으로 쓰려고 한국에서 승합차 들여오는 날인데 굴릴지 말지 고민이여."

아주머니는 네팔 사람들이 이렇게 소리 지르고 짱돌을 던지고 불을 지르는 시위를 두고 '번다'Bandhs라고 부른다고 했다. 그러니까 네팔에 도착해서 처음 배운 이국의 언어는 '나마스테'('당신의 신에게 경애를'이라는 뜻의 인사말)가 아니라 인도식 영어인 '번다'였던 것이다.

당시 네팔 사람들에게 번다는 일상이었다. 골목마다 사람들이 구호를 외치면서 몰려다녔고 폐타이어 타는 검은 연기가 동네마다 피어올랐다. 시위대가 몰려오는 소리가 들리면 가게들은 황급히 문을 닫았고 오토바이들은 건물 안으로 종적을 감췄다. 그러나 초현실적으로 보이겠지만 이 난리에도 시위대의 적지 않은 사람들이 사탕수수를 빨아 먹으면서 노닥거리기도 하고, 외국인 관광객이 들고 있는 사진기에 대고 엄지를 번쩍 치켜들어 포즈를 취하기도 했다.

새벽에 일어나 꾸는 꿈

능선 사이로 아주 옅은 하얀 빛이 새어나온다. 쏟아진다는 진부한 표현으로밖에 말할 수 없었던 별빛들이 능선부터 서서히 지워져간다. 새벽에 일어나 꿈을 꾸길 기다리던 사람들은 멀리서부터 희미하게 능선이 나타나기 시작하자 환호성을 지르며 서로 끌어안는다. 서양인들은—부럽게도—좌우로 번갈아가며 키스를 하고, '○○○ 산악회' 등의 현수막을 든 중년의 한국인 단체 관광객들은 주요 포인트를 점거하고 단체사진을 찍기 바쁘다. 카메라 조작이 미숙한 사람들 덕분에 곳곳에서 플래시가 터지면서 축제에 온 듯 착각에 빠진다. 아래부터 서서히 지워지던 별빛이 빠르게 모습을 감추면서 푸른 새벽을 머금은 산들이 마침내 온전히 모습을 드러낸다. 널찍한 푼힐전망대 주변으로 서른 개의 크고 작은 설산들이 파노라마를 그린다. 왼쪽부터 다울라기리(해발 8167m), 안나푸르나 원(해발 8091m), 안나푸르나 사우스(해발 7219m), 푸타 히운출리(해발 7246m). 그리고 성스러운 산으로 아직까지 인간의 발길을 허락하지 않은 마차푸차레(해발 6993m)의 물고기 꼬리지느러미 모양을 한 봉우리가 눈에 들어온다.

고산병 증세에 허덕이던 혜영은 언제 그랬냐는 듯 방방 뛰어다닌다. 6미터 높이의 전망대 위로 올라가니, 포카라에서 헤어졌던 친구 둘도 그곳에서 감탄사를 내뿜고 있었다. 다시 만난 우리는 얼싸안고 감동을 나누며 서로 사진을 찍어주고 '단체 셀카'를 찍기 바쁘다. 하지만 환희에 찬 흥분으로 셔터를 연신 누르다 보면 아무리 재주 좋은 이가 아무리 좋은 카메라로 찍는다고 해도 이 풍경을 다 담아내지 못함을 깨닫게 된다. 그리하여 셔터 소리는 점차 잦아들고 가슴으로라도 기억하고자 하는 사람들은 하염없이 가까이 보이는 먼 산들을 멍하니 바라보고 서게 된다.

"Poon Hill 3210m"라고 적힌 동그란 표지판 앞에서 친구들과 까말 아저씨 그리고 친구들을 인솔한 포터와 함께 단체사진을 찍고는 고레파니로 내려왔다. 우리보다 일정이 짧았던 그 친구들은 올라왔던 길을 그대로 내려가야 했고, 욕심을 조금 부린 우리는 타다파니(해발 2680m)라는 고갯길로 꺾어 들어가 다음 숙박지인 란드

룩(해발 1565m)으로 향했다.

하산길이라서 만만하게 보았는데, 완만하게 내려가는 평지보다 오르락내리락해야 하는 곳이 더 많았다. 아직 겨울눈이 녹지 않은 구간도 곳곳에 남아 있어서 오히려 올라올 때보다 아이젠에 더 많이 의지하게 되는 길이었다. 하지만 푼힐에서 느낀 환희와 흥분이 가시지 않은 우리는 운동화와 엉덩이를 스키와 썰매 삼아, 지금 생각하면 아찔한 슬라이딩을 하며 산길을 미끄러지듯 내려갔다. 눈이 없는 곳에는 이끼가 나무를 통으로 감싸고 넝쿨과 넝쿨이 뒤엉킨 밀림지대에서나 볼 수 있는 숲길이 펼쳐졌다. 까말 아저씨는 여름이면 거머리가 나무에서 뚝뚝 떨어져 목덜미에 달라붙는다고 이야기하며 혀를 날름거렸다.

들뜬 기분 덕분에 워낙 빨리 내려온 까닭인지, 해가 아직 쨍쨍할 때 간드룩의 롯지(산장, 오두막집)에 도착했다. 산행을 하면서 본 롯지 중에서 가장 잘되어 있는 곳이었다. 롯지 앞에 간이 데크가 설치되어 있었고 방문 앞마다 비치된 의자에 앉으면 마차푸차레가 한눈에 또렷이 들어왔다. 그곳에 앉아 찌아(네팔식 밀크티)를 호로록 마시며 우리는 늦은 점심을 주문했다. 지금껏 식사 때만 되면 어디론가 사라지던 까말 아저씨에게 이번에는 우리와 같이 밥을 먹자고 했다. 원래 포터는 따로 식사를 하는 것이 원칙이라며 아저씨는 극구 사양했지만, 이번에는 우리도 밀리지 않고 메뉴판을 손에 꼭 쥐어드렸다. 아저씨는 고맙다고 몇 번이나 이야기하면서 네팔 사람들의 주식인 달밧을 시켰다. 달밧은 안남미로 지은 밥에 각종 커리와 밑반찬이 나오는 일종의 '네팔판 백반 정식'이었다. 식사를 하면서 아저씨와 이야기를 나누다가 카트만두에서 자주 본 '번다'를 포카라에서는 거의 보지 못한 듯해 까말 아저씨에게 번다를 해 본 적이 있냐고 물어보았다.

"번다?"

아저씨는 별걸 다 물어본다는 투로 되묻고는 고개를 절레절레 흔든다. 포카라 사람들은 왜 번다를 하지 않느냐고 묻자, 그건 아니고 여기도 할 사람들은 한다며 다만 카트만두처럼 사람도 많지 않고 그나마 있는 사람들도 순진하고 충돌하는 것을 좋아하지 않아서 그런 것 같다고 대답했다. 갈급한 궁금증은 해결해야만 넘어가는 나는 여기저기서 주워들은 지식을 총동원해 그럴듯한 질문을 던졌다.

"왕을 배출한 구룽족들이 많이 사는 북부 산악지대 사람들에 비해서 평원지대 사람들은 네팔 내전 때 반군 게릴라를 지지하고 왕정에 반대하는 사람들이 많았기 때문에 혹시 새 정부에 관대한 것 아닌가요?"

이 말을 들은 까말 아저씨는 눈을 동그랗게 뜨고는 네팔 내전에 대해서 묻는 한국 관광객은 몇 년 동안 포터 생활을 하면서 처음 본다며 오히려 내게 그런 건 어디서 보고 들었냐며 꼬치꼬치 캐물었다. 네팔에 와서 사람들에게 주워듣고, 뉴스를 보고 인터넷을 검색

하면서 공부를 조금 했다고 하니, 고개를 끄덕이며 내 말을 맞는 말이라고 할 수는 없지만 아주 틀리다고 할 수도 없다고 이야기했다. 그리고 아저씨는 한참 생각에 빠져 있다가 이야기를 이어갔다.

"원래 나는 포터가 아니야. 뭐, 모든 포터가 포터로 태어나는 건 아니지만, 이삼 년 전까지만 해도 나 역시 포터가 아니었어요. 카트만두 근처에서 말단 공무원으로 일했거든. 세상이 바뀌고 있기에 미련 없이 그만두고 나온 거야. 계속 그 자리 지키고 있었으면 아마 포터라도 하고 있기는커녕 버—얼써 저세상 사람 됐을지도 모를 일이지."

네팔 내전

18세기 후반부터 네팔 왕국은 구릉족 출신의 구르카 왕조가 집권했다. 왕국은 힌두교의 전통 아래 카스트 계급사회를 만들어왔다. 약 이백 년간 외부와 교류 없이 쇄국정책을 펼치며 소위 '신비의 나라'로 지냈는데, 20세기 초반부터 남쪽에서 인도와 영국의 압박이 들어오기 시작했다. 자력이라기보다는 외세의 영향으로 인해 1951년 입헌군주제가 도입되었으나 이후 사십 년간 사실상의 왕정이 유지되었다. 1990년 마침내 다당제 민주주의를 골자로 한 개헌이 이루어지면서 개혁, 개방 그리고 민주화의 여망이 전국적으로 불었다. 그러나 공식적인 야당이 생긴 것 말고는 왕정시대와 비교해서 크게 달라진 것이 없었고 사람들의 불만은 서서히 고조되기 시작했다.

1996년 2월. 다수당 중 하나였던 네팔공산당의 마오쩌둥주의 분파가 입헌군주제 폐지와 공화국 건설을 목표로 하는 프롤레타리아 무장봉기인 '인민전쟁'을 선포했다. 네팔에서는 이들을 지지하는 반군 게릴라를 '마오이스트'라고 통칭하는데 사실 마오쩌둥의 사상을 계승하겠다는 사상적 투철함과는 별 상관이 없다. 네팔공산당을 지지하고 왕정 폐지를 주장하는 반군을 통틀어 '마오이스트'라고 불러왔다고 생각하면 간단하다. 이런 게릴라 활동이 득세하게 된 배경에는 정치사회적 환경이 어디까지 꼬이고 꼬일 수 있는가를 보여주며 '불평등 엑스포'를 벌이던 당시의 네팔이 자리하고 있었다.

극심한 빈부격차를 포함한 경제적 불평등과 카스트에 의한 신분적 불평등, 왕족을 배출했으나 소수민족이었던 구룽족과 다수민족인 네와르족 간의 분열, 곡창지대인 까닭에 더욱 수탈이 만연했던 테레이 평원지대와 수도 카트만두를 중심으로 한 산악도시 간의 지역적 차별, 기간시설과 에너지자원을 쥐고 있는 인도 등 외국자본의 착취 등이 얽히고설킨 상황이었다. 다당제 민주정이 도입된 이후 최대 야당이었던 통일사회주의당이 총선에서 승리한 후 집권하였으나 상황은 개선되지 않았다. 이런 상태에서 과격주의자들인 마오이스트 반군의 '인민전쟁'은 이념적 정합성과는 별개로 서민들에게 폭넓은 지지를 얻었다. 그러나 마오이스트 반군 지도부 역시 원내정치세력이기도 한 네팔공산당의 분파였던 까닭에 이들의 행태 또한 정부보안군이 자행했던 고문 같은 인권침해 행위를 고스란히 답습하는 등 정국은 혼란에 혼란이 거듭되었다.

21세기의 시작과 동시에 네팔 왕가에서 희대의 막장드라마가 펼쳐진다. 2001년 6월 국왕의 동생이었던 갸넨드라는 재임 중인 국왕과 여왕 및 왕족들을 대거 학살하면서 왕권을 차지한다. 이듬해 갸넨드라 국왕은 국가안보라는 미명하에 정부해산령을 공포하고 선거를 무기한 연기시켰다. 그 다음해인 2003년에는 국가적 차원에서 마오이스트 반군 소탕의 소임을 다하지 못한 책임을 의회에 물어 의회를 해산하고 왕정복고를 선언한다. 이에 일곱 개의 야당은 연합을 이루는데 이것이 'SPA'The Seven Party Alliance이다. SPA는 마오이스트들과 연합하여 민주화 시위와 총파업에 돌입한다. 그러니까 '번다'는 단순히 뜻 맞는 사람들이 몰려다니면서 시위하는 것을 뜻하는 것이 아니라 바로 이 야당연합의 공식적인 정치전술이었던 것이다.

2006년 4월, 우리의 1987년 6월처럼 대규모 민주화시위가 수도 카트만두를 비롯해 네팔 각지에서 진행되었다. 더 이상 버틸 수 없었던 갸넨드라 왕은 왕정을 포기하고 SPA와 하원의회에 정권을 이양한다는 성명을 발표한다. 하원은 국왕의 면책특권과 각종 지위를 박탈했고, 십 년에 걸친 내전과 혼란은 소강 국면에 접어드는 듯했다. 하지만 왕정의 완벽한 폐지를 목표로 했던 마오이스트들의 성에는 차지 않았다. 희대의 폭군으로 민심을 잃은 갸넨드라에 대한 사람들의 적개심도 마오이스트의 왕정폐지론을 지지하고 있었다. 다시 7개월간 SPA 정부군과 마오이스트 간의 내전이 진행되었고, 11월 마침내 평화협정이 체결되면서 12년간의 네팔 내전은 막을 내린다.

12년 동안 1만 4천 명의 사망자가 발생했으며, 그 몇 배에 달하는 이들이 망명을 떠났다. 주로 구릉족 브라만, 갸넨드라 왕정하에서 일했던 관리, 정부보안군에 복무한 장교들이 그들이었다. 그 중에는 까말 아저씨 바로 밑의 남동생도 포함되었다. 내전이 진행 중이던 2004년 말, 까말 아저씨의 남동생은 영국으로 망명했다. 그는 저 유명한 구르카 용병으로 이미 오랫동안 영국에서 지낸 사람이었다. 일반적인 구르카 용병들은 충분한 돈을 모으면 유럽에 정착해서 산다. 하지만 까말 아저씨의 남동생은 비록 늦었지만 고향에서 결혼도 하고 가족들과 다시 지내고 싶어 네팔로 돌아왔다. 마침 갸넨드라 왕정이 마오이스트 반군과의 싸움에서 힘에 부치자 정부보안군을 수혈하는 과정에서 보안군 장교로 임관하게 되었다. 교외 면사무소 같은 곳에서 일하고 있던 까말 아저씨도 남동생의 소위 '빽'으로 군청 정도 되는 곳으로 직장을 옮기면서 아주 잠시 권력의 달콤함을 맛보기도 했다고 한다.

하지만 오랜 외국 생활을 통해 견문이 넓었던 까말 아저씨의 남동생은 갸넨드라 왕정이 얼마 가지 못하리라는 것을 직감했고, 가족들에게 편지 한 장만 남기고 부인과 어린 자식들을 데리고 영국으로 떠났다고 했다. 졸지에 왕정 입장에서도 배반자의 가족이 되고 마오이스트 입장에서도 부역자의 가족이 되어버린 까말 아저씨 역시 언젠가 닥치게 될 신변의 위협을 느끼고 사표를 냈다고 했다. 그 이후 아저씨는 일거리를 찾아서 포카라까지 흘러들어왔고, 그나마 배운 사람이었던 까닭에 영어를 하는 것이 수월했던 아저씨는 포터 일을 시작하게 되었다. 전문 세르파처럼 해발 6천~7천 미터를 넘나드는 고산등반을 할 수는 없었고, 내전을 겪으면서 영어께나 한다는 사람들은 죄다 포카라나 에베레스트로 몰려들어 경쟁이 심해졌다. 하지만 푼힐이나 안나푸르나 베이스캠프처럼 레저등반을 원하는 관광객들이 점점 많아지면서 공무원을 하던 때와 비교해 벌이는 그리 나쁘지 않다고 이야기했다.

까말 아저씨는 삼십대 이후로는 사무직을 해왔고 별 준비 없이 포터를 시작한 터라 요령이 없었던 까닭에 몇 년 사이에 피부도 많이 상하고 주름살도 깊이 패었다며, 사십대 후반의 나이에 비해 자글자글한 주름을 매만지며 담배를 쪽쪽 빨면서 이야기한다. 자신의 동생은 그나마 외국 생활을 오래 했으니 그렇게 유럽으로 떠날 수 있었지만, 자신이 만약 장교였던 동생을 믿고 욕심을 내서 중앙직으로 갔거나 공직에 좀 더 오래 머물렀다면 어디 망명 갈 생각도 못 하고 더욱 나락으로 떨어졌을지 모른다며, 이렇게 포터를 하면서 여러 나라에서 온 사람들을 만나는 것을 즐겁게 생각하며 산다고 했다.

마시면 바로 당뇨가 나올 만큼 달디단 뜨거운 찌아에 까말 아저씨는 굵은 설탕을 한줌 넣고는 모래 갈리는 소리가 나도록 휘저었다. 보는 것만으로도 단내가 느껴지는 찌아를 꿀꺽꿀꺽 마셔 한 잔을 비우더니 남은 담배를 다 피우고 자리에서 일어난 까말 아저씨가 내일은 천천히 내려갈 거니까 트레킹의 마지막 밤을 재미있게 보내라며 우리를 남기고는 포터 전용 숙소로 타박타박 발길을 옮겼다.

헌법이 사라진 세상

총선에서 승리한 야당연합은 2008년에 왕정을 완전히 폐지시켰고, 그 다음날부터 모든 동네에서 왕정의 흔적들이 지워지기 시작했다. 트리부반 국제공항에 입항해 있던 네팔 국적기들에 원래 적혀 있던 'Nepal Royal Airline'은 가운데 단어가 하얀 페인트로 모두 지워져 'Nepal Airline'으로 변해 있었다.

이백 년간 존속해온 왕정이 폐지되는 사건은 네팔 민중들에게 적잖은 기대감을 고양시켰을 것이다. 네팔공산당 마오쩌둥주의 분파가 여당이 되었고, 만 명이 훌쩍 넘는 마오이스트 반군 잔류자들 중 절반은 정부보안군으로 편입된다. 서로 총을 쏘며 죽이고 죽던 이들이 같은 군대에 소속되는 기현상이 생겨난 것이다. 아마 사람들은 새로운 세상이 열린다고 생각했을지 모른다. 하지만 12년간의 내전 동안 발생한 난민들을 정착시키는 것에 실패했고 게토는 점점 늘어갔다.

민주주의하에서 시민들은 민주주의의 고고한 이상과는 달리 단기간의 이익을 바라고 표를 던진다. 그런데 당시 네팔에서는 사람들이 어디에도 표를 던지기 애매한 상황이 지속되었다. 석유를 위시하여 에너지 공급을 독점하고 있는 인도와의 협상에서 무능을 보인 마오이스트 정부는 기본적인 물가 폭등을 잡아내지 못한다. 거기다 중간상의 농간이 끼게 되어, 휘발유와 경우는 중간상을 거치면서 폐타이어 녹인 물이나 석탄 가루와 섞이는 등 거의 다 유사석유로 바뀌게 되는 까닭에 비싼 돈을 주고 기름을 넣어봐야 차나 오토바이를 굴릴 수 없는 지경에 이르기도 했다. 난방용 등유의 경우 문제는 더욱 심각해서 카트만두 시내는 '청정 히말라야'라는 이미지와는 정반대로 21세기에는 도저히 찾아볼 수 없을 것 같은 스모그 자욱한 하늘을 보여준다. 야당연합의 주요 정치결사 행동이었던 '번다'가 이제 민중들의 자체적인 시위 수단이 되었고, 다른 의미에서 혼란은 계속되고 있었다.

결정적으로 개헌이 실패하면서 정부 기능은 마비되어버렸다. 2008년 이후 결성된 제헌의회에서 입헌군주제 폐지 이외의 헌법 개정은 지지부진했다. 개헌이 제대로 이루어지지 않아 행정부의 정체성이 모호한 가운데 국가기반시설도 제대로 갖춰진 것이 없었던 네팔은 헌법상으로는 무정부 상태나 다름없었다. 실질적인 무정부 상태에서 왕정복고파의 테러도 기승을 부렸다. 신헌법 제정에 반대하는 폭탄 테러도 일어났고, 브라만 계층이 주도하는 파업도 이어졌다. 급기야 2012년 5월 제헌의회 재개를 앞두고 반기문 유엔 사무총장은 헌법 제정을 촉구하는 성명을 발표하기도 했지만, 2013년 현재까지도 헌법은 초안조차 발의되지 못하고 있다.

모순의 기억, 슬픈 거울

다시 고산병으로 돌아가보자. 고도에 대한 순응력은 개인의 기질에 따라 다르다. 고지대의 산소가 얼마나 희박한지, 등반을 하는 평속이 어떠한지, 산에 올라가서 어떤 활동을 하는지에 따라서 다양하게 영향을 받는다. 고도에 대한 순응은 등산을 시작함과 거의 동시에 시작되지만 순응이 완료되는 시점은 개인에 따라서 몇 시간에서 몇 주로 큰 차이를 보이기도 한다. 어떤 사람은 해발고도 2천 미터 정도에서도 고산병 증세를 보이기도 하고, 어떤 사람은 해발고도 4천 미터를 케이블카를 타고 올라가도 고산병 증세가 나타나지 않는다. 이렇게 사람에 따라서 고산병은 다양한 양상을 나타내지만 분명한 것은 몸은 환경에 적응한다는 것이다. 완벽한 순응을 하든 하지 못하든 환경이 바뀌면서 어쨌든 순응은 진행되기 마련이다.

세계 각국에서 지난 수세기 동안 벌어졌던 정치적 위기와 불평등 위기를 반세기 안에 압축해서 보여주는 것이 네팔의 근현대사이지만, 네팔 사람들은 이 혼란과 혼돈 안에서도 분명히 적응을 해가고 있다. 공무원에서 포터가 된 까말 아저씨도 그런 사람들 중 하나일 것이다. 아세타졸아마이드처럼 고산에 대한 신체의 적응을 돕는 방법이 있는 것과 같이 그들의 적응을 돕는 방법이 있을지도 모른다. 5년 동안 지지부진한 개헌이 완료되는 것이 어쩌면 그 첫 걸음이 될 것이다.

대한민국 헌법의 경우 제1조는 2항으로 구성되어 있고 그 내용은 다음과 같다. "① 대한민국은 민주공화국이다. ② 대한민국의 주권은 국민에게 있고, 모든 권력은 국민으로부터 나온다." 간단하게 말해서 나라의 주인은 국민이다. 네팔은 아직 이 간단한 초안조차 입법하지 못하고 있는 셈이다. 모든 불평등을 압축적으로 보여주는 나라에서 국민이 주인 되기란 쉽지만은 않은 일일 것이다. 국민이 주인이 되고자 반란을 일으켰지만 그 반군들조차 국민들 위에 군림했다. 왕정이 폐지되면서 주권이 국민에게 이양되는 것처럼 보였지만 여전히 어떤 국민이 주인이 되어야 하는가를 두고 백색테러와 적색테러는 끊이지 않고 있다. 그럼에도 불구하고 여전히 그 안에 살고 있는 사람들은 세상이 어떻게 바뀌든 평화로운 일상을 영위하고 있다. 체제와 삶은 또 이렇게 별개다. 어쩌면 네팔의 체제 혼란은 고산병에 몸이 적응해가는 것처럼 시간이 흐르면 나아질 과정일지 모른다.

신헌법 제정을 두고 빚어지고 있는 난맥상이 우리의 입장에서 보면 후진국의 모습일지 모른다. 하지만 우리의 헌법이 거쳤던 과정을 생각해보면 과연 이 느린 변화의 모습이 부정적이기만 한가에 대해서 의문을 가지지 않을 수 없다. 대한민국 헌법은 제헌 이래 총 여덟 번의 개헌을 거쳤다. 개헌에 국민투표가 필요한 나라 중에서 불과 반세기 만에 이토록 많은 개헌을 한 나라를 찾기는 힘들다. 어느 헌법학자는 헌정사의 기간에 비해 잦은 개헌의 원인을, 대부분의 독립운동가들이 건국에 참여하지 못하고 친일파가 권력을 차지하면서 역사적 전통성이 훼손되었던 왜곡된 건국 과정에서 찾는다. 헌법 전문前文은 "3·1운동으로 건립된 대한민국 임시정부의 법통과 불의에 항거한 4·19민주이념을 계승"한다고 시작하고 있으나, 실제로는 해방 당시에 미군정이 들어서고 체제의 안정적 이양을 위해 일제 시기에 권력을 차지했던 부역자들이 다시 그 자리에 앉게 되었던 해방 전후의 역사를 생각해보면 현실 헌법이 모순으로 가득할 수밖에 없음이 뚜렷하게 보인다. 부역자들이 권력을 독점하고 그것이 대물림되어 한국 사회의 주류 기득권을 형성하게 된 역사의 아이러니 앞에서 국가 체계의 근간인 헌법은 자가당착에 빠져 이렇게 바뀌고 저렇게 바뀌는 슬픈 역사를 지니게 되었던 것이다.

네팔만 해도 최소한 갸넨드라의 폭정에 부역했던 이들은 대부분 망명을 했거나 그에 응분한 처벌을 받았다. 물론 근현대에 들어서 탈식민했거나 민주정을 세운 국가 중에서 구체제의 부역자들이 권력을 독점한 예가 없지는 않다. 그럼에도 불구하고 과거사를 청산하고 부역자들에게 덧씌워진 신화를 걷어내어 화해와 협력의 길로 연착륙한 알제리, 남아프리카공화국, 프랑스와 같은 예를 찾는 것 역시 어려운 일이 아님을 상기해보자. 그렇다면 우리는 우리의 이런 자화상을 보면서 신헌법 제정을 두고 벌어지는 네팔의 혼란상을 과연 마음 편하게 비판만 할 수 있는 것일까? 까말 아저씨의 일화를 듣고 담푸스를 거쳐 하산하는 동안 모국의 역사를 복기하면서 나는 이들의 혼란과 느린 변화에 대해서 섣불리 이야기하는 것이 결코 쉽지 않음을 인정해야만 했다.

미스터 빈

구찌터널, 호찌민 시, 베트남

Mr. Binh

베트남의 한국 골프장

"베트남에 한국 골프장 건설 붐이 거세게 일고 있다. 지난해 하노이 인근에 한국인이 운영하는 B골프장과 P골프장이 처음으로 문을 연 데 이어 27일에는 ○○건설이 호찌민 시의 구찌터널 인근에 36홀 골프장의 사업승인을 받는 등 한국인이 운영하거나 공사 또는 준비를 하고 있는 골프장이 십여 개에 육박하고 있다."

베트남을 다녀온 지 몇 달이 채 되지 않았을 때였다. 신문을 읽다가 베트남에서 한국 골프장 건설 붐이 일고 있다는 기사를 발견했다. 이게 무슨 이야기인가 싶어 찬찬히 읽어보니 내용은 다음과 같았다. 베트남에 있는 기존의 골프장과 현재 사업승인을 받아 건설 예정인 골프장이 도합 스무 개 정도인데, 이 중 한국 기업이 주도한 골프장이 열 개로 베트남 골프장의 절반이라는 것이었다. 기사 내용 중에서도 특히 호찌민 시의 구찌터널 인근에 36홀짜리 골프장이 사업승인을 받았다는 대목이 눈에 들어왔다. 어딘지 모르게 기묘한 조합이었다. '구찌터널' 인근에 '한국 대기업'이 사업을 하는데 그게 '골프장'이라니.

'구찌터널'은 호찌민 시 인근의 소도시 구찌를 포함해 베트남 남부에 넓게 퍼져 있는 땅굴로, 베트남에서는 '미국전쟁'이라고 불리는 베트남전쟁의 상징처럼 여겨지는 공간이기도 하다. 구찌터널을 이용한 게릴라전은 베트남이 전쟁에서 승리할 수 있는 원동력을 제공했기 때문이다.

터널은 베트남 사람들이 손과 호미, 바구니만을 이용해 만들었다. 기계 없이 그저 인력에 의지해 만들어야 했고, 지상에는 고엽제가 뿌려지고 네이팜탄이 줄지어 터지는 열악한 환경이었음에도 터널은 총 연장 이백오십 킬로미터에 이를 만큼 방대하게 지어졌다. 하지만 그 규모와 달리 터널의 폭은 평균 50~80센티미터 정도로, 외국인이 들어올 수 없도록 베트남 사람의 체격에 맞게 설계되어 있다. 엉금엉금 기어다닐 수밖에 없는 이 좁아터진 터널 안에서 베트남 사람들은 수년 동안 전쟁을 하는 동시에 일상 생활도 하며 게릴라전을 펼쳤던 것이다.

원래 구찌터널은 1940년대 후반 인도차이나전쟁 당시 프랑스군에 대항하기 위해 만들어진 지하 진지였다. 프랑스군이 물러간 자리에 응오딘지엠의 남베트남 정부를 지원하는 미군이 들어오면서 베트남전쟁이 시작되자 북베트남의 호찌민과 뜻을 같이하던 남쪽의 베트남민족해방전선은 구찌의 지하 진지를 대폭 확장한다. 터널을 지하 요새로 만들면 대미 게릴라전에서 중추적인 역할을 할 것이라는 판단 때문이었다. 전쟁은 비록 처참했으나 결과적으로 구찌터널을 이용한 전술은 베트남이 승전하는 데 결정적인 역할을 했다.

그러니까 다시 정리해보면, 베트남에서는 '미국전쟁'이라고 부르는 '베트남전쟁'에서 '대미 응전'의 상징이었던 '구찌터널' 근처에 전쟁 당시 '미군'을 지원한 국가 중에서도 가장 헌신적이었던 '한국'의 '대기업'이 '골프장'을 짓는다는 기사였다. 정리를 해보니 역시나 기묘한 조합이라는 생각이 들었다. 그리고 이 조합을 바라보며 밀려오는 불편함을 감추기 어려웠다. 하지만 어떤 지점에서 불편해지는가에 대해서 단정하기란 쉽지 않은 일이었다. "시장에는 영원한 동지도 영원한 적도 없다"는 금언만으로 설명하기에도 무엇인가 모자랐고, "평화와 화합을 위해 번영의 삽을 떴다"는 앙상한 명분도 전혀 와 닿지 않았다. 그래서 나는 이 불편함이 어디서 기원하는지에 대해 답을 구해보고자 구찌터널로 향하던 때의 일정을 곱씹어보기 시작했다.

못, 하이, 빠

원래 호찌민 시의 대표적인 여행자거리는 팜응라우였다. 하지만 요즘에는 팜응라우와 연결된 거리인 데땀이 베트남 여행자거리의 대명사처럼 불린다. 입으로 소리내어 읽어보면 느끼겠지만 일단 '데땀'이 '팜응라우'보다 발음하기 편하다. 물론 발음상 편한 것으로 대명사 격인 거리가 바뀌지는 않는다. 그렇게 된 것은 이미 몇 년 전부터 주요 상권이 데땀 거리 쪽으로 더 많이 몰렸기 때문이다. 공원을 따라 크게 난 데땀 거리의 반대쪽으로는 미니호텔과 고급 레스토랑이 즐비하고, 거리에 맞닿은 골목 안으로 들어가면 여행사·음식점·게스트하우스 등 여행자들을 위한 여러 가지 편의시설이 밀집되어 있다.

아름다운 사구와 해변으로 유명한 무이네에서 며칠 동안 몸을 녹인 내가 신카페(여행사)의 여행자버스를 타고 호찌민에 도착한 것은 저녁 시간이 훨씬 넘어서였다. 데땀 거리 한가운데 정차한 버스의 문이 열리자 오토바이 엔진 소리와 경적 소리가 귀를 파고 들어왔다. 무이네에서 한가롭게 쉬는 동안 잠시 잊었던 베트남의 소리였다. 버스에서 사람이 내리건 말건 버스와 인도 사이를 쾌속으로 질주하는 오토바이가 내는 각종 소음은 베트남을 여행하고 있음을 새삼스럽게 상기시켜주었다.

배낭을 메고 버스에서 내려 오토바이를 피해 인도로 가니 미니호텔 직원들이 장사진을 치고 명함이나 판촉물을 주면서 한 명이라도 더 데려가려고 아우성이다. 나도 잠시 몇 명과 흥정을 해보았다. 옥신각신하면서 아무리 가격을 내려보아도 데땀이나 팜응라우에 인접한 미니호텔들은 한국의 모텔들과 가격이 비등비등했다. 인천에서 배를 타고 중국 대륙을 거쳐 베트남 북부까지 내려오는 동안 딴에는 아낀다고 아껴보았으나 원체 빠듯했던 예산 탓에 숙박에 그만한 돈을 쓸 여유는 없었다. 호객꾼들은 옷을 잡아당기고 손목을 놓아주려 하지 않았지만, 완력으로 뿌리치고 나오니 바로 다음 사람을 둘러막고 흥정을 시작했다.

데땀 거리의 골목 안으로 들어가 미니호텔을 몇 군데 돌아다니면서 가격을 흥정하고 흥정이 잘 되지 않으면 나오는 것을 반복하다 보니 데땀에서 점점 멀어져 갔다. 웨스턴 펍과 라이브클럽과 오토바이 소리로 시끌벅적하던 데땀에서 한참 멀어져 조용한 주택가 사이를 넘어가니 플라스틱 의자를 늘어 놓고 술을 파는 노점상들과 주변의 구멍가게들이 밤늦게까지 문을 연 거리가 나타났다. 다행스럽게도 그 거리에서 주머니 사정에 맞으면서도 깔끔한 숙소를 찾아내 배낭을 풀 수 있었다. 나는 방에 들어가 여독을 씻어내고는 열대에 맞게 가벼운 옷차림으로 밤거리를 구경하기 시작했다.

베트남을 대표하는 음식인 쌀국수와 완탕을 포함해 베트남 음식들 중 맛없는 것을 찾기가 힘들지만 그 중에서 가장 맛있었던 것을 꼽아보라면 풍미가 진한 남국의 맥아로 만든 맥주였다. 그윽한 맛이 일품인 베트남 맥주는 지역마다 각기 다른 브랜드로 서로 다른 맛을 내고 있었는데 남쪽으로 내려올수록 그 맛이 더욱 깊어졌다. 게다가 노점에 늘어 놓은 플라스틱 의자에 앉아 이런 맥주를 페트

병으로 한 병을 시켜도 한국 돈으로 몇백 원밖에 되지 않으니 여기를 천국이라 부르지 않을 이유가 없었다. 베트남 사람들은 동남아를 대표하는 타이거맥주를 맹물이라고 괄시한다고 하는데 베트남 맥주를 마시다 보면 그럴 만하다고 생각하게 된다.

외국인만 가득하던 데땀 거리의 술집들과 달리 이쪽의 노점에는 베트남 사람들이 대부분이었다. 호찌민 사람들의 술 문화는 한국과 크게 다르지 않았다. 술상을 두드리며 노래 부르는 것도 다르지 않았고 술에 취해 시비 붙어서 다투는 것도 다르지 않았다. 젊은이들이 부어라 마셔라 하면서 뭔지 모를 게임을 하는 것도 비슷했다. 고주망태가 된 아저씨들이 홍얼거리며 소리 지르는 것까지 한국과 닮은 이곳에서 나도 노상주점의 의자에 퍼질러 앉아 생맥주 1리터를 시키고 밤거리를 구경했다. 친근하고 쾌활한 남쪽 사람들은 자리에 앉은 이방인에게 금방 말을 붙이며 한 잔 하라고 권했다.

"못, 하이, 빠(하나, 둘, 셋)!"

옆에 있는 사람들이 셋을 세면 맥주 한 잔을 '원샷' 하는 것이 이 동네의 룰이었다. 잔을 채우면 그 잔을 단번에 비워야 하는 격한 음주문화까지 한국과 닮은 셈이었다. 이렇게 마시는데 고주망태가 된 아저씨들이 속출하지 않을 리가 없었다. 함께 자리를 하게 된 이들 중 만취한 아저씨 한 분이 베트남식 육성조六聲調가 잔뜩 들어간 영어로 내게 남한에서 왔는지 북한에서 왔는지 물어본다. 남에서 왔다고 하니 알아들을 수 없는 베트남어와 역시 알아듣기 힘든 영어를 섞어 나를 보고 고래고래 고함을 지른다. 옆에 앉아 있던 좀 덜 취한 아저씨가 이 친구가 지금 김정일에 대해서 아주 험한 욕을 하고 있다고 설명해줬다. 내가 화들짝 놀라 그런 말을 해도 되냐고 물으니, 아저씨는 오히려 무슨 소리냐며 되묻는다.

영문을 모르겠다는 듯이 바라보는 아저씨를 보며 내가 여전히 구석기인인가 싶었다. '베트남—사회주의국가—반미'라는 선입견 때문에 어떤 식으로든 북한에 대해서 우호적일 것이라고 지레짐작한 것이다. 초등학교 저학년 때까지 진리의 부교재처럼 읽었던 『똘이장군』과 『소년○○일보』 등에 의해 주입된 이데올로기가 십수 년이 지나서도 뇌리에 박혀 있었던 셈이다. 민망해진 나는 아저씨들에게 아무것도 아니라고 하고는 재빨리 북한 '령도자' 욕하기 릴레이에 동참했다.

"그러니까 한국말로 son of a bitch가 말이죠……."

옛썰

밤늦도록 동네 사람들과 함께 두개골 안에서 뇌가 둥둥 떠다닐 정도로 마셨기 때문에 아침은 해장할 만한 것으로 찾아야 했다. 이른 아침임에도 해장할 거리를 찾는 것은 어렵지 않았다. 구수한 냄새를 좇아 좁은 골목길로 들어가기만 하면 된다. 골목길 안에는 낮고 길쭉한 상을 벽에 붙여 놓고 예의 플라스틱 의자를 늘어 놓은 쌀국수 노점상들이 곳곳에 있다. 나는 돼지고기가 들어간 쌀국수 하나를 시키고는 입자가 곱고 빛깔이 후추 같은 고춧가루를 잔뜩 풀어 칼칼한 국물을 꿀떡꿀떡 마시면서 시원하게 속을 풀었다.

쌀국수 한 사발을 뚝딱 해치우고 데땀 거리로 향했다. 데땀 거리에 가까워질수록 다시 오토바이 엔진 소리와 경적 소리가 점점 커지면서 귀를 아프게 했지만 그래도 밤거리보다는 훨씬 덜한 편이다. 술에 취한 젊은이들과 외국인 여행자로 북적이던 어제의 밤거리에 비하면 그 많던 사람들이 다 어디 갔을까 싶을 정도로 한산했다. 군데군데 열대과일 주스를 팔기 위해 전을 펼치기 시작한 노점상들 말고는 거리를 걷는 사람들을 찾아보기도 힘들었다.

바삐 달리는 오토바이들을 제외하면 적막해 보이기까지 하는 이른 아침에 데땀으로 온 것은 구찌터널로 가는 투어를 신청하기 위해서였다. 미리 봐둔 여행사에 도착했지만 너무 일렀는지 문이 닫혀 있었다. 앞에 쪼그려 앉아 몇 분을 기다리니 안에서 부스럭거리는 소리가 났다. 이윽고 문이 열리며 나이가 좀 들어 보이는 여행사 직원 한 명이 활짝 웃으며 들어오라고 한다. 이때 출발하는 구찌터널 투어를 신청하고 싶다고 하니 직원은 그렇다면 운이 좋은 편이라고 이야기한다. "운이 좋다"는 말에, 이미 쪼들리고 있던 나는 조조라서 할인 가격으로 해준다는 말인가 싶어 귀를 쫑긋 세웠다.

"오늘 투어에 배정된 가이드가 베트남 가이드 중에서 최고 베테랑이거든요. 절대로 심심하지 않을 거예요."

원했던 대답이 아니어서 살짝 실망했지만 그래도 가이드가 베테

랑인데 최소한 운이 나쁜 것은 아니겠지, 라고 생각하며 영혼 없이 "우와 정말요?"라는 반응을 보였다. 그렇게 투어티켓을 구입하고는 직원에게 양해를 구했다. 너무 잠이 오는데 여기서 잠깐 자도 되겠냐고. 직원은 여행사 한구석에 있는 대나무 매트가 깔린 긴 의자에서 쉬라고 했다.

"신 깜언(감사합니다, 어르신)."

감사하다고 말한 나는 의자 위에 몸을 웅크려 잠을 청했다. 노곤하면 코를 골면서 자는 것이 잠버릇이긴 했지만 그래도 사람들이 일하는 데 방해가 될까 싶어 숨이 '텁' 막힌다 싶으면 깨어 주변을 살피다 다시 잠을 청하고, 코 고는 소리가 들린다 싶으면 깨어 주변을 살피고 잠을 청하기를 반복했다. 몽롱한 상태에서 그렇게 선잠을 이어가고 있을 때였다.

"자! 제군들! 여기에서 타실 손님들은 또 누구신가?"

여행사 문이 열리며 우렁찬 제식制式 영어가 혼을 놓고 있던 내 귓바퀴를 강타한다. 나는 깜짝 놀라 벌떡 일어나서는 머리카락을 쓸어올리며 기지개를 켰다. 우렁찬 목소리의 주인공은 나를 보더니 양쪽 허리에 손을 올리고 또다시 우렁찬 목소리로 묻는다.

"당신이오?"

뭔가 꼿꼿하고 절도 있는 그의 질문에 나는 스탠리 큐브릭의 영화 〈풀 메탈 재킷〉에 나오는 관심 병사 로렌스가 된 것마냥 "옛썰!"이라고 대답했다. 우렁찬 목소리의 주인공은 아주 흡족한 듯, "좋아, 아주 좋아"라고 하더니 돌연 태도를 바꿔 내게 정중하게 악수를 청한다. 맞잡은 그의 손에는 자글자글한 주름이 가득하다. 자세히 살펴보니 할아버지뻘 되는 사람이다. 작고 깡마른 체구에 사파리 복장을 한 그는 야구 모자를 쓰고 살짝 눈이 비치는 선글라스를 끼고 있었다. 악수를 하는 동안 엷은 미소를 지은 노인은 자신이 오늘의 가이드인 '미스터 빈'이라고 했다.

"성이 빈Binh인 데다, 보시다시피 미스터 빈을 닮아서 그렇게 부른다우."

과연. 미스터 빈은 그 별칭만큼이나 '미스터 빈' 역을 맡았던 영국 코미디언 로완 앳킨슨과 판박이였다. 그렇게 자기 소개를 한 미스터 빈은 여행사에서 기다리던 나를 포함해 서너 명을 이끌고 데땀 거리에 정차해 있던 버스로 향했다.

버스에는 다른 여행사에서 먼저 탑승한 여행자들이 이미 자리를 잡고 있었다. 나는 중간 자리로 가서 앉은 후 벨트를 맸다. 이후로도 여행사 두 곳을 더 거쳤는데 그는 손님을 태우러 나갈 때마다 우렁찬 목소리로 제식 영어를 하며 사람들을 반겼다. 데땀과 팜응라우에 산재한 여행사를 돌면서 여행자들을 모두 태운 버스는 그제야 호찌민 시를 벗어나 구찌로 향했다. 톨게이트를 지나서 고속도로에 진입하자 미스터 빈은 좌석에서 일어나 설명을 시작했다.

이야기의 시작은 질문이었다. 미스터 빈은 베트남의 영어 가이드 1세대들은 다들 자기처럼 나이가 엄청 많다며 우리들에게 그 이유를 알겠는지 물어보았다. 사람들이 다들 긴가민가하며 눈치를 살피던 중 호주식 발음을 쓰는 백인 남자 한 명이 손을 들고 "다들 미군 통역병들이었나요?"라고 반문했다. 미스터 빈은 "호주 사람들이 엉덩이만 산만 한 줄 알았는데 머리도 잘 돌아간다"고 하고는 정확하게 맞췄다며 엄지손가락을 치켜세웠다.

미스터 빈은 자신의 부모는 베트남 사람이었으나 프랑스 식민시대 때 필리핀으로 건너갔기 때문에 자신은 필리핀에서 태어났다고 했다. 필리핀에서 자라다가 미국으로 건너가 학창시절을 보낸 뒤 인도차이나전쟁이 끝날 무렵 다시 베트남의 사이공(호찌민 시의 옛 이름)으로 돌아왔다는 것이다. 여러 나라를 거쳤던 개인사 덕분에 영어 · 불어 · 필리핀어 · 베트남어에 정통했던 그는 남베트남 정부군에 발탁되어 미군 통역병으로 일을 했다고 한다. 구찌터널에 가면 만날 수 있는 나이 많은 영어 가이드는 모두 다 자신처럼 남베트남군에서 통역병으로 일했던 사람이라고 한다.

베트남전쟁 당시에 그는 유창한 영어 실력과 미국에서 학교를 나온 경력 덕분에 촉망 받는 젊은 장교들을 주로 수행했다고 한다. 비교적 후방에서 장교들의 통역을 맡았던 그는 아이러니하게도 베트남전쟁 시기가 가장 풍족하고 남부러울 것 없던 시절이었다. 무능한 남베트남 정부보다 사실상 윗선이었던 미군의 실세들과 어울렸던 그는 향락이 판을 치던 당시 사이공에서 지천에 깔린 코카콜라와 타이거맥주를 퍼마시면서 누구보다 떵떵거리며 살았다는 것이다.

한국군 파병

미스터 빈이 이야기하는 베트남전쟁에 대해 듣고 있으니 남의 일처럼 들리지 않았다. 요즘에도 베트남전쟁 때 파병을 간 아버지나 삼촌, 혹은 할아버지가 한두 명 있는 집안을 찾는 것이 힘든 일은 아니다. 〈월남에서 돌아온 김 상사〉는 시대를 상징하는 노래로 남아 지금도 노래방에서 불리고 있다. 〈하얀 전쟁〉(1992), 〈머나먼 쏭바강〉(1995), 〈알포인트〉(2004), 〈님은 먼 곳에〉(2008) 등 베트남전쟁을 배경으로 한 영화와 드라마들 역시 전쟁 이후 많은 세월이 흘렀음에도 적잖은 흥행몰이를 했다.

한국군의 해외 파병이 도마 위에 오를 때마다 찬반의 근거가 되는 것 또한 베트남전쟁 당시의 파병이다. 이라크전쟁 때처럼 한국이 전투병도 파병해야 한다는 식의 극단적 주장이 나올 때면 역사의 어장에서 갓 건져올린 듯 베트남전쟁 파병 당시의 상황이 생생하게 쟁점으로 부각되곤 했다. 물론 쟁점은 "당시 파병이 얼마나 당위성을 가지고 있는가?" 이다. 하지만 당대의 상황과 당시 군 통수권자에 대한 평가 때문에 언제나 전개 양상은 양분된 프레임 싸움을 면치 못했다.

한국군의 베트남 파병은 1964년 9월 22일, 비전투 지원병력인 제1이동외과병원과 태권도 교관단이 베트남의 붕따우에 도착하면서 시작됐다. 파병을 두고 어떤 이들은 안가에서 줄담배를 피워가며 고민을 거듭한 끝에 내린 구국의 결단이었다고 이야기한다. 또 어떤 이들은 독재정권을 유지하기 위해 젊은 목숨을 사지로 내몬 것이라고 이야기한다. 둘 다 맞는 이야기일 수 있고 틀린 이야기일 수 있지만, 여기서는 베트남 파병의 배경을 가장 잘 보여주는 공식 문건만을 인용해보자.

당시 주한 대사였던 브라운W.G. Brown이 파병 조건과 원조 조건에 대해서 주고받은 '브라운 각서'를 보면, 한국군에서 사단급 병력을 파병해주기를 요청했고 대신 한국에 대해 군사적·경제적 원조를 하겠다고 명시하고 있다. 일단 군사적 원조를 보면 1) 한국군 현대화를 위해 군비 제공, 2) 추가 파병시 병력에 필요한 장비와 추가 경비 제공, 3) 파병으로 인해 결실되는 병력을 보완하기 위해 입대하는 보충병력에 대해 장비와 훈련 경비를 제공, 4) 미국의 대북첩보활동 정보 제공, 5) 병기고 기설 제공, 6) 파병 한국군에 대해 C54 항공기 네 대 지급 외에도 총 십여 가지 군사 원조 내용이 제시되어 있었다.

경제적 원조 내용은 다음과 같았다. 1) 베트남에 파병될 추가병력과 한국 영토 예비여단 등을 유지하는 데 필요한 추가 비용 전액을 원화로 지원, 2) 베트남 파병 한국군에서 소요하는 보급품 및 장비 일체를 가능한 한국에서 구매, 3) 베트남 파병 미군과 남베트남군에서 필요한 물자 중 선정된 품목을 가능한 한 다른 국가의 입찰

자를 배제하고 한국에 발주한다는 것이었다. 한국 정부의 입장에서는 당시 남북한 간의 경제 격차가 거의 나지 않았던 상태에서 북한을 앞지르며 가시적 경제성과를 거두기 위해 이보다 매력적인 조건은 없었다. 또한 미국의 경우 대내적으로 명분 없는 전쟁이라는 비난에 직면했고 대외적으로 영국·프랑스 등 주요 동맹국의 지지를 얻지 못하고 고립된 상태였으므로 한국군의 베트남 파병은 그야말로 가뭄의 단비였다. 그렇게 양측의 요구가 맞아떨어지면서 한국 정부 수립 이후 최초의 해외 파병이 진행되었다.

전투병이 파병된 것은 이듬해인 1965년이었다. 당해 9월에 주월한국군사령부를 서울에서 창설하고, 이어서 해병인 청룡부대가 캄란에 상륙하여 북베트남군에 대한 소탕작전을 펼쳤다. 해군 1개 여단 병력의 전투병을 파병한 것을 계기로 주월한국군사령부가 남베트남 정부의 수도 사이공으로 이전하게 되고 본격적인 파병이 시작된다. 수도경비사의 맹호부대를 시작으로, 군수지원사령부인 십자성부대 등이 베트남으로 갔다. 이어서 남베트남 정부와 미군이 증파를 요청했는데, 국내의 뜨거운 논란에도 불구하고 전방부대인 제9사단을 백마부대로 개칭해 증파하기로 결정한다.

백마부대를 증파하면서 베트남에 주둔하게 된 한국군은 5만 명이 되었다. 5만 명의 군인은 대부분 전방의 전투에 동원되었는데, 당시 베트남에 주둔하고 있던 30만 명의 미군 중 실제 전투에 투입된 인원이 5만 명이었다는 점을 생각하면, 미군에 준하는 전투병력을 제공한 셈이다. 이후 지속적으로 한국군 파병 병력이 순환하면서, 파병 기간이었던 십 년 동안 31만여 명이 베트남전쟁에 참전하게 되었다.

누구를 위한 전쟁인가?

"뚱뚱한 엉덩이를 가진 마누라를 여기에다 끼워 두고 도망가서 새살림 살 사람은 얼른 앞으로 전진하시오!"

터널 안은 도저히 농담할 생각이 들지 않을 만큼 열악했다. 하지만 베테랑 가이드인 미스터 빈은 예의 유쾌함으로 쪼그려 앉아 약진하고 있는 투어 참가자들을 박장대소하게 만들었다. 관광객들에게 개방된 구찌터널은 폭이 두 배 정도 확장되었다고 한다. 하지만 그마저도 고개를 푹 숙인 채 오리걸음을 해야 겨우 지나갈 수 있는 크기였다.

터널 안으로 몸을 한껏 구부려 들어가면 후덥지근한 습기 때문에 온몸에 땀이 송골송골 맺혔다. 내려쬐는 남국의 태양이 지기地氣를 품고 들어온 데다 사람들이 내뿜는 열기 때문에 터널 안이 찜질방이 되는 데는 몇 초도 걸리지 않았다. 앞서 가는 거대한 서양인의 엉덩이를 바라보고 있자니 습한 기운에 시각적 충격까지 더해져 숨이 턱 막혔고, 여기서 누구 하나라도 생리현상을 참지 못해 가스 분출을 한다면 수증기와 결합해 옷에 냄새가 배어 난리가 날 판이었다.

투어 참가자들이 터널을 모두 빠져 나오자 미스터 빈은 습해서 욕보지 않았느냐며, 재미있는 것은 바로 이 습기가 구찌터널을 만들 수 있는 이유였다고 이야기했다. 메콩강 일대의 토질은 석회질이 풍부하다고 한다. 흙을 파내는 동안 땅이 원래 품고 있던 수분과 사람이 만들어내는 습기 등이 수증기가 되어 파낸 자리의 토질과 결합하는데 이렇게 결합한 부분은 바로 금방 단단해진다는 것이다. 이 덕분에 총 연장 이백오십 킬로미터에 달하는 터널을 호미와 바구니만으로 만들 수 있었다는 것이다. 물론 "이 모든 것이 인간의 한계를 뛰어넘는 베트남군의 의지가 있었기에 가능했다는 것은 두말할 나위 없다"는 멘트도 빠뜨리지 않았다.

하지만 이렇게 열악한 땅굴에 숨어 지내는 동안에도 베트남 사람들은 터널 안에서 그리고 잠시 밖으로 나올 수 있는 날은 터널 위에서 일상을 영위했다고 한다. 특히 터널 속에 부모와 함께 숨어 있던 아이들은 고엽제 뿌리는 날을 그렇게 좋아했다고 했다. 매일같이 폭탄이 터널 위에서 터졌지만 고엽제를 뿌리는 날이면 폭탄이 투하되지 않았기 때문이다. 고엽제를 뿌리는 소리가 들리면 베트남 아이들은 터널 밖으로 나와서 햇살을 만끽하며 함께 뛰어놀았다고 한다.

천진난만한 미소 위로 흩날리는 고엽제가 머릿속에 그려졌다. 한국에서 고엽제 후유증을 앓고 있는 분들의 모습도 떠올랐다. 고엽제를 합성할 때 다이옥신이 나온다는 것을 베트남 아이들도 한국군도 모를 때 일어난 일이었다. 몸에 좋은 건지 나쁜 건지도 모르고 온몸으로 맞은 것은 베트남 아이나 베트남전쟁에 참전한 한국군이나 마찬가지였던 것이다. 전쟁 이후 수많은 사람들이 고엽제 후유증으로 고통을 겪었다. 한국의 고엽제 전우들은 통제된 언론 때문에 자신들이 왜 죽도록 아프고 피부가 벗겨지고 암에 걸리는지를 알 수 없었다. 1992년, 신문에 대대적으로 고엽제 희생자에 대한 보도가 나온 후에야 자신들의 고통이 바로 전쟁이 할퀴고 간 상처에서 비롯되었음을 알게 되었다. 그렇게 전쟁의 날카로운 손톱은 적군과 아군을 가리지 않았다.

씁쓸한 기분으로 미스터 빈의 뒤를 따라 정글 한가운데 있는 작은 공터로 향했다. 잡초가 무성하고 낙엽이 잔뜩 깔린 공터에서 구찌터널과 베트남전에 대해 계속 설명을 하던 미스터 빈은 갑자기 자신이 서 있던 자리에서 낙엽을 치우더니 땅에 숨어 있던 뚜껑을 들어보인다. 바로 이게 원래 터널의 입구라며.

뚜껑의 크기는 보통 베트남 성인의 허리둘레 정도였다. 미스터 빈은 원하는 사람이 있으면 한번 들어가보라고 했다. 그러면서 살집이 제법 있는 중년의 서양 남자 한 명을 지목하며 "당신이 들어가면 아마 여기서 30년 동안 전시될지 모르니 아서라" 하는 농담을 했다. 입구도 작고 통로도 방금 전 우리가 지나온 개방터널 폭의 절반밖에 되지 않으니 못 먹어서 바짝 곯은 베트남 사람이 아니면 접근 자체가 불가능했다고 한다. 심지어 후방의 미군기지들 바로 밑에도 터널이 지나가고 있었지만 미군들은 전쟁 종료 직전까지도 그 존재를 전혀 몰랐다고 이야기했다.

그렇게 미스터 빈의 생생한 설명으로 구찌터널 투어를 마친 후 버스를 타고 호찌민으로 돌아가는 길이었다. 그는 호찌민에서 구찌터널로 오는 동안 끝내지 못했던 자신의 이야기를 마저 들려주었다.

남베트남군 통역병으로 미군 장교들과 어울리며 떵떵거리던 미스터 빈의 전성기는 지고 있었다. 구찌터널을 통해 미군의 후미로 잠입한 베트남군은 연이어 대승을 거두었다. 거듭되는 패전에 이어 미군을 대파시킨 '구정대공세'가 있은 이후 미국 내의 반전 여론은 더욱 거세졌고, 베트남전의 종전을 공약으로 내걸었던 닉슨이 미국 대통령에 당선된다. 닉슨은 1969년 아시아 등 타국의 내정과 전쟁에 관여하지 않겠다는 닉슨독트린을 발표했고, 몇 년 후 마침내 베트남 땅에서 전쟁이 끝나게 된다.

인생의 전성시대를 베트남전과 함께 보낸 미스터 빈의 본격적인 추락은 종전 이후부터 시작되었다. 전쟁이 끝난 후 그는 미군 부역 혐의로 4년간 옥살이를 했다고 한다. 거듭된 독방 생활 끝에 만신창이가 되고 나서야 석방되었다. 석방이 되긴 했지만 출신성분 때문에 제대로 된 일자리를 구할 수 없었다. 미국 유학파에다가 4개 국어를 할 줄 아는 덕에 어디서나 환영받던 재자才子에게는 가혹한 일이었다. 하지만 그는 그것이 호사스럽고 방탕했던 지난날에 대한 심판이라 생각하고 그저 받아들였다고 한다. 이후 20년 동안은 변변찮은 직업을 전전할 수밖에 없었던 그가 그나마 할 수 있는 일 중 가장 벌이가 좋았던 것은 시클로 운전사였다고 한다.

미스터 빈이 시클로를 몰며 생활비를 벌고 있던 1995년의 어느 날이었다. 전쟁 이래 처음으로 미국의 국무장관이 베트남을 찾은 것이다. 백악관은 베트남전쟁 종전 20주년을 맞아 베트남과의 재수교를 준비했다. 미국재향군인회 등 수교 반대세력과의 진통 끝에 다시 수교하기로 결정한 빌 클린턴 행정부는 크리스토퍼 국무장관의 동남아순방 일정에 베트남을 포함시켰다. 그리고 국무장관이 베트남을 방문한 다음날 미국과 베트남은 마침내 재수교를 선언한다.

미스터 빈은 재수교를 선언한 지 50분도 되지 않아 하이퐁 만으로 미국 선박 하나가 입항했다는 이야기를 들려주었다. 선박에는 코카콜라가 가득 들어 있었다고 했다. 며칠 후 그는 자신이 몰던 시클로 위에 누워 20년 만에 다시 코카콜라를 맛보았다. 자신의 전성시대를 느끼게 해준, 한시도 잊지 못했던 달짝지근함이었다.

그러나 입 안에 단내가 채 가시기도 전에 당국은 미스터 빈을 소환했다. 날벼락 같은 일이었다. 마지막으로 당국의 소환명령을 받고 청사로 갔을 때는 부역 혐의로 철창 안에 갇히는 신세가 되었기 때문이다. 불안에 떨며 청사를 찾아간 그는 그 자리에서 역전의 남베트남군 통역병들을 다시 만날 수 있었다. 베트남 정부는 그 자리에 모인 통역병 출신들에게 모두 같은 일자리를 주었다. 바로 영어 가이드 자리였다. 밑바닥 인생을 살아온 그들이 이 자리를 받아들이지 않을 이유가 없었다. 그렇게 미스터 빈은 자신을 나락으로 빠뜨린 그곳, 구찌터널에서 영어 가이드로 새로운 삶을 시작했다.

그가 이야기를 마치자 버스 안에는 정적이 가득했다. 침묵만 가득한 버스가 호찌민 시의 톨게이트에 다다르자 미스터 빈은 숙연한 분위기를 뚫고 가이드로서 마지막 이야기를 전했다.

"이 버스 안에는 미국에서 온 사람, 오스트레일리아에서 온 사람, 한국에서 온 사람들이 모두 타고 있습니다. 모두 베트남전쟁 참전국에서 오신 분들이죠. 제 이야기를 들려준 것은 여러분들을 탓하려고 한 것이 아니었습니다. 전쟁은 모두의 잘못인 동시에 거기에 참여한 모두가 피해자이니까요."

미스터 빈은 이야기를 하다 말고 길게 숨을 내쉬었다. 잠시 숨을 고른 그는 약간 떨리는 목소리로 이야기를 이어갔다.

"다만 지금까지 제 이야기를 들었던 이 버스 안에 있는 분들에게 마지막으로 묻고 싶은 것이 있습니다. 과연 베트남—미국전쟁은 누구를 위한 전쟁이었습니까? 저는 평생을 거기에 대해서 묻고 살았지만 아직까지 답을 찾을 수 없습니다. 여러분께서도 이 아름다운 나라를 떠나 당신들의 나라로 돌아간 후에도 이 질문만은 잊지 않으시길 간곡히 바랍니다."

흔히 역사는 베트남전쟁에서 베트남이 마침내 승리했다고 기록

한다. 하지만 십 년 동안 미군의 사상자는 5만 8천 명이었으며 베트남군 사상자는 110만 명이었다. 이 숫자 앞에서 누가 이기고 누가 졌다는 말을 감히 할 수 있을까? 미스터 빈의 마지막 질문은 그렇기에 참혹했다.

"전쟁은 과연 누구를 위한 것인가?"

말을 마친 그의 눈가에는 눈물이 그렁거렸다. 가이드로서 쇼맨십이었는지, 아니면 이 이야기를 할 때마다 그가 살아온 세월에 대한 회한이 겹겹으로 쌓여 매번 그의 눈을 시리게 하는지 알 수 없었다. 그의 마지막 말을 듣고 몇몇은 그의 시선을 외면했고, 몇몇은 그에게 "미안하다"는 말을 했다. 미스터 빈은 미안하다는 말에 괜찮다고 답하고는 맨 앞의 가이드 자리에 앉아 데땀 거리로 향하는 버스에 몸을 맡겼다. 그리고 나는 조용히 앉아 눈가에 끓어오르는 무언가를 억눌렀다.

죽은 이들의 눈동자

오월동주吳越同舟의 '월'越은 베트남의 음역인 '월남'越南에 쓰이는 한자다. 사마천의 『사기』에 따르면 지금의 광둥성에서 당시 남해 용천현의 현령으로 있던 조타趙佗가 반란을 일으켜 '남월'南越을 건국하고 스스로 왕이 되었다고 한다. 이 남월은 지금의 중국 남부와 베트남 북부를 아우르는 대국을 이루는데, 이로 인해 '월'은 한동안 중국 남부의 사람들을 통칭하는 말로 쓰이게 된다. '남월'과 '월남'의 유사성 때문에 베트남이 '남월'에서 비롯되었다고 보는 이들도 있다. 하지만 지금의 베트남인들은 베트남 서부지역에서 자생한 고대민족인 락비엣족으로부터 역사가 시작되었다고 보고 있다. 진실이 무엇인지는 차치하더라도, 최소한 락비엣과 남월이 적대적이었으나 밀접한 관계가 있었음을 유추할 수 있는 설화가 전해진다.

강성해진 남월은 지금의 베트남 서부에 위치한 락비엣족의 나라 '어우락'을 침공한다. 어우락은 거북신을 숭상하고 있었다. 전쟁이 시작되자 거북신은 자신의 발톱을 내주어 석궁을 만들도록 했다. 석궁은 어떠한 외침의 영향에도 절대 패배하지 않는 힘을 가져다 주었기에 남월의 어우락 정벌은 번번이 실패하였다. 이에 남월왕 조타는 어우락의 왕에게 휴전을 하고 자신의 아들과 어우락의 공주가 결혼할 것을 제안한다.

어우락의 왕은 이를 받아들이지만 이것은 계략이었다. 조타의 아들에게 흠뻑 빠진 공주는 그의 꼬임에 넘어가 석궁에서 거북신의 발톱을 모조품으로 교체했다. 아들은 남월로 돌아와 조타에게 임무를 완수했음을 보고했고, 조타는 바로 어우락에 대한 공격을 감행한다. 분개한 어우락의 왕은 단칼에 공주를 죽이지만, 거북신의 발톱을 잃은 석궁은 더 이상 어우락을 지켜주지 못하고 어우락은 남월에 정벌당한다.

묘하게도 익숙한 이야기다. 거북신의 석궁을 '자명고'로 바꾸면

영락없이 호동왕자와 낙랑공주 설화다. 고구려가 낙랑을 복속시킨 시기와 남월이 어우락을 복속시킨 시기도 유사하다. 정복과 패퇴가 끊이지 않던 당대의 역사에서 신령스러운 힘을 지키지 못해 불가항력으로 패했다는 피정복자들의 정서가 공통적으로 스며들었기에 설화의 구조가 이렇게 유사해진 것은 아닐까 생각해본다.

고대설화의 유사성에서 시작하여, 남월의 지배 시기부터 이후 천 년간 중국의 속국이었던 점, 유교적 왕도정치로 전제왕정의 기틀을 잡은 점, 근대에 들어 남과 북으로 나뉘어 이념의 대리전을 벌인 점, 그리고 한국인의 입맛에 딱 맞는 음식 문화와 몸소 느낀 길거리의 술 문화. 베트남에 대해서 알아가면 알아갈수록 한국과 흡사한 면을 발견하게 된다.

그리고 그렇게 닮은 그들의 전쟁 속에 다름 아닌 바로 우리들이 있었음을 기억한다. 폭력이 잉태한 고통의 기억에서 자유롭지 않기는 그들도 우리도 마찬가지다. 수많은 한국인 관광객이 휴가철에 베트남을 찾고 베트남의 골프장 중 절반이 한국 골프장일 만큼 상전벽해가 이루어진 지금에도 그 죽음과 증오의 기억은 여전히 계속되고 있다.

베트남 꽝응아이성 빈선 현의 빈호아 마을에 남아 있는 '한국인 증오비'는 "하늘에 가 닿을 죄악, 만대를 기억하리라"라는 제목으로 다음과 같은 내용이 적혀 있다.

한국군들은 이 작은 땅에 첫발을 내딛자마자 참혹하고 고통스런 일들을 저질렀다. 수천 명의 양민을 학살하고, 가옥과 무덤과 마을들을 깨끗이 불태웠다. (…) 그들은 36명을 쫑빈 폭탄구덩이에 넣고 쏘아 죽였다. 다음날인 12월 6일, 그들은 계속해서 꺼우안푹 마을로 밀고 들어가 273명의 양민을 모아 놓고 각종 무기로 학살했다. 모두가 참혹한 모습으로 죽었고 겨우 14명만이 살아남았다. (…) 그들은 불도저를 갖고 들어와 모든 생태계를 말살했고, 모든 집을 깨끗이 불태웠고, 우리 조상들의 묘지까지 갈아엎었다. ……

죽음의 공포 속에 있기는 한국군도 마찬가지였을 것이다. 집에 있는 처자식과 부모를 먹여 살리기 위해 온 남의 땅, 남의 전쟁에서 죽음에 대한 공포를 느끼지 않을 수 있었을까? 전장에서 젖먹이 아이도 얼마 지나지 않아 적이 될 수 있다는 두려움은 오히려 거센 폭력으로 표출되었을 것이다. 그러나 아무리 전쟁 상황이었다고 해도 무고한 죽음들을 만들어낸 것은 분명 과오였다. 다행히 그 과오를 반성하고 사과하고자 하는 이들이 있었다.

한국군에 의한 또 다른 피해지역으로 알려진 베트남의 꽝남성 디엔반 현에 위치한 하미 마을에 2001년 12월, 커다란 위령비가 하나가 세워졌다. 한국의 시민단체나 평화운동가들이 아닌 바로 전쟁의 당사자였던 월남참전전우복지회에서 건립한 위령비였다. 아니 어쩌면 참전용사들이야말로 가장 열렬한 평화의 옹호자일지도 모른다. 생지옥을 경험한 이들이 전쟁을 옹호하는 것이 더 이상한 일일 테니. 위령비의 전면에는 한국군에 의해 죽은 135명의 이름과 출생 연도가 빼곡하게 적혀 있다고 한다. 드문드문 이름 대신 출생 연도만 적힌 경우도 있는데 그것은 이름을 채 짓기도 전에 죽은 아기들이라고 한다.

위령비가 제작되는 과정에서 마을 사람들과 전우복지회 그리고 한국대사관 사이에 큰 마찰이 있었다고 한다. 한국 측은 위령비 후면에 당시의 기록을 적나라하게 담은 비문이 지나치게 과하다며 수정을 요구했다. 하미 마을 사람들은 수정은 있을 수 없는 일이고, 후손들이 역사를 똑똑히 기억해야 한다며 수정할 바에는 차라리 석판으로 비문을 덮자고 했다. 결국 지금까지도 위령비의 후면에는 연꽃 몇 개가 조잡하게 그려진 석판이 비문을 가리고 있다고 한다.

비록 위령비 제작 과정이 어설프고 탈이 많았다고 해도 입때껏 받아들이지 않고 인정하지 않으려던 비극을 모두가 기억하고자 노력했다는 점은 되짚어볼 필요가 있다. 110만 명의 사망자를 낸 북베트남군. 20만 명이 넘는 남베트남군 사망자. 6만 명에 가까운 전몰자를 낸 미군. 5천여 명의 사망자와 그 세 배에 달하는 부상자, 그리고 15만 명의 고엽제 피해자들이 존재하는 한국군. 수백만 명의 목숨이 덧없이 사라진 전쟁에서 '승리'도 '패전'도 허울뿐, 모두가 피해자가 되기 때문이다.

만약 그것이 "조국의 근대화를 위한 발판"이었다거나 "자유민주주의를 수호하기 위한 위대한 전쟁"이라는 말을 모두 인정한다고 해도, 그 '근대화'와 그 '자유민주주의'가 수많은 청춘들이 그곳에서 흘린 피를 먹고 자랐다는 사실을 부정할 수 없다. 우리는 우리의 오늘을 만들기 위해 수많은 청춘이 흘린 피와 속절없이 죽어간 이들을 기억해야만 한다. 어느 곳에서는 가해자였다고 해도 다른 곳에서는 반드시 피해자가 될 수밖에 없는 전장의 기억, 그 망각의 세월을 거슬러 죽은 이들의 눈동자를 똑바로 바라볼 때에야 비로소 평화로 넘어가는 초석 하나를 겨우 놓을 수 있는 까닭이다.

칼이냐 보습이냐

톨게이트를 지나 정체가 시작된 호찌민 시가지로 들어온 버스가 천천히 데땀 거리에 도착했다. 투어 참가자들이 버스에서 하차하는 동안 미스터 빈은 한 명 한 명 모두와 작별인사를 나눈다. 호찌민 시로 돌아오는 동안 벌게진 내 눈을 바라본 미스터 빈은 앙상하지만 따뜻한 손으로 말없이 내 어깨를 감싸며 악수를 청한다.

그렇게 그와 작별하고 분주해지기 시작한 데땀 거리를 뒤로 한 채 조용한 동네의 숙소로 돌아가는 길. 나는 유엔 본부 맞은편 공원에 요조凹彫되어 있는 구약성경의 한 구절을 떠올린다. 내우외환의 시대에 태어난 종교인 기독교의 성경 중 이사야서의 한 구절. 화자인 이사야가 살던 시기의 유대 왕국에는 내전과 환란이 끊이지 않았다. 시리아와 북이스라엘이 동맹하여 이스라엘을 침공했으며,

앗시리아의 산헤립에 의해 예루살렘이 포위되어 유대 왕국이 존폐의 기로에 선 일도 있었다. 그런 전란의 와중에서도 예언자 이사야는 이렇게 말한다. "칼을 쳐서 보습을 만들고 창을 쳐서 낫을 만들리라." (이사 2, 4)

우리에게 전쟁과 폭력은 먼 곳의 일이 아니다. 우리가 발 딛고 사는 이 땅에는 여전히 전란의 위기가 상존하고 있으므로. 상흔에서 자유롭지 못하며 언제든 전장으로 돌아갈 수 있는 이 땅에서 전란의 위기가 닥치는 것을 막기 위해 필요한 것은 바로 피를 부르는 칼과 창을 녹여, 보습으로 간 땅에 낫으로 거둘 곡식을 기르는 일일 것이다. 베트남에서 만난 노구의 가이드는 전쟁의 무상함과 평화의 절실함을 자신의 존재를 통해 그렇게 이야기하고 있었다. 누군가 이야기했듯 "평화는 비싸지만, 제아무리 값싼 전쟁도 가장 사치스러운 평화보다는 비싸다"는 것을 말이다.

타리크

페스, 모로코

Tarik

새벽 두시 십분

살짝 피곤해지기 시작해 손목시계를 보니 새벽 두시 십분.

늦은 밤 게스트하우스를 나선 우리는 페스Fez의 밤거리를 종횡무진 다녔다. 밤거리에서 숨바꼭질을 하고 낄낄거리면서 놀다가 가파른 언덕을 가로질러 메리니드 왕조의 무덤이 조성된 언덕 정상까지 올라왔다. 우리는 무덤 주변으로 허물어진 벽 위를 올라타 곡예 부리듯 중심 잡기를 하면서 맥주를 마시고, 13세기 페스의 영광을 누렸던 메리니드 왕가 일족들에게는 매우 불경스럽게도 공동묘지 사이를 뛰어놀고 있었다. 놀다 놀다 지친 우리 세 명은 무너진 벽에 쪼롬히 걸터앉아 남은 맥주를 비우면서 바로 아래의 미로 같은 구도심부터 황량한 저편 언덕까지 비스듬히 펼쳐진 페스의 야경을 바라보았다. 구시가지가 통째로 유네스코 세계유산에 등재된 페스알발리Fez el Bali의 고요한 야경이 한눈에 들어왔다. 골목을 비추는 오래된 백열등, 밤에도 문을 연 시장의 몇몇 가게들. 그리고 이 시간이 되도록 꺼지지 않는 집과 화장실의 조명들은 새벽이 몇 시간 남지 않은 페스의 밤거리를 비추고 있었다.

새벽 두시 십분, 페스의 야경이라니. 북아프리카와 이베리아 반도를 돌아다니며 모로코를 다녀온 여행자들을 만나면서도 새벽 두시 십분, 페스의 야경에 대해 이야기하면 반응은 크게 세 가지였다.

"뻥치지 마", "완전 부럽다", 그리고 "미쳤다".

어쨌든 세 가지 반응 모두 새벽 두시 십분에 메리니드 왕조의 무덤으로 올라가 페스의 야경을 본다는 것은 상상도 하지 못한다는 뜻이었다. 어떻게 생각해보면 "미쳤다"는 반응이 가장 합리적이다. 면바지에 검은 셔츠 하나 걸치고 페도라를 눌러쓴 채 쪼리를 쫄쫄 끌며 겁 없이 북아프리카를 혼자 돌아다니던 한국 남자와, 입술과 양쪽 귀에 피어싱을 박고 뒷목에 문신을 잔뜩 그린 채 징 박힌 부츠와 가죽바지에 검은 민소매티만 딸랑 입은 슬로베니아 여자만 올라갔다면, 아무리 운이 좋아도 아리랑치기를 당한 뒤 길바닥에 나뒹굴다가 다음날 아침 관광객들과 현지인들의 발에 차이며 깨어났을지도 모를 일이다.

그런 우리를 새벽 두시 십분, 페스의 야경으로 이끈 것은 페스 토박이 타리크였다. 그의 주업무 중 하나는 낮 시간 동안 페스알발리로 들어가는 성문 앞의 게스트하우스에서 호객 행위를 하는 것이었다. 저녁에는 그 게스트하우스에 묵는 투숙객들을 상대로 페스 투어 상품을 판다. 그런데 게스트하우스의 말단직원인 타리크는 단지 우리와 친해졌다는 이유로 게스트하우스 업무를 마칠 때가 다가오자 우리를 찾아와 일이 다 끝나면 페스의 야경을 함께 보러 가자며 오히려 자기가 졸라댔다.

세계 최고 수준의 상술과 사기를 보여주는 모로코 관광업 종사자들에게 이미 몇 번 호되게 당한 나는 이제 겨우 만난 지 몇 시간 되지 않은 이 청년을 믿을 수 없었다. 하지만 비에트라는 "얘는 정말이지 바보야. 아무 사심이 없어"라며 내게 함께 가자고 부추겼다. 그렇게 새벽 두시 십분, 페스의 야경은 지구 반대편에서 처음 만난 모로코 남자의 졸라댐과 지구 반대편에서 처음 만난 슬로베니아 여자의 부추김 덕분에 내 눈앞에 다가오게 되었다.

대단하다, 대단해

장축이 불과 사 킬로미터밖에 되지 않는 모로코의 고도, 페스의 메디나(도심)는 공식적으로 이름이 붙어 있는 골목만 삼백 개가 넘는다. 그렇기 때문에 사람들은 흔히 페스를 두고 '길을 잃기 위해 찾아오는 오래된 도시'라고 표현한다. 천 년에 걸쳐 발달한 고도는 무계획적이고 자연발생적으로 뻗어나갔고, 골목의 폭은 넓어야 당나귀 수레가 겨우 지나다닐 수 있는 정도다.

낮 동안 작열하는 태양을 피하기 위해 골목 위로는 알록달록한 천막과 차양이 하늘을 가리고 있으니, 조금 과장해서 말하면 고수 동굴을 홀로 돌아다니는 것과 다를 바 없었다. 그러니까 굳이 길을 잃기 위해 오지 않아도 일단 말발굽 모양의 성문을 지나 메디나 안으로 들어가게 되면 누구나 길을 잃게 되어 있는 것이다. 가뭄에 콩 나듯 보이는 관광안내소에는 복잡한 골목이 모두 표시된 지도를 팔기도 하지만 이 지도의 용도는 기념품이나 장식용일 뿐이다. 지도를 따라 몇 번 같은 골목을 돌다 보면 지도는 자연스럽게 고이 접혀 뒷주머니에 들어가게 된다.

버스 정류장에서 내려 작은 배낭 하나를 오른쪽 어깨에 느슨하게 걸치고 아무 준비 없이 성문 안으로 발길을 옮긴 나는 메디나 안으로 들어서자마자 들려오는 시장바닥의 엄청난 소음과 각종 숙소의 호객 소리와 성문 바로 안쪽부터 이미 네댓 방향으로 나 있는 골목 앞에서 '멘붕'이 오고 말았다.

"Aey! Do you looking por Otel?"

어디로 가야 하나 주변을 살피고 있는 나를 향해 문법이고 발음이고 죄다 엉망인 멀대같이 큰 모로코 젊은이가 다가와 자기네 호텔도 아닌 '오뗄'로 오라고 한다. 아랍어를 쓰는 데다가 프랑스 식민지였던 까닭에 발음은 죄다 씹어 먹기 때문이다. "너네 호텔이 어디 있는데?"라고 물으니 엄지손가락으로 바로 뒤를 가리킨다. 삼층 건물과 사층 건물이 붙어 있는 아담한 건물을 가리켜 호텔이라고 우기는 것이다. 내 손에 쥐고 있던 영문판 가이드북을 뺏어 들어 착착 넘기더니 호텔의 이름을 찾아내고는 이 책에도 나오는 유명한 곳이라며 올라오라는 것이었다. 성수기인 데다 세계에서 가장 유명한 가이드북 중 하나에 등재된 게스트하우스에 방이 있을 것 같지 않았다. 내가 방은 있냐고 물으니 그는 "아마도?"라며, 어서 올라가자고 한다.

장거리 이동의 피로와 소란스러운 도시 분위기에 녹초가 된 나는 이 청년의 호객을 이기지 못하는 척 게스트하우스로 올라간다. 아니나 다를까, 접수구 앞에는 다채로운 인종의 여행자들이 배낭에 기대 앉아 이미 진을 치고 있었다. 다들 체크아웃 시간을 기다리고 있는 것이다. 체크아웃 시간이 다가오니 나가는 배낭만큼 또 다른 배낭들이 들어간다. 하나 둘 자기 방을 찾아 들어가기 시작하더니, 내 차례 바로 앞에서 데스크 직원이 약간 망설인다. 섬뜩하니 스치는 나쁜 예감은 역시나 빗나가지 않았다. 내 앞에는 호주에서 온 백인 남자와 흑인 여자 커플이 기다리고 있었는데 마침 방이 더블베드 하나와 싱글베드 하나가 있는 트리플 룸만 남았다는 것이다.

망연자실한 표정을 짓고 있는 내게 이 호주 커플은 친절하게도 우리는 상관없다며 같이 방을 쓰자고 했다. 침대 여덟 개가 한 방에 있는 도미토리에서도 거사를 치르는 그들의 왕성한 성생활에 대해 익히 알고 있던 나는 댁들이 상관없어도 내가 상관있기에 조금 주저했다. 하지만 다른 곳으로 가기에는 이미 몸뚱아리가 말을 듣지 않았다. 때문에 일단 하루만 버텨보고 정 안 되면 내일 다른 숙소를 찾으리라 생각했다.

아……. 그러나 예상했던 일은 너무 빨리 벌어졌다. 키를 받아들자마자 나는 짐을 침대 위에 두고 바로 옷가지와 타월을 챙겨 공용 샤워장에 가서 모래 묻은 몸을 씻고 옷을 갈아입었다. 그리고 다시 방을 향해 걸어갔다. 하지만 걸어가는 도중에 본능적으로 아프리카의 뜨거운 기온을 제압하는 화끈한 기운이 느껴졌다. "에이, 설마 들어간 지 몇 분 되었다고" 싶어 문고리를 돌리려고 하였으나 문은 굳게 잠겨 있었고 방문을 뚫고 새어 나오는 소리에 "설마"는 확신으로 돌아섰다. 조용히 혼잣말로 "대단하다, 대단해"를 연발하며 물 묻은 타월을 들고 우두커니 서 있으니 방금 전에 호텔로 나를 잡아 이끈 모로코 청년이 나를 발견하고는 숨넘어갈 듯 웃어대다가 조용히 다가와 웃음을 참으며 말한다.

"얘네 벌써 하고 있냐? 큭큭!"

내가 팔짱을 끼고 체념한 듯 고개를 끄덕이니, 이 청년은 "너 그냥 그러지 말고 옥상에서 자라"고 한다. "아차" 싶었다. 불과 어제까지만 해도 셰프샤우엔의 게스트하우스 옥상에서 노숙을 했는데 피로가 사고를 마비시킨 모양이었다.

옥상에서 자는 것은 모로코와 같은 기후를 가진 동네에서 흔한 숙박 형태였다. 건기에는 밤 날씨도 적당히 포근하고 독충들도 별로 없기 때문에 노숙을 하기 적합하다. 자릿세로 방값의 반 이하 정도만 지불하면 깔개와 담요, 베개를 제공해주었고, 밤이 되면 쏟아지는 남국의 별들을 보며 잠들 수 있었다. 여러 모로 나같이 혼자 다니는 여행자들에게는 옥상에서 숙박하는 것이 훨씬 편했다.

고민할 이유가 없었다. 신음소리가 잦아들기를 얼마간 기다렸다가 더 이상 소리가 들리지 않자 아주 신사적으로 노크를 했다. 우당탕 후다닥. 백인 남자가 물을 활짝 열면서 벌써 다 씻었냐며 놀라워했다. 나는 윙크를 하며 편히 즐기라고 하고는 배낭을 들고 옥상으로 올라갔다. 방은 구했냐며 걱정스럽게 이야기하는 이 커플의 만면에는 반색이 가득했다.

오이!

옥상에는 이미 스무 명 정도가 제각기 자리를 잡고 누워서 책을 보거나 비스듬히 앉아 맥주와 음료수를 마시고 있었다. 저녁은 편히 게스트하우스에서 먹기로 하고 모로코식 찜요리인 타진을 시켰다. 옥상 한쪽에 놓인 긴 식탁에 몇몇 사람들이 앉아 저녁을 먹기 시작했다. 옆자리에 앉은 폴란드에서 온 고등학교 교사 아저씨와 이야기를 하다가 폴란드 고등학생들도 의대에 가고 싶어서 환장한다는 이야기까지 이어지다 보니 이내 지루해져 맞은편에 앉은 순박하게 생긴 두 벨기에 아가씨들에게 말을 돌린다.

두 명은 벨기에 하면 유명한 것이 벨지언초콜릿, 벨지언프라이라고 이야기하더니, 프랑스놈들이 자신들의 음식을 베껴다가 세상에 프렌치프라이라고 떠벌리고 다닌다며 흥분을 했다. 애국처자들이구나 싶었는데, 그러고는 아, 하더니 자신의 나라에 또 유명한 것이 소아 포르노라고 한다. 조혼 풍습이 근대까지 지속되었기 때문에 그런지는 몰라도 국제적으로 유통되는 소아 포르노물의 절반 이상이 벨기에산이라며 끔찍하다는 듯 고개를 흔든다.

옆 좌석도 맞은편도 그리 감이 좋지 않았던 까닭에 나는 저녁을 먹고 바로 자리로 돌아가 셰프샤우엔에서 프랑스 여행자에게 얻은 영문 르포소설을 읽기 시작했다. 볼리비아의 감옥에 수감된 미국인 마약상의 이야기를 다룬 책이었다. 어처구니없이 잡혀 음식과 옷가지는 물론 감옥 생활에 필요한 모든 것을 감옥 안에서 사고팔아야 되는 — 그래서 감옥 안에서 코카인을 만들어서 돈 대신 화폐로 삼는 — 어처구니없는 감옥에 대한 이야기를 혼자 낄낄거리면서 읽고 있는데 아까 그 모로코 청년이 다시 다가온다.

"어이, 친구! 페스 투어 상품이 있는데 잠시만 들어봐."

"필요 없거든."

"야, 나도 먹고살아야지. 일하는 척이라도 해야 되니까 너도 그냥 듣는 척이라도 해주라."

뭐 듣기만 하는 것이 나쁠 것 있나 싶어서 더 높은 옥상으로 그를 따라 올라갔다. 테이블과 의자가 몇 개 놓여 있었고, 이미 몇몇 테이블에는 먼저 온 팀이 페스 투어 상품에 대한 설명을 듣고 있었다. 하지만 하루 숙박 비용보다 더 비싼 투어 상품이 귀에 들어올리 없는 나는 이 청년이 외운 티를 내며 진지하게 이야기하는 것을 한 귀로 흘려들은 후 "생각해보겠다"고 하고는 자리에서 일어났다. 투어 설명을 듣고 있는 사람들과 석양을 바라보며 맥주 한잔 하려는 사람들 몇 명밖에 없는 위층 옥상은 오밀조밀하게 사람들이 자리를 잡은 아래층 옥상보다 훨씬 더 넓어 보였다. 자리에서 일어난 나는 해가 지고 있는 페스의 시장 골목과 성문 밖으로 보이는 황량한 도로가를 구경하면서 위층 옥상을 배회하고 있었다.

"Oy! Asian Guy!"

성문이 바라보이는 의자에 자리를 잡고 맥주를 마시던 범상치 않은 차림을 한 갈색 머리의 서양 여자가 나를 부른다. 내가 왜 부르냐며 턱을 내미니, 아랫입술과 양쪽 귀에 피어싱을 박고 뒷목덜미에 잔뜩 문신을 그린 채 고스Goth족처럼 징 박힌 부츠와 검은 가죽바지에 검은 민소매티만 딸랑 입은 여자가 모포를 팔에 걸친 채 검지 중지를 까딱이며 담배 있냐는 시늉을 한다. 범상치 않은 그녀의 모습을 보고 그래도 이 친구 재미는 있겠다 싶어 나는 담배 한 개비를 건네며 의자 하나를 사이에 두고 옆에 앉았다.

"맥주 한잔 할래?"

여자는 자리 옆에 재어둔 맥주들 중 하나를 들어 권한다. 담배 한 개비를 준 것치고는 꽤 후한 대접이다. 나는 마음껏 피우라며 가운데 의자에 담배를 올려 두었다. "비에트라, 슬로베니아에서 왔어." 나 역시 통성명과 함께 국적을 밝히니, "너의 위대한 지도자

김정일 동지를 두고 어디 외국에서 서성거리냐" 며 정색을 하고 이야기한다. 농담인지 진담인지 가늠하기가 어려워, 시끄럽고 맥주나 마시자고 하니 혼자 킥킥대며 농담이라고 한다. 동양인들은 자기가 영어로 이야기하면 알아듣는 척을 하지만 정말로 알아듣고 대답하는 동양인은 처음 본다며 호들갑을 떠는 그녀.

처음에는 적응이 되지 않았지만 계속 이야기를 해보니 이런 종류의 온갖 인종차별적인 악담과 조롱과 조소와 경계가 불분명한 농담이 그녀의 유머코드였다. 드레스코드가 조금 과하긴 해도 술을 마시며 혼자 앉아 있는 매력적인 서양 여자를 내버려둘 리가 없으리라 생각했건만, 과연 혼자 앉아 있는 데는 이유가 있었다. 많은 사람들에게 그녀의 유머코드가 무척이나 불쾌할 수 있었기 때문이다. 정치적 올바름의 토양이 유럽에 비해 척박한 땅에서 나고 자란 까닭인지 나는 비에트라의 유머코드에 비교적 익숙한 편이었고, 그 덕에 그녀의 악의는 없으나 신랄하기 그지없는 조롱조 농담을 맞받아치면서 성문 너머로 저물어가는 석양을 바라보고 있었다.

"Oy!"

인기척을 듣고는 주위를 두리번거리던 비에트라가 누군가를 향해 예의 그 "오이"를 외치며 손으로 까닥까닥 오라고 한다. 오늘 하루 종일 나와 마주치던 그 모로코 청년이다. 청년은 우리를 보자 활짝 웃으며 "너희 둘이 친구 됐냐?" 하며 길쭉한 다리를 건들거리며 다가온다. 청년이 다가오자 비에트라는 주먹으로 청년의 팔뚝을 툭툭 치며 말한다.

"타리크, 오늘 일 다 끝났어?"

타리크는 "오늘 영 안 팔리네"라며 웃고는 담배를 치우고 가운데 자리에 털썩 앉는다. 호리호리한 장신의 이 아랍 청년이 옆자리에 모래먼지를 풀풀 날리며 앉자 나는 "나도 안 팔아줘서 미안하다"고 했다. 그러자 타리크는 "이 자식이 무슨 말을 하는 거야?" 하는 표정으로 입술을 씰룩이더니, "알아? 투어는 바보들이나 하는 거야!"라고 말하고는 비에트라와 함께 낄낄 웃는다. 유유상종. 타리크도 나도 비에트라도 무언지 모를 코드가 들어맞았다. 타리크는 의외로 자신이 독실한 무슬림인 까닭에 술, 담배는 하지 않는다며 가지고 온 콜라를 벌컥벌컥 마셨다. 술과 담배 대신 콜라라니 뭔가 앞뒤가 안 맞는 듯했지만 우리는 개의치 않고 저무는 해를 배경으로 낄낄거리며 떠들기 시작했다. 이내 해가 지고 땅거미가 깔리기 시작했다. 어두워진 하늘 아래, 맞은편 건물 옥상에 자리 잡은 불 밝힌 고급 레스토랑의 테라스가 우리 눈에 들어왔다.

비에트라는 갑자기 하던 이야기를 멈추고는 맞은편에서 우아하게 밥을 먹고 있는 사람들을 향해서 안주로 먹고 있던 땅콩을 휙 던지고는 옥상 담장 아래로 쑤욱 들어갔다. 하늘을 날아간 땅콩은 거짓말처럼 요리가 곱게 담긴 사기그릇에 '쨍' 부딪혔다. 별안간 요리에 땅콩이 추가된 레스토랑 손님들이 나와 타리크를 쳐다본다. 우리는 옥상 난간에 발을 걸쳐 올린 채, 우리가 한 게 아니라며 매우 적극적으로 양팔을 으쓱 올리며 고개를 세차게 좌우로 흔든다. 난간에 숨어 두 남자의 어리숙한 몸짓 변론을 지켜 보던 비에트라는 자지러지듯 웃어댄다.

모스크와 태너리

시끄럽던 페스의 골목길에 적막만 남은 늦은 저녁. 타리크와 함께 비에트라와 나는 페스의 거리로 나섰다. 시장 입구로 들어서니 아직까지 문을 연 빵집과 밥집에서 늦은 저녁을 먹는 페스 사람들이 간간히 보였다. 초입에 있는 구멍가게에서 아이스크림을 하나씩 사서 입에 물고는 타리크를 따라 골목을 걷기 시작했다.

길목 곳곳에 나무 기둥이 어깨 정도 높이로 가로놓여 있었다. 때문에 고개를 연방 숙이면서 길을 지나다녀야 했는데, 타리크는 이게 초보자들이 길을 잃지 않고 할렘의 모스크로 가는 가장 확실한 방법이라고 했다. 가로로 놓인 기둥은 모스크 방향으로 향해 있고, 자연히 이 기둥을 지날 때마다 고개를 숙이게 되며 성전에 대해 경배를 하게 된다는 것이다. 과연 가로놓인 기둥을 지나다 보니 페스에서 가장 큰 모스크 앞에 당도하게 되었다.

이 모스크 역시 골목에 둘러싸여 있었기에 골목을 따라 모스크 주변을 빙 둘러 가는데 모스크 벽면에 우편함 같은 곳이 보였다. 타리크는 그것을 가리키며 일종의 고해성사를 하는 것이라고 하고는 손을 집어 넣어보라고 했다. 나는 손을 집어넣었고, 손을 집어넣자마자 타리크가 "이맘!" 이라고 소리치며 목회자를 부르고는 쌩 하니 도망가는 것이었다. 그제야 저 녀석 장난질에 당했구나 싶어서 손을 빼고는 타리크를 쫓아가 호탕하게 웃으며 뒤통수를 몇 대 갈겨주었다. 낄낄 웃던 타리크는 무엇인가 생각난 듯, 여기서 잠시 기다리라고 하고는, 골목길 안쪽의 어느 집으로 들어갔다.

잠시 후 집에서 나온 타리크의 손에는 옷가지가 들려 있었다. 친구에게서 빌려왔다며 우리에게 건네준 것은 다름 아닌 마그레브 Maghreb(모로코 · 알제리 · 튀니지 등 북아프리카를 통칭하는 말) 사람들이 많이 입고 다니는 베르베르족 전통의상인 젤라바Djellaba였다. 발끝부터 머리까지 완전히 덮는 우비같이 생긴 옷인데 머리를 덮는 모자는 요정 모자처럼 끝이 뾰족했다. 젤라바를 입은 우리를 보고 타리크는 자신을 따라오라고 했다. 다시 모스크로 돌아가는 것이었다. 모스크로 돌아가는 길목에서 타리크는 우리에게 젤라바 안으로 피부를 최대한 숨기고 노인처럼 구부정하게 몸을 숙여 "에헹 에헹" 하며 병약한 노인의 기침소리를 내라는 것이었다. 그러면 무슬림만 들어갈 수 있는 모스크 안으로 들어갈 수 있다고 했다. 전에도 무슬림이 아닌 사람들을 이런 식으로 데리고 가본 적이 있냐고 물으니 타리크는 "해본 적은 없는데 아마 될 거야" 라며, 혹시나 종사에게 걸리면 "꾸란꾸란", "앗살람 알라이쿰", "아임 무슬림", "알라 알라" 라고 하며 대충 얼버무리라고 한다.

모스크 정문 바로 앞에서 타리크는 아무렇지 않게 신발을 벗어서 가지런히 놓고는 안으로 들어갔다. 우리도 뒤따라 긴장된 발걸음을 옮겼다. 다행인지 불행인지 늦은 시간이라 사람들이 별로 없었고, 젤라바를 푹 덮어쓴 우리에게 아무도 주목하지 않았다. 곁눈질을 하며 타리크를 따라서 회당을 걸었다. 늦은 저녁인데도 회당 안은 형광등 조명 때문에 하얗게 밝았다. 나는 모자가 벗겨질까 싶어 두 손으로 모자를 고정시킨 채 머리만 배배 꼬아 돌려가며 회당 안과 천장을 살펴보았다. 곳곳에 경전의 말씀을 새긴 조각들과 화려한 천장 장식이 눈에 들어왔고, 절을 하며 기도하는 사람들도 보였다. 타리크도 깔개 하나를 가져와서 기도를 올리기 시작했다. 배구에서 시간차 공격을 하듯 타리크가 무슨 행동을 하면 바로 뒤따라 했기에, 우리도 마찬가지로 깔개를 가져와서 기도를 올렸다. 잠시나마 무슬림이 된 듯 타리크를 따라서 경건하게 절을 하고 종종걸음으로 모스크를 빠져나왔다.

"짱이지?"

모스크를 나온 타리크는 우리와 하이파이브를 하고는 개다리춤을 추며 엄지손가락을 들어 흔들어댔다. 젤라바를 빌린 집에 다시 가져다 놓고 돌아온 타리크는 지금부터는 강아지처럼 코를 킁킁거려보라고 했다. 자신이 뒤에서 따라갈 테니 지독한 냄새가 풍기는 곳을 찾아가라며, 그 끝에 분명히 태너리tannery가 나올 거라고 했다.

태너리는 무두질 공장을 뜻하는 영어 단어로, 페스에서는 메디나 변두리에 밀집한 무두질 공장을 가리킨다. 천 년 동안 같은 방식으로 가죽을 손질하고 염색하는 곳으로 페스에서 가장 유명한 곳이다. 벗겨낸 양가죽과 소가죽을 부드럽게 하기 위해 통에 담가두는데 연화시키는 재료는 비둘기나 사람의 분뇨이다. 부드럽게 만든 가죽들은 흙과 타일로 만든 형형색색의 염색통에 담가둔다. 염색에 쓰는 재료 역시 천 년 전의 방식을 그대로 쓰고 있으므로 너무 '친환경적' 인 재료들로 구성되어 있어 악취에 악취가 더해진다. 멀리서도 그 냄새를 맡을 수 있기 때문에 타리크는 냄새를 쫓아 태너리를 찾아내보라고 한 것이다.

비에트라와 나는 코를 킁킁거리며 바람이 불어오는 곳을 따라 페스의 골목을 누볐다. 불어오는 냄새를 따라가다 보니 냄새는 점점 악취로 변해갔고 코에 내비게이션이라도 달린 양 악취를 따라가니 악취는 급격하게 또렷해졌다. 태너리 밀집지대에 다다른 것이다. 문을 닫은 가죽가게 앞에서 물담배를 뻐끔거리면서 놀고 있는 사람들에게 타리크가 다가가 뭐라고 이야기하니 한 명이 일어나 가게 문을 활짝 열어주었다. 안에 설치된 계단을 따라 옥상으로 올라가니 허름한 가죽용품 매장이 있었고, 진동하는 악취를 따라 옥상 아래를 내려다보니 태너리가 한눈에 들어왔다. 냄새와는 다르게 내려다보이는 염색통들은 잘 포장된 상자 속에 알알이 든 초콜릿처럼 각각의 색깔을 뽐내며 달빛과 별빛과 가로등 불빛을 반사하고 있었다.

이후로도 사흘 동안 우리 셋은 밤마다 몰려다니면서 페스의 정취를 눈으로 가슴으로 담아가며 왁자지껄하게 놀았다. 매일 밤이 되면 게스트하우스 앞에 있는, 밤부터 새벽까지만 문을 여는 스프집에 가서 노상 탁자에 앉아 샐쭉한 공갈빵과 설탕 뿌린 미음 같은 스프를 먹으면서 밤 일정을 시작했다.

그곳에서는 밤이면 밤마다 정신이 약간 안 좋은 아주머니가 뭔가를 말하며 소리를 질러댔다. 타리크는 정육점 가게 주인이 바람을 피우고 있다며 소리를 지르는 중이라고 하고는 키득키득 웃었다. 우스운 것은 정육점 주인장은 부인이 없다는 것이고, 저 덥수룩한 수염에 비대한 몸집의 정육점 주인장이 매일같이 턱을 괴고 그 아주머니가 바락바락 악을 쓰는 걸 구경하고 있다는 것이었다. 스프로 배를 살짝 채우고 우리는 메리니드 무덤으로, 왕궁으로, 태너리로, 모스크로, 이슬람 학교로 돌아다니면서 술래잡기도 하고 '무궁화꽃이 피었습니다'도 하면서 놀았고, 그러다 보니 지도 없이 페스의 메디나를 돌아다녀도 게스트하우스로 돌아오는 것이 어렵지 않을 만큼 익숙해지게 되었다.

그렇게 페스에 익숙해질 무렵 비에트라와 내가 페스를 떠나는 날이 다가왔다. 그날 오전에 출발하기로 한 비에트라는 이른 아침에 나를 깨워 제법 긴 글이 적혀 있는 편지를 한 장 건넸다. 타리크를 위한 것이었다.

"분명히 영어 못 읽을 테니까 네가 좀 대신 읽어주라."

나는 걱정하지 말라고 하고는 자리에서 일어나 성문 밖 버스 정류장으로 가서 그녀를 환송하고 돌아왔다. 나도 정오에 버스를 예약해 두었기 때문에 옥상 여기저기에 널어둔 빨래들을 개켜 배낭에 넣고 떠날 준비를 했다. 얼추 배낭을 다 꾸리고 볕 잘 드는 곳에 의자를 가져와 옥상 난간에 발을 올리고 셰프샤우엔에서 받은 그르포소설을 마저 읽고 있었다.

"에이, 마이 쁘렌. 뭐하고 있어?"

"가기 전에 여유 좀 부리고 있지. 너 이리 와봐. 비에트라가 주고 간 거 있어."

"와이 낫 매—앤?"이라고 하며 타리크는 의자 하나를 가져와 모래먼지 풀풀 날리는 젤라바를 털며 털썩 앉았다.

"영어 읽을 줄 알아?"

"당연하지! 나, 페스 최고의 가이드라고!"

당연히 귀여운 허세였다. 비에트라가 타리크를 골탕 먹이려고 자신이 읽던 슬로베니아어로 된, 에드워드 사이드의 『오리엔탈리즘』을 영문이라고 이야기하며 주었고, 타리크는 당연히 슬로베니아어를 영어라고 생각하고 읽는 척을 하다가 비에트라에게 돌려주며 "와우, 엄청 좋은 책이네"라고 했다가 빵 터진 우리에게 한 시간 동안 놀림을 받았다.

"또 뻥 친다. 형이 읽어줄 테니까 그냥 들어."

나는 비에트라가 주고 간 편지를 그에게 읽어주기 시작했다.

타리크.
이 쪽지를 읽을 때쯤 나는 이미 떠났을 거야. 페스에 있는 동안 나에게 아무런 사심 없이 잘 대해준 것, 그리고 우리를 존중해준 것 너무 고마워. 서양 여자가 혼자 아랍을 여행하면 남자들은 불손하게 욕을 하거나 더듬거렸거든. 그런 것 하나 없이 열린 마음으로 나를 친구로 생각해주고, 많은 추억을 만들어준 것 정말 고마워.
우리가 어울려 페스의 밤거리를 돌아다녔던 날들은 오랫동안 잊지 못할 거야. 생각해보면 외국인 여행자가 페스의 밤거리를 돌아다니는 것은 무척 위험한 일이었어. 너와 함께였기 때문에 경험하기 힘든 것들을 즐길 수 있었어. 너란 녀석, 참 대단하다고 생각해. 그리고 자랑스러워. 너 같은 녀석이 좀 더 많다면 우리가 좀 더 나은 세상에서 살 수 있을 것이라고 생각해. 슬로베니아로 돌아가서도 종종 연락할게. 잘 지내.
너를 절대로 잊지 못할 거야.

비에트라

타리크는 첫 문단이 끝날 때쯤부터 훌쩍거리기 시작해서, 편지를 다 읽어갈 무렵에는 거의 통곡을 하고 있었다. 나는 편지를 다 읽고 그의 젤라바 호주머니에 편지를 넣어주었다. 타리크는 눈물을 훔치더니 나를 포옹하고 울먹이는 목소리로 이야기했다.

"나도 너희들이 너무 좋았어. 여기 오는 여행자들은 다들 나를 인부나 심부름꾼으로밖에 생각 안 하는데 너희들은 나를 친구로 대해줬거든. 너무 고마워. 나도 잊지 못할 거야."

누군가 이 멀대 같은 아랍 청년이 조그만 동양인 남자를 끌어안고 울먹이는 모양새를 본다면 영 아름답지 않았겠지만, 그의 진심 어린 눈물과 사심 없던 마음만은 가슴에서 가슴으로 전해졌다. 하지만 우리가 그렇게 이별의 아쉬움을 나누고 있는 동안 게스트하우스의 나이 많은 직원 세 명이 다가왔다. 그들은 배시시 웃으며 나에게 "실례한다"고 이야기하고는 아랍어로 무어라고 소리를 치며 타리크의 양팔을 제압한 뒤 그를 질질 끌고 건물 안으로 들어갔다. 그 안에서는 매질을 하고 고함을 치는 소리가 들려왔다. 돈 되는 일이라고는 하나도 안 하고, 곧 떠나게 될 '고객'들과 친구가 되어 태업을 한 녀석에게 벌을 주는 것이었다.

그 모든 상황이 워낙 순식간에 일어난 일이라 나는 멍하니 그가 끌려 나가는 것을 지켜볼 수밖에 없었다. 몇 시간 뒤 체크아웃을 하면서 타리크를 찾았으나 지배인은 쌩한 표정으로 "타리크는 일 나가고 없다"는 말만 반복할 뿐이었다.

라디오맨

뉴욕에는 '라디오맨'이라는 유명한 노숙자가 있다. 뉴욕에서 영화나 드라마 촬영이 진행될 때면 현장을 귀신처럼 알아내서 나타나는 그의 목에 라디오가 항상 매달려 있기 때문에 붙은 별명이다. 이 별종 노숙자의 이야기를 들은 다큐멘터리 영화감독 메리 커Mary Kerr는 '라디오맨'의 이야기를 필름에 담아냈다.

그렇게 완성된 다큐멘터리 영화 〈라디오맨〉(2012)의 첫 장면은 촬영 현장 길바닥에 앉아 있는 라디오맨에게 말을 걸어오는 남자를 앵글에 담는 것으로 시작한다. "헤이, 라디오맨! 오랜만이야." 이 노숙자에게 악수를 하고 포옹을 하는 남자는 다름 아닌 톰 행크스. 이후에도 마틴 스콜세지, 론 하워드, 셰어, 조지 클루니, 맷 데이먼, 레오나르도 디카프리오 등 기라성 같은 할리우드 톱스타들과 감독들이 현장에 찾아온 그를 친근하게 부르며 짬 날 때마다 그와 놀고 있는 모습이 담긴다.

라디오맨은 90년대 이후부터는 뉴욕에서 촬영되는 수많은 영화와 드라마에 카메오로 등장한다. 출연 작품도 화려하다. 영화 〈고질라〉, 〈디파티드〉, 드라마 〈30락〉, 〈소프라노스〉. 심지어 첩보스릴러의 새 역사를 쓴 '본' 시리즈의 대미를 장식한 〈본 슈프리머시〉의 엔딩은 주연배우인 멧 데이먼이 군중 속에서 팬 아웃되는 동안 자전거를 끌고 브루클린의 사거리 횡단보도를 건너는 라디오맨을 따라가는 것으로 끝이 난다.

메리 커는 스타 배우들과 스타 감독들이 아무 거리낌 없이 이 노숙자를 촬영 현장에 불러들이고 심지어 카메오로 출연시키며 시급을 주기도 하는 이유에 대해 인터뷰한다. 대답은 한결같다. 톱스타라는, 거장 감독이라는 외로운 직업을 가진 그들은 어떠한 이득을 취할 생각도 하지 않으면서 그저 자신들을 좋아해주고 친근하게 대하며 때로는 욕설과 음담패설도 서슴지 않는 라디오맨의 모습에서 한동안 잊고 살았던 친구의 모습을 보았다는 것이다.

이 다큐멘터리 영화는 EBS 인디다큐페스티벌의 월드프리미어 작품이었다. 집에 앉아 EBS를 틀어 놓고 영화를 보면서 오랜만에 타리크가 떠오른 나는 비에트라에게 스마트폰 채팅앱으로 〈라디오맨〉에 대한 이야기를 하며, 사실은 그때 네가 떠난 후 타리크가 우리와 놀았던 것 때문에 많이 맞았다는 이야기를 해주었다. 세르비아의 베오그라드에서 유학 중이던 비에트라는 한국과 시차가 많이 났음에도 몇 분 지나지 않아 화들짝 놀라 답장을 보내왔다. 그녀는 'OMG'(Oh My God!)를 연발하며 왜 입때껏 그런 이야기를 하지 않았냐며, 너무 답답하고 슬프다는 답장을 보냈다.

우리가 만난 지 이미 몇 년이 흘렀고 기술이 또 한 번 세계를 바꾼 덕에 지구 반대편의 외국인 친구와 손 안에 쏙 들어가는 작은 기기로 이야기를 나눌 수 있는 세상이 되었다. 하지만 정작 사람에게 사람으로서 다가가는 가장 근본적인 원리인 '사심 없는 마음'을 무턱대고 보여주었던 타리크의 소식은 이미 우리와 끊긴 지 오래였다. 인터넷 연결조차 원활하지 않은 곳에서 잡일을 하며 살고 있는 문맹 청년이 우리와 오랜 시간 연락을 지속한다는 것이 쉽지 않은 까닭이다. 비에트라와 나는 지금도 가끔씩 타리크를 그리워하며 그때 새벽 두시 십분의 페스에 대해서 이야기를 나눌 수 있지만, 정작 기술에서 소외될 수밖에 없는 계층인 타리크는 우리 기억 안의 그리움으로 남을 수밖에 없는 것이다.

사심이 없다는 것은 사람을 사랑한다는 말이다. 서준식 선생이 17년간 옥고를 치르며 써내려간 서간집인 『서준식 옥중서한』에서 그토록 많이 반복한 "제 이웃을 제 몸처럼 사랑하는 것"이라는 구절을 가끔씩 인용하곤 하지만, 지금껏 내가 타리크처럼 사심 없이 누군가를 대한 적이 과연 얼마나 되는가 생각해본다. 내가 순수하게 아무런 이해관계 따지지 않고 그저 친구로서 만나는 사람은 몇 명이나 되는가. '사회화'라며 자위하지만, 해가 지날수록 내가 사심 없이 사랑할 수 있는 이들이 줄어들고, 사심 없이 그저 '사람'으로서 나에게 다가오는 이들도 점점 줄어드는 것을 피부로 느끼게 된다. 이렇게 해갈되지 않는 외로움이 짙어질 때면 깊은 그리움으로 남은 모로코 청년 타리크의 장난기 가득한 표정과 새벽 두시 십분의 페스를 기억하곤 하는 것이다.

줄리안

시저우, 윈난, 중국

Julian

자전거 투어의 시작

자전거를 타고 나온 지 두 시간째.

아무래도 게스트하우스에서 받은 약식 지도가 잘못되어도 한참 잘못된 것 같다. 가도 가도 같은 풍경. 그나마 자전거를 타고 가던 갓길이 끊어지면 차도로 가거나 밭길로 가야 한다. 도로에는 마치 등유로 움직일 것 같은 트럭들이 시커먼 연기와 함께 굉음을 내며 스쳐 지나가고, 밭길을 따라가다 보면 길이 점점 좁아지다가 그마저 끊겨 자전거를 들쳐 메고 걸어 나오기 일쑤다. 그나마 위안을 삼을 수 있는 점이 있다면 도로의 오른쪽으로는 계속해서 짙푸른 차밭이 끝없이 펼쳐져 있고 왼쪽으로는 이곳 다리大理 지역을 에워싼 창샨苍山이 변곡점 뾰족한 파동을 그리듯 아름답게 늘어서 있다는 것이다.

아침 일찍 식당에서 돼지고기 국수 한 그릇으로 요기를 하고는 이 동네 사람들이 하루 종일 먹는 말린 치즈 '루산'을 노점에서 사서 깨작깨작 씹으며 고성 안에 있는 작은 자전거 대여점들 중 한 곳으로 갔다. '시저우'喜洲에 가려 한다 하니 거기까지 가려면 이 정도는 타야 한다며 이런 시골 마을에는 도저히 있을 것 같아 보이지 않는, 앞바퀴에 충격완충기가 쌍으로 붙어 있는 산악용 자전거를 권한다. 내가 아무리 토실토실하니 부하게 보여도 그렇지 누굴 호구로 아나 싶어 장바구니가 앞에 달린 동네 상점 오갈 때나 쓸 만한 오래된 자전거를 빌렸다. 주인은 고개를 갸우뚱하며 조금은 걱정스러운 표정으로 자전거를 내주는데 열 시간 안에는 돌아와야 한다는 말을 반복했다. 아무리 자전거를 좋아해도 열 시간을 어떻게 타겠냐며 웃으면서 대여점을 나섰다.

그리고 지금, 자전거 대여점 주인의 갸우뚱거리는 고개와 걱정스러운 표정, 그리고 무엇보다 "열 시간 안에는 돌아와야 한다"는 말의 의미를 온몸으로 깨닫는 중이다. 다리고성大理古城을 나선 지 세 시간이 되도록 목적지로 삼았던 시저우는커녕 "중국 내륙 최대의 담수호"라는 얼하이 호의 물자락조차 보이지 않는다. 여전히 왼쪽으로는 차밭이요 오른쪽으로는 창산이며, 동행하는 이라고는 삼십 년 전에 단종됐을 법한 군용트럭처럼 무지막지하게 생긴 트럭들뿐. 그러나 이는 험난한 자전거 투어의 시작에 불과했다.

"연안도로 따위는 없다"

중국 남서부 내륙 지방인 윈난성의 성도 쿤밍昆明에서 버스를 타고 북쪽으로 여섯 시간 동안 올라가면 '바이족'이라 불리는 소수 민족의 자치구인 '다리'가 나온다. 다리는 대리석할 때 '대리'大理의 중국 발음이다. 오래전부터 여기서 나오는 빛깔 밝은 돌들이 강호 곳곳으로 팔려 나가 축자재로 사용되었기에 산지 이름을 따서 그 돌을 '대리석'으로 불렀다고 하지만 정확한 기원은 알 수 없다.

지금은 중국 서부의 소수 민족 관광지가 되었으나 다리의 역사는 유구하다. 위진남북조 시대에는 남조국의 수도였고 후에는 중국과 버마 사이에서 중계 무역을 했던 대리국의 수도이기도 했다. 13세기경 몽골이 서진을 하며 팽창해가던 중 그 길목에 있던 대리국이 멸망하면서 주민의 상당수가 유민이 되었다. 많은 유민들이 지금의 베트남으로 이주하고 나머지가 다리를 포함한 윈난성 곳곳에 남게 된다. 대리국의 후손들은 문화대혁명 이전까지 모두 흰 외벽을 가진 건물에 거주하며 하얀 천에 깃털로 장식한 옷을 입고 살아왔다. 그래서 그들을 '바이족'白族이라 일컫는 것이다.

호기심이 동하는 이름이었다. '하얀 옷을 즐겨 입는 이들'이라 불리는 사람들이 대륙의 반대편에도 오랜 시간 동안 존재해왔다는 것. 굳이 『환단고기』桓檀古記 같은 판타지를 호명하지 않더라도 문화적 동질성에 대한 궁금증이 생기기에 충분한 이름이었다.

시저우를 향하기로 마음 먹은 이유도 이런 호기심 때문이었다.

시저우로 가는 길을 알아보기 위해 식당에서 챙긴 관광지도를 살펴보았다. 관광지도에는 "윈난에서 두 번째로 큰 호수인 얼하이 호 연안도로를 따라 자전거를 타고 가면 바이족의 풍습과 문화와 거주지가 고스란히 보존된 전통 마을인 시저우가 나온다"는 식으로 자전거 코스 설명이 적혀 있었고 버스노선표도 있었다.

자전거와 버스 둘 중 하나를 선택해야 했는데 축적 따위는 무시하고 그려진 지도였기에 다리고성과 시저우 사이의 거리는 그리 멀어 보이지 않았다. 그렇지 않아도 궁금한 곳인데, 맑은 호수의 연안을 자전거를 타고 가다 보면 본연의 모습이 보존된 마을이 나타난다는 그 아름다운 길을 버스로 스쳐 지나가야 할 이유가 없었다. 그래서 선택한 자전거—심지어 장바구니 달린 녹슨 자전거로 화물트럭이 레이싱을 하는 고속국도를 달리고 있는 것이다.

그렇게 한참을 국도, 밭길, 논길을 헤맨 끝에 작은 마을이 나왔고 마을로 진입하는 신작로가 펼쳐졌다. "아, 여기구나." 부풀어 오르는 마음을 꽁꽁 붙잡아 신작로를 따라 쌩쌩 달리기 시작했다. 신작로가 끝나는 곳에는 작은 보트들이 정박한 조그만 선착장이 있었다. 호수는 아무리 크게 봐도 도심의 호수공원 정도밖에 되지 않을 크기였다.

윈난성에서 두 번째로 큰 호수라고 했는데 설마 이게 그 호수인가 잠시 생각하다가 그럴 리가 없다며 혼자 도리질을 했다. 이것을 얼하이 호라고 치더라도 호수변으로는 선착장만 덩그러니 있을 뿐

호수를 따라 이어지는 연안도로 따위는 없었다. 설마 관광지도가 거짓말을 할까 싶어 조그만 마을의 골목 사이사이를 돌아다녔지만 '길'이라 부를 만한 것도 거의 존재하지 않았고, 어쩌다 포장된 길을 찾았다 싶으면 몇 미터 이어지다가 끊어지고 늪지대가 나와서 돌아 나오기 일쑤였다.

그물을 손질하는 아저씨에게 "시저우?"라고 물어보니 고개를 절레절레 흔들며 존재하지 않는 이상향을 가리키는 것 같은 손짓을 하며 뭐라고 이야기한다. 중국말도 한마디 못하는 내가 시골 방언을 알아들을 리는 만무하지 않나? 그저 아저씨가 가리키는 방향을 따라서 마을 바깥으로 나왔다. 허탈하게 패달질을 하며 다시 고속국도로 들어서서 맹렬히 질주하는 트럭들을 보자 이제는 확신이 들었다.

"이 동네에서 시저우로 가는 연안도로 따위는 없다."

지금은 연안도로가 생겼을지 모르지만, 아니 내가 끝내 찾지 못한 건지 모르지만 그때는 그저 그렇게 믿는 것이 최선이었다. 그렇게 생각해버리니 쉽게 마음을 비울 수 있었다. 시저우에 도착하든 못하든, 동네에서 하룻밤 묵겠다고 청을 하든 노숙을 하든, 발길 닿는 대로 한번 돌아다녀보자 싶었다. 그때부터 시원한 산 바람과 호수 바람이 양쪽 귓불에 걸리는 것이 느껴졌다. 다시 끊임없이 펼쳐진 차밭을 따라 국도며, 논두렁이며 가리지 않고 천천히 페달을 밟았다.

시저우를 향하는지도 모르면서 무턱대고 시저우로 가겠거니 싶어 향하던 길 중간에 한적한 마을이 다시 등장했다. 방금 전 지나친 마을보다는 규모가 조금 더 큰 마을이었다. 신작로 주변에 볕을 쬐며 앉아 있던 노인들은, 누가 봐도 이 마을 출신이 아니라는 것이 금방 표가 나는 내가 마을 사람들이 탈 만한 낡은 자전거를 타고 등장하자 "별놈 다 보겠다"는 표정으로 물끄러미 쳐다봤다. 노인들에게 "니하오"를 연발하며 마을 안으로 들어선 나는 골목길을 따라 천천히 자전거를 끌면서 걷기 시작했다. 한가로운 골목의 한쪽 면은 학교 뒷담이었고, 아직 수업 중인 학교에서는 책을 읽는 어린 학생들의 목소리가 우렁차게 흘러나왔다. 학교 뒷담 골목을 지나자 소규모 인민대회나 마을 공연을 위한 삼사십 평쯤 되는 광장이 보였다. 모로 누운 돌의자가 무대 앞에 가지런히 놓여 있었고 발가숭이 아기들이 의자 사이를 왔다 갔다 하며 놀고 있었다. 귀여운 그 모습에 카메라를 들이대자 아기들은 꺄르르 웃으면서 도망가기 바빴다. 쫓는 척을 하면서 나 역시 깔깔 웃으며 골목 안으로 더 들어가니 건물 뒤로 텃밭이 나왔다.

텃밭에는 내가 세상에서 가장 친해지기 어려운 애완동물인 개가, 그것도 얼핏 보면 늑대랑 분간이 잘 되지 않는 맹견이 세 마리나 어슬렁거리고 있었다. 그 자리에 얼어붙어 있는 나를 보고 개들은 미친 듯이 짖어대기 시작했다. 알고는 있지만 절대로 지키지 못하는 맹견 대처법 제1의 원칙인 "절대 등을 보이며 도망치지 말라"는 이번에도 여지없이 무너졌다. 쏜살같이 자전거 위로 올라 페달을 밟았다. 험한 길 위에서 안장에 궁둥이를 숱하게 찧어가며 랜스 암스트롱(세계적인 사이클 대회 '투르 드 프랑스' 7회 연속 우승자) 정도는 간단히 추월할 만큼 마구 달렸다.

그렇게 달려 개 짖는 소리가 잠잠해질 때쯤, 내 앞에는 파란 하늘 아래 야트막한 산들—고산지대이기 때문에 그 야산들조차 실제 고도는 2천 미터가 넘겠지만—과 한눈에 들어오지 않는 푸른 호수가 바다처럼 펼쳐졌다. 바이족의 텃밭이자 젖줄인 얼하이 호가 그렇게 갑자기 눈앞에 나타난 것이다. 대인은 말수가 적고 얼굴빛이 온화하듯, 호수는 거대한 만큼 고요했다. 잔물결이 일렁이는 곳을 따라 눈을 돌리니, 곱게 땋은 머리에 화려하게 수를 놓은 두건을 쓰고 짧은 소매의 흰 옷 위에 푸른 조끼와 남색 앞치마를 두른 바이족 전통복장 차림의 할머니와 간편하게 티셔츠에 청바지를 입은 아가씨가 함께 채소를 씻고 빨래를 하고 있었다. 자전거로 찻잎을 실어 나르던 할아버지가 이들을 보면서 인사를 하고는 담소를 나눈다. 맹견의 추격에 잔뜩 긴장했던 어깨와 발목은 고요한 마을의 평온한 풍경 안에서 조금씩 풀려갔다.

그러나 얼마간 풀리던 긴장감은 그 평온한 마을 풍경 사이로 들어오는 백인 한 사람을 발견하면서 다시 고조되기 시작했다. 내가 헛것을 본 게 아닌가 싶어 눈을 가늘게 뜨고 다시 응시하여도 젊은 서양 남자의 모습이다. 그도 나와 마찬가지로 자전거를 붙잡고 호수를 바라보고 있다가 희멀겋게 뜬 눈으로 바라보는 내 눈과 마주친다. 내가 먼저 키득대며 웃기 시작하자, 그도 같이 키득거리며 웃는다. 숱한 '역경과 고난' 끝에 얼하이 호에 당도하기는 그도 마찬가지였던 모양이다. 내가 지도를 흔들면서 이야기했다.

"완전 속았어요."

"그러게요. 지도까지 '메이드 인 차이나' 였네요."

느릿느릿 웅얼거리는 완연한 프랑스식 악센트의 영어로 대답한 그도 나처럼 자신의 지도를 흔들면서 웃어댄다.

시저우의 전통시장

줄리안은 파리에서 대학을 다니다가 청두成都에 교환학생으로 온 알자스Alsace 산골 출신의 청년이다. 그가 다리의 이름 모를 작은 마을로 흘러들어와 우연히 마주하게 된 얼하이 호의 모습에 경탄을 보내고 있던 이유도 나와 크게 다르지 않았다. 게스트하우스에 꽂혀 있던 지도를 펼쳐 들었고 "상쾌한 자전거 도로"라는 설명에 별 망설임 없이 구닥다리 자전거를 빌려 길을 나섰다. 그 이후의 일은 나와 비슷했다. 트럭, 차밭, 트럭, 진흙길.

구레나룻에 이어진 짙은 턱수염이 인상적인 그는, 일년 내내 봄날씨인 다리의 날씨와 어울리지 않게 허벅지 중간까지 오는 검은 코트를 입고 있었다. 파리 남자가 영국인처럼 입고 중국 자전거를 타고 다니느냐고 놀리니 그는 여기가 이렇게 따뜻할지는 몰랐다며 겉옷이라고는 이 코트 말고는 들고 온 것이 없다고 했다. 자전거도 너무 충동적으로 타고 왔다며 진흙이 잔뜩 묻은 코트 밑단을 들어 보였다. 우리는 무에 그리 우스운지 서로를 들여다보며 한참을 킥킥댄 후, 이제야 동행을 만났음에 안도의 한숨을 쉬고는 시저우를 향해서 함께 길을 나섰다.

따뜻하게 비추던 햇살이 한풀 꺾이기 시작했다. 손목시계의 시침은 이미 정오를 한참 전에 넘어섰다. 중국 대륙은 그 넓은 면적만큼이나 시차도 다양해야 하건만 놀랍게도 대륙의 동쪽에 위치한 수도 베이징에 맞춰진 표준시만을 공식 시간으로 하고 있다. 정오를 한참 전에 넘어섰다는 말은 오후 서너 시에 가까워지고 있다는 말이다. 이제는 정말 서두르지 않으면 꼼짝없이 가로등 하나 없는 고속국도에서 헤드라이트가 고장 난 트럭들 사이로 자전거를 몰고 목숨을 건 경주를 하거나 길 위에서 노숙을 해야 할 판이었다.

위기감이 들기는 줄리안도 마찬가지였다. 즉석에서 '투르 드 다리'Tour de Dari가 시작되었다. 경운기를 개조한 트럭이 시커먼 매연을 뿜어내는 고속국도로 들어선 나는 두건 삼아 머리에 두르고 있던 터번을 목에 칭칭 감아 마스크 대용으로 썼다. 사막 도적 같은 행색을 한 내 옆으로 검은 코트 자락을 휘날리는 멀대 같은 프랑스 청년이 나와 마찬가지로 시티자전거 페달을 휘몰아쳤다. 삼십 분가량을 전력 질주한 우리는 마침내 "Xijou 1km"라고 적힌 영어 간

판을 발견할 수 있었다.

"드디어!"

흥분한 우리는 괴성을 지르며 전속력으로 달렸다.

관광지도에서 본 시저우 입구를 알리는 비석이 보이자 우리는 교차로에서 오른쪽으로 꺾어 시저우로 진입했다. 꺾어 들어가자마자 보이는 길가에는 관광버스가 몇 대 주차되어 있었다. 입구에 자전거를 묶어둔 후 시저우 안으로 걸어 들어갔다.

우리를 가장 먼저 반기는 것은 인력거꾼이었다. 그들은 손뼉을 치며 자신의 인력거에 타라고 이야기했고 우리가 별 관심이 없자 이내 관광버스를 오가는 사람들을 잡는 것에 몰두했다. 폼페이의 포도鋪道처럼 큼직큼직한 돌들로 포장된 들머리를 건너자 다리에서는 잘 볼 수 없었던 오래된 바이족 가옥들이 몇 채 보였다. 그러나 인부들이 달려들어 개축하고 있는 가옥들이 배는 더 많았다. 전통 가옥 몇 채를 지나치자 시멘트 도로가 나왔다. 길 한가운데 농업은행이 있었고 현금인출기 앞에 사람들 몇 명이 줄 서 있었다.

인부들이 개축을 하는 곳곳에서 하얀 먼지가 날렸다. 쓰촨四川식과 광둥식이 짬뽕된, 중국 어디서나 볼 수 있는 훠궈(중국식 샤부샤부)집이 몇 집 보였고, 식당들 뒤로 그 유명하다는 시저우 전통시장이 있었다. 전통시장으로 들어가니 짝퉁 퓨마, 짝퉁 나이키, 짝퉁 아디다스가 널려 있었다. 설날을 앞두고 있었기에 전통의상을 파는 집이 많았는데, 그 옷들은 바이족 전통의상이 아닌 중국 전통의

상 치파오뿐이었다. 식료품 가게에는 어릴 적 '사훕'이라고 읽던 '情' 자가 큼지막하게 박힌 초코파이가 코카콜라와 나란히 놓여 있었다. 시장이 끝나는 길로 나오자마자 바이족 차림의 젊은 아가씨들이 우리에게 다가와 사진기를 손가락으로 가리키며 배시시 웃더니 사진 한 장에 5위안이라고 이야기한다.

생수를 한 병씩 산 다음 전통시장 바깥으로 나온 우리는 담장 아래턱에 걸터앉아 목을 축이고 손과 얼굴을 닦아냈다. 허탈한 표정으로 멍하니 앉은 우리는 개축 중인 바이족 전통가옥의 기와지붕을 올려다보았다. 헛웃음 섞인 목소리로 줄리안이 중얼거렸다.

"'전통' 치고는 참 희한하네."

피맛골과 문명화

당시는 베이징올림픽을 몇 해 앞두고 많은 화장실들이 좌변기로 교체되던 때였다. 그러나 여전히 상당수의 숙소나 공용화장실은 악명 높은 중국 화장실을 그대로 쓰고 있었다. 서부 내륙의 소수 민족 마을들 곳곳에서 경험한 공용화장실은 그 악명을 고스란히 느낄 수 있게 해줬다. 말은 '공용화장실'이지만 굳이 묘사를 하자면 변기라는 개념 없이 화장실 바닥에 길게 홈이 나 있는 것이 대부분이었고, 조금 시설이 좋으면 그 홈에 직교해서 격벽이 허벅지 높이로 놓여 있었다. 운수 좋은 날이면 내 앞에서 중국 아저씨가 엉덩이를 들썩이며 배변하는 광경도 구경할 수 있었다.

아버지께서 무엇인가 신기한 것이 새로 나오면 사지 않고는 배기지 못하던 '얼리어답터'였던 까닭에 초등학교 때부터 비데를 써 온 나는 타지에서 배변 활동을 하는 것에 유난히 어려움을 겪었다. 중학교 때 삼박사일 동안 야영을 갔는데 변을 보지 못한 채 똥똥한 배를 달고 집에 돌아오자마자 변기가 막힐 정도로 쏟아 부은 것은 지금까지도 두고두고 놀림을 받는 에피소드이다.

이렇게 집에서는 비데 때문에 휴지 쓰는 것조차 인색한 나였지만 몇 차례의 중국 여행은 내 배변 습관을 통째로 바꾸었다. 두 번째 중국 여행인 데다 이때는 여행 기간만 석 달이었고 내륙의 오지로만 돌아다닌 까닭에 비데는커녕 좌변기조차 구경하는 것이 어려웠다. 한 달 정도 지나기 시작했을 때부터 배변 중 앞뒤 사람들에게 인사를 하는 지경에 이르렀다.

그리고 의심하기 시작했다. 과연 자동세정기라는 것이 삶에서 꼭 필요한 것일까? 이것이 위생과 청결의 선진화에 얼마나 도움이 될까? 생각해보면 어차피 입부터 항문까지는 몸의 내부가 아닌 바깥쪽, 즉 '외강'外腔이다. 게다가 세정기가 닦아낸다는 세균이나 분변 찌꺼기는 이미 인류의 항문에 수만 년 동안 항상 있어왔던 것들이다. 그렇다면 '문명화'라고 우리가 생각하는 기술들이 사실은 의식과 사고에 있어서 선진화된 것처럼 인식하도록 만드는 패션이나 액세서리가 아닐까, 의심하게 되는 것이다.

"하지만 이 사람들도 그저 편리하게 바꾸려 하는 것을 두고 변하지 않길 바라는 것도 오리엔탈리즘이 아닐까?"

화장실 문화와 배변과 항문을 통해서 '문명화'라는 것이 과연 언제 어디서나 옳은 것인지에 대해 늘어 놓던 내 말을 줄리안이 끊는다.

시저우에서 돌아오는 길은 두 시간이 조금 넘게 걸렸다. 헤매지 않고 국도만 따라서 왔기 때문이다. 다리고성에 도착한 우리는 고성 안의 유럽식 바에서 저녁에 만나기로 약속하고 각자의 숙소에서 잠시 쉬다가 이제 막 술잔을 부딪치며 시저우에서의 소회에 대해 이야기하는 중이었다. 맥주 세 병을 주문해 통 안의 얼음에 채워두고 마시던 나와 달리 줄리안은 따뜻하게 데워진 뱅쇼(계피와 과일 등을 넣고 따뜻하게 끓인 와인)를 덩치에 맞지 않게 두 손으로 잡고는 홀짝거리며 말을 이어나갔다.

"프랑스나 한국은 어쨌든 선진국이잖아. 우리의 생각을 이 사람들에게 무작정 대입할 수는 없어."

"물론 이 사람들의 삶을 원시 상태에 가둘 이유는 없지. 그러길 강요하는 것도 우스운 일이고. 그냥 내 생각은 조금 덜 편한 것만으로도 이 사람들이 간직하고 있던 작은 아름다움을 지킬 수 있지 않을까 하는 거야."

"그것도 선진국 사람들의 이기심이 아닐까?"

"선진국 사람들의 이기심이라기보다는, 작고 소박한 것들을 급격히 잃어가면서 삶이 고단해진 나라, 그러니까 한국에서 온 나 같은 여행자가 이런 풍경을 보면서 드는 생각인 거 같아. 최소한 한국은 그렇거든. 너희 나라가 수백 년에 걸쳐 쟁취한 민주주의라는 것을 불과 몇십 년 만에 일궜고, 빠른 산업화 덕분에 전쟁터가 경제 강국이 되면서 사람들은 돈이 많아질수록 마음은 비어갔으니까. 시저우나 여기 다리의 풍경이 불편한 건…… 한국의 도시를 바라볼 때마다 느끼는 내 불편한 마음이 들어간 것 같아."

사실 그랬다. 시저우를 보면서 느낀 불편함은 이미 그 소박한 마을에 대한 감정이 아니었다. 시저우가 난개발되는 모습에 그 당시 내 모국에서 진행되고 있던 개발독재 시대의 부활이 이입되었기 때문이라고 하는 편이 솔직했다. 지자체든 나라든 그 장長이 바뀔 때마다 외곽으로 교외로 의미 없이 팽창하는 사각의 아파트와, 시공간적 맥락은 무시된 채 파괴된 자리에 단기간에 솟아오르던 공공건축물에서 소비문화 외에는 어떠한 정체성도 찾아볼 수 없었던 한국의 도시문화가 생각났기 때문이다.

"서울에 가면 도시 중심부에 '피맛골'이라는 데가 있어. 왕조시대 때는 평민들이 길을 걷다가도 귀족들이 나타나면 땅에 엎드려 절을 해야 했거든. 생각해봐. 안 그래도 먹고살기 바쁜 평민들이고 그 일대가 상업지구였는데 만나는 귀족마다 절을 하면 언제 장사를 하겠어. 그러니까 평민들만 다닐 수 있는 아주 좁은 길을 만들었던 거야. 그게 수백 년 동안 보존되면서 지금까지도 그 길엔 서민들이 즐겨 찾는 술집이며 밥집이 가득하거든."

"그런데?"

"그런데 그걸 다 헐겠다고 해."

"말도 안 돼. 도대체 왜?"

줄리안은 진심으로 이해되지 않는다는 듯 어처구니없다는 표정으로 물었다.

"더 깔끔하고 높은 건물을 올리면 건물주들은 돈을 많이 벌 수 있고, 그걸 시 정부도 용인한 거지. 피맛골이 있는 곳은 '서울'이라는 메트로폴리스의 중심부에 자리 잡고 있으니까, 그걸 보존한 채로 발전시키기보다는 다 헐고 고층 건물을 올리는 것이 같은 면적 안에서 더 많은 이윤을 창출할 수 있기 때문이야. 부가 팽창하는 만큼 마음이 고단해지는 전형이 이런 게 아닐까? 출국하기 전에 만나고 온, 한국에서 오래 산 독일 친구는 어떻게 이런 소중한 거리를 그냥 헐 수 있냐며 한국 사람들보다 더 화를 내더라고."

"화를 낼 만한데? 한국에 가본 적 없는 프랑스인도 이해되지 않는 이야기니까."

줄리안이 고개를 저으며 말했다. 그리고 잠시 생각하더니 내게 프랑스에 가본 적이 있냐고 물었다. 오래되긴 했지만 가본 적이 있다고 하자, 파리에 가보았냐고 묻는다. 프랑스에 가서 파리에 안 가긴 힘들지 않겠느냐고 웃으며 대꾸하니 연이어 질문을 한다.

"너, 파리에 여행 갔을 때 '라데팡스' 가봤지?"

"가봤지."

"멋있었지?"

"멋있었지."

"그런데 파리 사람들은 라데팡스를 만들 때 별로 안 좋아했어."

라데팡스

라데팡스La Defense는 프랑스 파리 서쪽의 금융상업지구이다. 『인간의 조건』으로 유명한 소설가 앙드레 말로는 1940년대부터 드골 정권에서 문화상을 역임하며 파리 시가지의 개축을 엄격하게 제한하고 문화적 전통을 고수하는 정책을 펼쳤다. 말로는 그렇게 보존된 도시를 문화 공간으로 승화하려고 한 이른바 '말로법'을 공포하는데 적극적으로 개입했다. 그러나 시간이 지나면서 도시 내부의 경제력과 인구가 팽창해갔고 이를 기존의 도시 구조 안에서 수용하지 못하는 상황에 이르게 된다.

1968년 봄, 세계 주요 도시의 젊은이들이 거리로 쏟아졌던 68혁명 당시 파리 시위대의 슬로건 중 하나가 "지하철, 일, 잠!"이었다는 것은 그 당시 파리가 극도로 팽창하면서 도시 자체가 인간성을 잃어갔음을 반증한다. 프랑스인 여섯 명 중 한 명이 파리 근교에 살았고 그들의 대부분은 구시가지에서 일했다. 치솟는 집값 때문에 집을 구하지 못해 백여 킬로미터를 달려서 출근하는 이들도 적지 않았다.

한 해 후 드골이 물러나면서 앙드레 말로 역시 공직에서 물러나

소설가로 돌아갔다. 그러나 드골파인 조르주 퐁피두가 정권을 계승했고 퐁피두는 도시의 문화적 역할에 대해서 앙드레 말로와 맥락을 같이했다. 퐁피두의 도시에 대한 철학과 68세대의 문화적 요구가 맞아떨어지면서 십 년 전부터 이미 지어지고 있던 파리 서쪽 외곽의 신도심 건설 계획이 획기적으로 수정된다.

사각형의 영혼 없는 건축물 대신 건물 하나하나를 조각상처럼 지어 영혼을 불어넣는 작업이 시작되었다. 전철 노선은 물론 차도까지 지하로 매립하여 지상의 토지를 온전히 사람의 것으로 만들었다. 이렇게 사람을 위한 땅이 된 지상에 호안 미로, 알렉산더 칼더, 세자르 발다치니 등 당대를 대표하던 조각가들의 조각을 곳곳에 배치해 문화적으로 상호 교통하는 도시 공간을 만든다. 그리고 마침내 1989년, 우리에게 '신개선문'이라는 이름으로 익숙한 '라 그랑드 아르슈'La Grande Arche가 건립되고 라데팡스는 지금의 모습을 갖추게 된다.

줄리안은 도시를 문화적 매체로 공유하는 현대 도시건축의 전범인 라데팡스가 건립될 당시에 파리 시민들이 이를 두고 필요악이라고 여겼던 이유에 대해서 이렇게 이야기했다.

"파리와 어울리지 않는 공간이라고 생각했던 거야. 오랫동안 서구 문화의 중심지였던 파리가 가지는 맥락이 있는데, 라데팡스에 들어설 온갖 초현대적인 건물들이 그 맥락을 훼손한다고 생각한 거지. 불편하더라도 그런 고층빌딩 대신에 파리 도심과 같은 공간이 연장되길 바란 거야. 결과적으로 지금 라데팡스는 관광객들이 사랑하는 또 다른 공간이 되었지만 아직까지도 흉물이라고 생각하는 파리 사람들이 적지 않아."

"그런 상황이 한국과는 정반대란 말이야. 한국에서는 신축 건물도 기존의 공간에 스며들어야 한다는 생각을 하는 사람들이 많지 않거든. 건축가들의 상황도 다르지 않아. 그런 맥락 있는 건축을 고집스럽게 하고 있는 소수의 몇 명이 존경받고 있긴 하지만, 그건 역으로 그런 사람들이 많지 않다는 뜻이니까."

"그래. 그건 그런데…… 어떻게 해도 불만을 가지는 사람은 있기 마련이잖아."

미간을 살짝 찌푸리며 완벽히 동의하지 못하겠다는 표정을 짓던 줄리안은 남은 뱅쇼를 다 마시더니 내가 시킨 것과 같은 맥주 세 병이 든 통을 시켰다. 내가 시킨 것을 같이 마시자고 하니 괜찮다며 밤은 긴데 너나 나나 맥주 세 병으로는 모자랄 것 같다고 한다. 맥주를 기다리면서 줄리안은 말을 이었다.

"파리는 역사적 전통을 지키는 과정에서 게토ghetto가 됐고 사람들의 불만이 폭발했어. 전통을 보존하면서도 팽창하는 인구를 감당하고 도시 기능을 개선하기 위해 라데팡스를 만든 건데 그마저도 싫어하는 사람들이 있는 거지. 그러니까 나도 파리 사람이 된 지는 얼마 되지 않았지만 어쨌든 거기서 사는 사람으로서 이런 생각이 드는 거야. '과연 보존하고 유지하는 게 꼭 전통을 유지하는 방법일까?' 개선문으로 이어지는 도로에는 좀 괜찮다 싶은 고급차들은 진입하지도 못하거든. 물론 많은 파리 시민들은 기꺼이 그것을 감수해야 한다고 생각하지만 말이야. 내가 중국에서 공부를 해서 그런지 몰라도 때로는 과감히 헐고 새로 만드는 것도 필요하다는 생각이 들 때도 있어. 대부분은 새로 지은 것들이 촌스럽긴 하지만 새로 짓기 전에 있던 공간은 단순히 '생존하기' 위한 곳이었으니까. 뭐가 옳은지는 잘 모르겠어."

"정말 그렇게 생각해? 나랑 논쟁을 벌이고 싶어서 일부러 그렇게 이야기하는 것 같은데? 너도 시저우에서는 나만큼이나 허탈한 표정이었잖아?"

줄리안은 슬쩍 웃더니 어깨를 으쓱하며 대답했다.

"뭐 그런 것도 없지 않지만…… 그건 그냥 내가 기대한 모습과 다르니까. 너랑 마찬가지로 전통 마을에 대해서 기대하고 간 거고, 거기에 있으리라 생각한 모습과 다르니까. 관광객의 입장인 거지."

하긴. 나 역시 크게 다르지 않았다. 스쳐 지나가는 외부인의 입장에서 그 공간에 대한 기대가 충족되지 못했기에 느낀 실망감이 나를 허탈하게 만든 것이다. 그것은 마치 파리 토박이들보다 관광객이나 다른 나라의 건축가들이 라데팡스를 더 사랑하고 그 모습에 감명을 받는 것과 같은 이유가 아닐까? 차이가 있다면 라데팡스는 기대한 모습을 충족시켜주었다는 것이고 시저우는 충족시켜주지 못했다는 것이다. 가령 지금 개축되고 있는 시저우의 전통가옥들이 깔끔하게 탈바꿈되고 그걸 홍보한다면 시저우는 지금과 같은 너무나 평범하게 '세계화' 되어가는 시골 읍내의 풍경이 아닌 전통문화의 정수를 보여주리라는 기대감을 충족시켜주는 공간으로 거듭날지도 모르는 일이다. 이때 공간의 역사성을 상업화하여 타자의 기대감을 충족시켜주는 방향으로 나아가는 것이 과연 정치적으로 올바른가는 부차적인 일이 된다.

흰 대리석과 회칠로 만드는 전통적인 바이족 양식 대신 하얀 시멘트벽에 공장제 기와지붕을 올린 집들이 늘어선다고 해도 그것이 내국인이든 외국인이든 관광객들의 얄팍한 기대감을 충족시킨다면 그 '전통'과 '문화'는 정당성을 획득하게 되는 것일까? 설령 그것이 부당하다고 하더라도 세계 평균에 훨씬 못 미치는 삶을 감당하고 있는 중국 내륙 지방의 인민들이 타자의 기대감을 충족시키기 위해서 전근대적 건축방식과 생활양식을 고수해야만 하는 것일까? 물론 세계 곳곳에는 가난하면서도 행복하고 현대문명의 수혜를 받지 않으면서도 공생공락하는 공동체가 여전히 남아 있지만, 현재 가장 빠르게 산업화되면서 빈부격차가 심화되고 있는 중국에서 그런 삶의 방식이 실현되는 것은 아마도 요원한 일일 것이다.

게다가 중국에 자유시장과 산업화가 이식되면서 경제적 활력이 일게 된 것 역시 사실이었다. 덩샤오핑의 '흑묘백묘론'黑猫白猫論은 중국이 자본주의 체제를 빠르게 수혈하도록 만들었다. 수렁에 빠졌던 대륙의 경제가 활력을 찾았고, 수출 중심 교역국가로 발돋움

하는 과정에서 환율완전통제 정책을 고수하였지만 적극적인 통제에도 불구하고 몇 번의 위안화 가치 절상이 이루어졌다. 이런 경제적 팽창이 중국이 세계에서 가지는 위상을 재고하게 되는 계기가 되었음은 말할 것도 없다. 물론 세계 최고 수준의 양극화가 진행되고 있고 가장 하층의 인민들이 마오쩌둥 통치 말기보다 더욱 궁핍한 삶을 살고 있다는 문제를 중국 국가주의 차원에서 외면한다는 전제하에서다.

이런 사회적 문제들을 외면하고 중국의 경제적 팽창의 이점을 우호적으로 바라본다고 해도, 시저우의 생경한 전통시장 풍경에서 볼 수 있듯이 자본·시장·상품 등과 관계하면서 수많은 것들이 사라지거나 가치를 잃고 변질되어가는 것은 사실이다. 세상에는 작으면서도 아름다운 것들이 얼마든지 있지만 그런 것들의 가치에 대해 무관심하거나 멸시하는 것은 이제 자연스러운 일이 되었다. 시저우에 코카콜라와 나이키가 과연 필수불가결한 것일까? 이름없는 마을에서 카메라를 피해 달아나며 잡아보란 듯 웃던 아이들이 폴리프로필렌 소재로 대량 생산된 전통의상을 입고 제발 같이 사진을 찍자며 배시시 웃게 되는 일이 더 풍족한 삶에 반드시 수반되어야 하는 일일까? 아마 꼭 그렇지는 않을 것이다. 쓸데없는 편리함과 쓸데없는 문명화가 판을 치는 세상에서 분명 우리는 좀 덜 편리해지고 좀 덜 문명화될 필요가 있기 때문이다.

* * *

그 이후에 피맛골을 보존해야 한다는 목소리가 높아짐에 따라, 피맛골의 개발되지 않고 남아 있는 구간이 문화거리로 조성되었다. 2010년부터 문화거리로 조성되어온 피맛골은 서민들에게는 친구와 같은 존재로 남게 되었고 서울 종로를 찾는 관광객들도 놓치지 않고 보아야 할 명소가 되었다. 피맛골 보존과 동시에 전국 곳곳에서 근대문화거리에 대한 인식이 새롭게 바뀌었다. 포항 구룡포 근대문화역사거리, 군산 근대문화골목, 대구 종로 진골목, 인천 조계지 등 한때 슬럼화되었던 공간들 역시 근대문화거리로 탈바꿈하면서 시공간의 맥락을 유지하는 삶의 터전과 관광지로 다시 태어났다.

그러나 2013년 2월, 문화거리로 조성 중이던 피맛골 일부 구간인 인사동 먹자골목에서 대형 화재가 나서 일대가 전소되는 사건이 벌어진다. 다시 사람들은 그때 왜 재개발을 하지 않았느냐고 목소리를 높이기 시작했다. 이러한 주장이 당연한 반작용이라고 생각할 수도 있을 것이다. 하지만 이런 주장은 그 자체로 '땅'의 가치가 아닌 '땅값'의 가치만을 숭고하게 여기는, 그래서 공존과 기억보다는 파괴와 이윤에 여전히 열광하는 우리 사회의 비극을 드러낸다. 그곳의 사람들이 안전하게 살 수 있도록 화재를 미연에 예방해야 했어야 한다는 상식적인 목소리는 거세된 채, 왜 갈아엎고 현대식 건물로 치장하지 않았느냐고 이야기하는 것이다.

아예 고려조차 하지 않던 시대보다 나아졌다고는 하지만 한국에서 공간과 건축은 '거주'라는 개념을 상실한 채 사람이 사는 곳이 아닌 '투기'의 대상이 되고, 그것이 지닌 자본적 가치에만 집중되고 있다. 심지어 전세 가격이 매매 가격에 육박하는 현상이 벌어지면서 더 이상 주거지를 통해서 부를 축적할 수 없는 시대로 진입했음을 알리는 경고등이 켜졌음에도 여전히 거주의 공간이 아닌 부동산의 가치에만 집중되고 있는 것은 '병리' pathoogy라는 단어를 차용할 수밖에 없는 현상이다.

우리가 살고 있는 지역에 존재했으나 개발시대를 거치면서 잊힌 역사적·문화적 맥락들이 있을 것이다. 그것들을 공간적으로나 문화적으로 복각復刻하는 것에 머리를 맞대본다든지, 우리가 매일처럼 지나다니는 길에 어떤 이야기가 스며 있는지 찾아본다든지, 집을 투기의 대상이 아닌 거주의 공간으로 보려고 노력한다든지, 땅이란 정말 매매할 수 있는 대상인가에 대해서 고민해본다든지. 공간에 대해서 우리가 할 수 있는 이런 사소한 고민과 노력들이 '함께 사는 것'에 대한 의미를 찾아가는 길이 될 수 있을지도 모른다.

왜냐하면 이러한 고민과 노력들은 개인의 문제에만 매달려 나의 태도만 바뀌면 나의 삶은 나아질 것이라는 착각에서 벗어날 수 있는 단초를 제공해주기 때문이다. 개인에게 책임을 지우고 내가 잘되지 않는 것은 다 내가 못난 탓이고 내가 노력하지 않은 탓이라며 당신의 태도만 바꾼다면 잘될 것이라는 복고풍의 독설과 질책을 팔거나 값싼 동정과 위로를 파는 이들이 다시금 난무하고 있다. 함께 잘살지 못한다면 혼자서 잘살 수 없다는 것이 너무나 자명함에도 그것을 잊게 만드는 약장수들이 할거하는 세상이라면 더욱 더 우리를 둘러싼 사회와 공간에 대한 고민이 필요할 것이다.

애드리안

전몰자의 계곡, 엘에스코리알, 스페인

Adrian

반은 엄마, 반은 아빠

마드리드를 출발한 버스에는 단 두 명의 승객이 타고 있었다. 관광으로 먹고사는 나라의 수도에서 출발한 버스치고는 지나치게 단출한 승객 구성이었다. 나와 히스패닉계 남성 한 명. 두 명의 남자는 버스 맨 앞자리에 앉아 오른쪽과 왼쪽의 창가 좌석을 차지하고 서로 널찍한 통유리 창문을 응시하고 있다. 창문 위쪽에는 빨간색으로 쓰인 글씨가 작지도 않지만, 그렇다고 보기 싫을 정도로 크지도 않게 적혀 있었다. "Salida De Emergencia" 비상시 출구. 위기 상황이 생기면 그냥 이 통유리를 깨고 나가라는 뜻이다. 왠지 모르게 재미있는 이 표현에 웃음을 머금었다. 창문에 적힌 글씨를 바라보고 있으니 나뭇잎 무성한 숲 터널이 지나갔고 빨간 글씨 바탕의 파란 하늘 위로 구름이 모습을 드러낸다. 구름은 기예를 하듯 뒤엉킨 모습으로 너른 평지와 구렁 위에 몽개몽개 피어올라 낮게 깔려 있다. 고운 빛깔의 하늘 아래를 달리는 널찍한 버스를 차지한 여행자 두 명은 데면데면하니 어색함을 감추지 못한다. 말을 걸까 말까.

멍하니 바깥 풍경을 쳐다보던 반대편 좌석의 남자가 배낭을 뒤적인다. 스니커즈를 하나 꺼내어 베어 물려던 찰나, 그는 아침을 먹고 나오지 않아 굉장히 배고픈 표정으로 스니커즈를 응시하는 가련한 내 시선과 마주친다. 순간이었지만 내 표정이 꽤 불쌍했나 보다. 그는 웃으며 스니커즈를 쪼개 한쪽을 건네준다. "무쵸 그라시아스"라며 스페인어로 감사의 인사를 건네자 자신은 스페인 사람이 아니라고 이야기한다. 스페인 사람이 아니라고 말하는 영어 발음이 제대로 꼬부라지는 것이 그러게, 유럽인의 말투는 아니었다.

"어디서 왔나요?"

"뉴욕에서 왔어요."

"아, 좋은 곳에서 왔군요."

"그렇지도 않아요."

여전히 어색한 기운이 감돌지만 어쨌든 나는 감사히 우걱우걱 그의 호의를 받아먹는다. 스니커즈를 다 먹은 다음, 앞니 사이에 끼인 찌꺼기를 혀로 오밀조밀 긁어 먹은 후에도 얼마간 침묵이 이어진다. 하지만 이미 에너지바 한쪽을 나눠 먹은 사이에 침묵이 지속되면 곤란하다. 목적지가 뻔한 이상 몇 시간은 계속 마주칠 것이 뻔한 상황. 다시금 넌지시 고마움을 표하며 우리네 오랜 전통인 '낮선 사람 만나서 호구 조사하기'에 들어간다.

"뉴욕에서 스페인은 어쩐 일로 오셨어요?"

"부모님 고향이 포르투갈이라서요. 이쪽으로 자주 여행하는 편이에요."

"그래요? 어쨌든 신기하네요. 포르투갈계 미국인을 여기 스페인에서, 그것도 프랑코의 무덤으로 가는 버스에서 볼 줄은 몰랐어요."

"그렇죠? 집으로 돌아갈 비행기 시간이 많이 남아서 가는 거긴 한데, 사실 마음이 썩 편하지는 않아요."

뭔가 복잡한 기분이 들었는지 애드리안은 생각에 잠긴 채 멍한 표정을 지었다. 내가 괜한 말을 했나 싶어 미국에서는 무엇을 하고 있냐고 물어보았다. 진한 눈매와 길게 뻗은 다리, 〈하이스쿨 뮤지컬〉 같은 하이틴 드라마에 나올 법한 미식축구부 쿼터백 같은 다부진 몸매. 외형만으로도 '엄친아' 티가 확 풍기는 이 친구는 대학에서 석사 과정을 끝내고 논문을 준비 중이라고 했다. 방학 동안 친척들을 만나기 위해 포르투갈에 몇 번 온 적은 있지만, 스페인 여행은 이번이 처음이라며. 이 인터내셔널한 친구의 이야기를 듣고 있자니 "부럽다"는 말이 나도 모르게 흘러나왔다.

"뭐가 부러운데요?"

애드리안은 도대체 자신의 이야기에서 무엇이 부러운지 감을 잡지 못하겠다는 표정으로 물었다.

"포르투갈인이면서 미국인인데 지금은 스페인을 여행하고 있잖아요. 여러 나라 말도 할 수 있을 거고. 뭐랄까, 이런 사람들을 만나면 내가 태생적으로 견문이 좁겠다는 생각이 들어요. 여행하면서 만나는 사람들 중에 어디 출신이냐고 물으면 이런 식으로 대답하는 사람들이 있어요. '반은 독일인, 반은 프랑스인.' 뭔가 어마어마해 보이잖아요. 나는 기껏해야 '반은 어머니, 반은 아버지'인데."

"반은 어머니, 반은 아버지"라는 말에 그는 맞는 말인데 왜 이렇게 웃기냐며 폭소를 터뜨렸다. 그러고는 자신도 이렇게 여러 세계의 문화를 향유할 수 있는 것이 복 받은 인생이라고 생각한다고 했다. 하지만 자신의 부모님은 어쩔 수 없이 미국으로 망명을 하게 된 경우라며, 이주민들의 삶이 그렇게 화려하지는 않다고 이야기했다.

"망명?"

"네, 포르투갈도 스페인처럼 수십 년 동안 독재정권 아래 있었거든요. 그때 미국으로 망명하신 거예요. 미국에 오셔서 처음에는 옷 수선부터 배우기 시작했대요. 잡일부터 시작해서 옷 장사를 하기 시작했고 지금은 정장점을 크게 하고 계세요."

포장석의 비밀

애드리안과 내가 탄 시외버스는 마드리드 근교의 엘에스코리알El Escorial 수도원으로 향했다. 엘에스코리알 수도원은 수도원인 동시에 궁전이었고 성당인 동시에 공동묘지였다. 버스에서 내리자 보이는 풍경은 압도적이었고, 보는 이를 숙연하게 하는 힘을 가지고 있었다.

아래위로 다섯 개의 좁은 창문들이 수십 줄 빼곡하게 도열한 성벽이 정방형으로 지어져 있었고 성의 네 모서리에 망루가 뾰족이 올라가 있었다. 성의 주변은 단정하게 정리된 정원과 연못으로 장식되어 있었다. 옅은 황토색 성곽의 정문과 아치형 가교를 지나니 화강암으로 포장된 성의 안마당으로 들어갈 수 있었다. 뚜벅뚜벅 포장석 위를 걸으니 상쾌함이 느껴졌다. 비교적 일찍 도착한 까닭인지 이베리아 반도의 작열하는 태양은 아직 그 위용을 드러내지 않고 있었고, 선선한 국지풍과 포장석의 냉기 덕분에 시원함을 느낄 수 있었던 것이다.

수도원으로, 궁전으로, 성당으로, 공동묘지로. 다양한 정체성을 가지고 있는 엘에스코리알 수도원은 그 다양한 정체성만큼이나 다채로운 역사의 흔적을 지니고 있다. 16세기 무적함대의 전성기를 이끌었던 펠리페 2세는 스페인제국의 위대함을 과시하고 싶어했다. 그래서 생각한 것이 — 그리 신선한 아이디어는 아니었지만 — 새로운 성을 축조하는 것이었다. 수도였던 마드리드 근교의 산악 지대에 선친이었던 신성로마제국의 카를 5세와 여왕의 시신을 안치하기 위해 묘역을 조성했다. 그리고 그 주변으로 장엄한 수도원을 건립했다. 나아가 수도원을 중심으로 다시 성당과 궁전을 배치했다고 한다.

펠리페 2세는 공사 기간 동안 건설현장을 자주 방문하여 깊은 명상에 빠져 지낸 것으로 알려져 있다. 20년 만에 로마네스크 양식의 규범을 완벽하게 구현한 성채가 모두 완성되자 펠리페 2세는 왕궁은 물론 모든 행정시설을 이곳으로 옮겨 스스로 가톨릭 수도자에 가까운 금욕적인 생활을 영위하면서 신정일치의 통치철학을 몸소 실천했다고 전해진다.

그런데 옛 제국의 영화를 보여주는 이 거대한 성채에도 최근 백년간 이베리아 반도에서 벌어진 영욕과 고난의 세월이 스며 있었다. 그 세월이 스며든 것이 바로 우리가 밟고 서 있는 화강암 포장석이었다. 성벽의 안마당을 빼곡히 덮은 이 포장석은 사실 축조 당시에는 없었다고 한다. 굳이 포장을 할 필요가 없었던 이유는 엘에스코리알 수도원이 만들어진 지대 자체가 암반지대였기 때문이다. 하지만 잔디와 흙과 암석만 무성하던 이곳은 1940년대 중반에 들어서야 갑자기 포장되기 시작했다. 그렇다면 왜 하필 이때 막대한 양의 화강암이 흘러들어와 성채를 포장할 수 있었을까?

수도원의 내부까지 들여다본 애드리안과 나는 화강암의 미스터리를 따라 산악버스를 타고 북서쪽으로 십여 킬로미터를 더 가게 되었다. 우리가 당도한 곳은 '전몰자의 계곡'Valle de los caidos으로 명명된 수도원 겸 국립묘지였다. 물론 처음부터 화강암의 미스터리를 알고 그 미스터리를 따라서 간 것은 아니었다. 그곳이 이 동네에서 엘에스코리알 수도원과 더불어 대표적인 관광지 중 하나였기 때문에 갔던 것이다. 그곳에서 우리는 외국인 관광객들에게 설명하고 있는 영어 가이드를, 뭐라 그러기 애매한 거리를 두고 졸졸 따라다니며 귀를 쫑긋 세워 이곳에 대한 설명을 동냥했다. 조금은 애처로워 보이는 방법으로 우리는 엘에스코리알 수도원의 포장석이 바로 이곳에서 비롯되었다는 이야기를 들을 수 있었다.

'전몰자의 계곡'은 묘비가 횡으로 종으로 늘어서 있는 공원과 같은 그런 국립묘지가 아니었다. 멀리서도 한눈에 들어오는 거대한 십자가가 암벽 산의 꼭대기에 우뚝 솟아 있고, 그 십자가 아래 뒤편으로 웬만한 국제경기용 종합경기장 크기는 족히 될 법한 수도원이 조성되어 있다. 그리고 수도원과 십자가의 지하에는 스페인 내전 동안 전몰한 사람을 묻은 묘역이 자리하고 있다는 것이다. 바로 이 거대한 기념묘역을 조성하기 위해 깎아내어 나온 화강암으로 이곳의 수도원을 짓고, 그래도 남은 돌을 옮겨서 엘에스코리알 수도원의 바닥을 포장하는 재료로 썼다는 설명이다.

얼마나 파냈으면 이 거대한 건축물을 다 짓고도 남아서, 구릉을 몇 개 지나야 보이는 옛 유적을 포장할 만큼이나 석재가 나왔을까? 종교가 없는 내게도 이 풍경은 입이 떡 벌어질 만한 장관임에 틀림없었다. 하지만 이 거대한 인공적인 풍경의 속살을 뒤집어보면 버스를 타고 올라오는 내내 애드리안의 심경을 복잡하게 만든 이베리아 반도의 근현대사가 묻혀 있었다. 이 '전몰자의 계곡'을 조성한 이가 바로 한편에서는 국부國父로 불리고, 한편에서는 철권독재자로 불리는 스페인의 장기집권자 프란시스코 프랑코 총통이었으며 그의 묘역 역시 이곳에 설치되어 있기 때문이다.

가이드가 관광객들을 몰고 십자가 아래 있는 성당 안으로 들어간 이후에도 애드리안은 한동안 십자가를 바라보며 그 자리에 서 있었다. 그러고는 자신의 묵주를 양손으로 꼭 쥐고 거대한 십자가 밑에서 고개를 숙여 제법 오랜 시간 동안 묵상에 잠겼다. 쓸쓸해 보이기도 하고, 수심이 깃든 것처럼 보이기도 하며, 무엇인가를 소망하는 것 같기도 한 그의 모습에 나 역시 고개를 가만히 숙이고 그의 묵상에 방해되지 않게 침묵했다.

스페인 내전

엘에스코리알 수도원과 전몰자의 계곡을 둘러보면서 포르투갈 망명자 2세인 애드리안의 심경이 복잡해진 까닭을 이해하기 위해서는 스페인의 근현대사를 살펴볼 필요가 있다. 살면서 답답할 것 없이 유복하게 자란 잘 생기고 똑똑한 애드리안이 이 건축물을 보면서 한없이 불편해질 만큼 건축물의 심연부터 겹겹이 쌓인 역사의 무게가 그만큼 녹록치 않은 까닭이었다.

1930년대 스페인은 내전으로 신음하고 있었다. 1934년 발렌시아와 사라고사의 총파업을 계기로 농부, 도시노동자, 지식인 등이 궐기했다. 그리고 이들이 지지하는 온건파 사회주의자들부터 무정부주의자들까지 아우른 공화파인 '인민전선'Frente Popular이 스페인 제2공화국을 출범시켰다. 하지만 지주, 가톨릭교회, 기업자본가 세력의 지지를 받는 국가주의자들로 구성된 팔랑헤 당과 군부세력은 제2공화국에 대항하여 쿠데타를 일으킨다. 조직된 군부세력의 학살이 벌어졌고, 그에 대한 인민전선 세력의 반격도 끊이지 않았다.

이때 군부세력의 지도자로 등극한 이가 바로 '프란시스코 프랑코'다. 프랑코의 군대는 스페인 북쪽의 바스크와 북동쪽의 카탈루냐, 그리고 남쪽의 안달루시아 일부 대도시를 제외한 나머지 지역을 차지했다. 전란이 진행되는 동안 가톨릭 세력에 의해 프랑코는 국가 수반이 되었다. 한 나라에 국가 수반이 두 명인 체제가 한동안 쌍방의 피로 인해 유지되었고 내전은 더욱 격화되었다.

힘의 균형이 팽팽했기에 자력만으로 다른 세력을 압도할 수 없다고 판단한 양측은 타국으로부터의 원조를 바라기 시작했다. 프랑코는 당시 나치주의자들과 파시스트들에 의해 공고한 전체주의 국가로 나아가던 독일과 이탈리아로부터 비행기, 탱크 등 군수품은 물론 히틀러의 콘도르부대와 무솔리니의 파시스트 부대 등 병력까지 전폭적인 지원을 받는다. 공화파 역시 프랑스, 멕시코, 소비에트연방 등으로부터 군수물품의 지원을 받았다. 여기에 더하여 조지 오웰, 앙드레 말로, 어네스트 헤밍웨이 등 저명한 지식인들과 다수의 사회주의 노동자들로 구성된 4만여 명의 '국제여단' International Brigades이 진보주의의 승리를 기원하며 공화파 정부에 지원병으로 종군하였다.

내전이 진행될수록 좌우 이념 전쟁을 넘어 중앙집권과 지방자치의 싸움, 지역과 지역 간의 싸움, 왕정 권위주의와 시민 민주주의의 싸움, 가톨릭 교권과 자유주의자의 싸움, 노동조합과 자영업자의 싸움 등 수많은 쟁점과 이념이 범벅이 된 도가니탕이 되었고 거듭 분열했다.

혼전 속에서 스페인 내전을 지원하는 각 국가들과 세력들 역시 자국이나 자신이 속한 그룹의 관점에서 이념을 각자 달리하여 다른 목적으로 이 내란에 참전했다. 누군가에게는 스페인 내전이 파시즘의 승리를, 누군가에게는 사회주의의 승리를, 누군가에게는 민주주의의 승리를, 누군가에게는 공산주의의 승리를, 누군가에게는 무정부주의의 승리를 시험할 수 있는 시험장이었던 까닭이다.

예컨대 우리가 익히 알고 있는 피카소의 대작 〈게르니카〉도 바로 이러한 이념의 시험장으로 재편된 스페인 내전에서 벌어진 참혹한 학살을 기초로 그려진 그림이다. 프랑코를 돕던 히틀러는 군부세력에 폭격기를 지원하는 도중에 공화파가 세력을 형성하고 있던 스페인 북쪽의 소도시 게르니카에 무차별 폭격을 가해 마을 주민의 5분의 1이 먼지로 사라지도록 만드는 참상을 저지른다. 그러니까 스페인은 히틀러에게 전체주의의 승리를 시험하는 시험대인 동시에 자국의 군비까지 실험해보는 곳이었던 셈이다.

이런 무도한 일이 지속되는 동안 공화파는 내분으로 인해 급격히 세력이 축소된다. 군부세력의 조직된 군사력에 비해 열세인 까닭도 있었지만 주요한 패퇴의 원인은 자중지란이었다. 남부의 해

안까지 몰린 공화파들은 대부분 자살을 택하거나 사살됐다. 이후 사십 년 동안 프랑코에 의한 전체주의 철권통치가 시작되었으며, 스페인 내전부터 프랑코 사망 직전까지 전쟁과 숙청, 독재에 의해 사망한 이들의 수는 공식적으로 백만 명으로 알려진다.

살라자르의 흔적

스페인과 국경을 맞대고 있는 포르투갈 역시 스페인 내전의 영향에서 자유롭지도 못했고, 당대의 시대정신으로부터 자유롭지도 못했다. 포르투갈에도 프랑코와 거의 같은 시기 동안 장기집권한 통치자가 있었기 때문이다. '살라자르'로 불리는 안토니우 데 올리베이라 살라자르가 그였다. 살라자르 통치기 동안 애드리안의 아버지는 리스본으로 상경해 가이드 생활을 했다고 한다. 당시만 해도 가이드는 엄정한 절차를 거쳐 선발되었다.

"가이드란 직업이 특별했거든요. 왜냐면 그때만 해도 북한만큼이나 포르투갈도 고립된 곳이었다고 해요. 그런 세계에서 외국인과 만나는 직업을 가지는 것이 쉽지는 않았어요."

귀동냥으로 가이드의 설명을 들은 애드리안과 나는 우뚝 솟은 십자가를 받치고 있는 반석처럼 만들어진 성당 건물 안으로 들어갔다. 성당 내부도 으리으리했지만 그 성당을 나와 십자가 뒤편으로 보이는 수도원 겸 묘역은 20세기 최대의 인공건축물이라는 설명에 걸맞게 크기만으로도 사람을 압도하기에 충분했다. 우리는 계단을 따라 그 거대한 묘역을 향해 천천히 내려가고 있었다. 내려오는 길목에 서서 사진도 찍고 산새를 구경하면서 애드리안은 망명할 당시의 아버지와 포르투갈에 대한 이야기를 계속 했다.

신비롭고 고요한 관광지로 인식되던 곳 중 하나였던 포르투갈은 전후 호황기를 맞아 유럽은 물론 미국에서도 관광객들이 찾아들기 시작했다. 상대적으로 저렴한 가격에 아름다운 풍광과 따사로운 날씨를 즐길 수 있는 포르투갈에 관광객들이 몰리는 것은 어쩌면 당연한 일이었다. 당시 포르투갈의 가이드들은 유물이나 관광지에 대한 안내 외에는 외국인과 사적인 잡담은 금지되어 있었다고 했다. 하지만 침묵을 참을 수 없어 하는 인간의 본성 덕에 그의 아버지는 외국인들과 자연스럽게 대화를 나누기 시작했다고 한다.

그런데 애드리안의 아버지는 외국인들과 대화를 나눌수록 이상하다는 생각이 들었다고 했다. 국부인 살라자르 이외의 지도자는 생각할 수도 없었던 그는 외국인들의 나라에서 지도자가 주기적으로 바뀐다는 말을 듣기 시작했다. 당시 포르투갈은 글자를 아는 것만으로도 지식층으로 일할 수 있을 만큼 문맹률이 높았는데 외국 손님 중에 신문업이나 출판업에 종사하는 사람들이 왜 그리 부유한지도 이해가 되지 않았다고 한다.

"'도대체 저 나라 사람들은 죄다 글자를 안다는 말인가?' 그런 생각이 들었대요. 사실은 살라자르가 사람들을 바보로 만들었기 때문에 그런 거였는데 말이에요."

그때 포르투갈의 국가경영 모토는 "우리는 혼자라는 사실에 자부심을 느낀다"였다고 한다. 북한의 '주체사상'에 맞먹을 만큼 고립주의를 택했는데, 이를 위해서는 우민화 정책이 필수적이었다. 바깥 세상과 철저히 고립시키고 교육기능을 의도적으로 왜곡하는 등 사람들로 하여금 의문을 던지고 스스로 생각할 수 있는 힘을 거세시켰다. 그의 우민화 정책은 어딘지 모르게 "너희는 나보다 멍청하니까 그냥 내 말을 따라라" 같은 느낌을 준다. 그만큼 살라자르는 영리하고 영악했다.

사실 살라자르는 애초부터 군인도, 군부 지도자도, 정치가도 아니었다. 원래 그는 포르투갈의 유서 깊은 대학도시인 코임브라에서 경제학을 가르치던 교수였다. 어쩌다가 평범한 경제학 교수가 자신이 죽는 날까지 36년 동안이나 포르투갈판 유신체제를 유지할 수 있었을까? 이런 일이 가능했던 것은 특별한 음모나 기획 때문이 아니었다. 물 흐르듯 자연스럽게 세월이 흐르는 동안, 사건과 사건이 겹치는 시공간에 전체주의 체제에 영합하고 대중의 입맛에 부합하는 지식인이 한 명 있었고, 그를 지지한 사람들이 있었기에 가능한 일이었다.

어떻게 살라자르가 정권을 장악했으며 철권통치를 펼칠 수 있었는지에 대해서 알기 위해 잠시 거슬러 20세기 초의 포르투갈로 돌아가보자. 1910년 포르투갈에도 혁명이 일어난다. 왕정이 폐지되었고 제1공화국이 수립된다. 하지만 혁명을 겪은 여느 유럽 국가와 마찬가지로 포르투갈도 혼돈의 시절을 경험하게 된다. 16년에 걸쳐 권력투쟁이 지속되고 마침내 1926년 쿠데타를 주도한 군부세력이 집권하면서 제1공화국은 몰락하게 된다. 포르투갈의 군부도 스페인의 프랑코 정권과 마찬가지로 국가주의와 전체주의의 기치를 내걸었다.

군부가 병영국가 체제를 만들면서, 사회혼란을 막는다는 명분은 달성할 수 있었다. 자유주의자들과 진보주의자들에 의해 성립된 제1공화국의 혼란을 기억하는 이들에게 군사 권위주의로의 회귀가 일종의 개혁으로 보이는 착시 현상이 있었기 때문이다. 하지만 이 명분만으로 정권을 이끌어가기에는 군부에 부족한 점이 몇 가지 있었다. 그 중 하나가 정치경제를 면밀하게 파악할 수 있는 브레인이 없다는 것이었다. 몰아치는 경제위기 속에서 사람들의 신망을 지속해서 얻는 것이 쉽지 않았기 때문이다.

이런 상황에서 살라자르가 발표한 몇몇 논문들이 군부의 구미를 당기게 했다. 그는 논문을 통해 "정당정치라는 것은 무의미하다"고 주장했으며, 군부 쿠데타 이후 경제위기를 어떻게 타개할 것인지에 대해 구체적으로 이야기하고 있었다. 살라자르는 즉각 재무상에 임명되었다. 자기 편에게 전권을 위임하기 좋아하는 권위주의 집단의 특성은 어디 가지 않았고 살라자르는 경제와 관련된 전권을 위임받는다.

분명 살라자르는 예외적으로 똑똑한 인물이었다. 현실의 셈이

빨랐던 만큼 살라자르는 학자로서뿐만 아니라 현실경제인으로서의 역량을 과시한다. 불행인지 다행인지 살라자르가 재무상이 된 지 1년 만에 포르투갈의 적자 재정이 흑자로 돌아선다. 가시적인 성과가 속속 발표되고 사람들의 밥그릇도 점점 채워지기 시작하면서 살라자르는 국민들의 전폭적인 지지를 받기 시작했다. 재무상에 임명된 지 불과 6년 만에 수상으로 임명된 그는 "정당정치는 무용하다"는 그의 철학을 직접 실천하기에 이른다. 압도적인 지지세를 바탕으로 국가주의, 전체주의, 보수주의 세력을 모두 모아 단일정당을 만들고는 스스로 당수에 취임한 것이다. 그러고는 내각제로 개헌하여 자신이 오랜 세월 동안 최고지도자가 될 수 있는 기반을 만들어두고 장기집권에 들어가게 된다.

그것만으로는 부족했는지 살라자르는 '민주주의'를 '국가적 악습'으로 규정하고 발전된 나라로 나아가기 위해서 포르투갈은 완벽히 새로운 나라가 되어야 한다는 '신국가론'을 주창했다. 골칫거리였던 포섭되지 않은 군부세력을 숙청하는 데도 이 이론은 잘 부합했다. 살라자르의 주장대로 새로운 나라가 되기 위해서는 구시대의 유산을 부정해야 했고, 군부 역시 그러한 세력이었기 때문이다. 그래서 그는 친위조직이자 포르투갈식 게슈타포인 국가비밀경찰제도[PIDE]를 설립하였다. 이렇게 신국가를 주창하면서 핵심적으로 만든 조직이 바로 철권통치와 장기집권을 가능케 하는 기반이 된 것이다.

이러한 장기집권에는 포르투갈 사람들의 깊은 신앙심도 한몫 했다. 신실한 가톨릭 신앙을 전통으로 하는 포르투갈 사회에서 "기독교에 대항하는 체제인 공산주의로부터 하느님의 안위를 지키는 최후의 보루로서 우리가 싸워야 한다"는 요지의—대충 봐도 엉성하지만 여전히 우리 사회에서도 만연한—논리는 살라자르가 통치하는 데 적잖은 동력을 제공했다. 밥그릇과 국가와 종교. 이러한 것들을 맹목적으로 추종토록 하여 그것에 반하는 유무형의 적들에 대한 적개심을 앙양하면서 체제를 공고히 하는 형식은 어딘지 모르게 익숙하다.

역사는 살인사건처럼 반드시 흔적을 남긴다. 그것이 피와 땀으로 얼룩진 근현대사라면 더욱 그렇다. 여전히 포르투갈에 가보면 노령층과 살라자르의 지역 기반이었던 북부에서 그는 여전히 명실상부한 '국부'이며 '근대화의 아버지'로 표상되고 있다. 그가 의도적으로 이차산업을 축소하고, 농경사회의 체제와 권위적 전통을 유지하면서 고등교육을 수학할 수 있는 비율을 제한하고 외국과의 민간교류를 막으면서 우민화 정책을 펼쳤던 일련의 사실들이 '근대화'와 별반 상관관계가 없음에도 어쨌든 그를 그리워하는 사람들은 포르투갈 인구의 절반을 차지한다. 몇 년 전, 포르투갈의 보수적 매체에서 발표한 '포르투갈 사람들이 가장 존경하는 정치인' 순위에서 놀랍게도 바스코 다 가마Vasco da Gama를 제치고 살라자르가 1위를 하는 일이 일어나기도 했을 정도다.

장기적으로 보면 우리는 모두 죽는다

전몰자의 계곡 뒤편에 있는 수도원 겸 묘역을 돌아보고 애드리안과 나는 아스팔트로 포장된 도로를 따라 암벽산을 빙 둘러서 버스 정류장으로 향했다. 완만하게 경사진 도로를 따라 걸어가면 웅장한 수도원 건물과 그 뒤로 높이 솟은 암벽산과 그 위에 세워진 거대한 십자가가 자연스럽게 한눈에 들어오게 된다. 집권당의 성향이 바뀔 때마다 프랑코의 시신을 전몰자의 계곡에서 이장하느냐 마느냐를 두고 논란이 거듭되는 중에도 묘역은 마드리드 교외의 대표적인 관광지로 자리 잡았다.

어떤 이에게 이곳은 여기저기 볼 것 많은 관광지이겠지만 다른 어떤 이에게는 이곳이 살과 뼈를 모두 도려내는 아픈 기억의 잔재이기도 하다. 그렇기에 규모로 압도하는 이곳의 풍경은 꽤나 묵시적으로 보인다. 이렇게 프랑코는 사후에 세계에서 가장 큰 십자가 아래 묻히게 되었다. 포르투갈과 마찬가지로 깊은 신앙심을 전통으로 하는 스페인과 같은 나라에서는 제아무리 그가 밉다고 할지라도 함부로 그의 무덤을 건드릴 수 없는 강력한 보호장치였던 것이다.

그러니까 전몰자의 계곡은 스페인 내전의 전몰자들을 추모한다는 수사를 달아둔 공간이지만, 사실상 프랑코가 집권 기간 동안 자신의 묘터를 미리 봐두고 만들어둔 것이나 마찬가지였다. 스페인 내전의 전몰자를 추모한다는 것이 수사라고 생각할 수밖에 없는 이유는 충분했다. 1940년 프랑코는 스페인 내전 이후 분열된 국가의 화합과 화해를 도모한다는 명분으로 이 거대한 축조물을 무려 20년에 걸쳐 완공시켰다. 그런데 '화합과 화해를 도모'하는 건축물을 만드는 데 동원된 2만 명의 인부들은 다름 아닌 내전 기간 동안 프랑코에 대항하던 이들과 프랑코의 정적, 그리고 정치범들이었다. 공사 현장에서 수없이 많은 이들이 죽어나갔다. 그렇게 죽은 이들은 자신이 암벽을 깨고 그 돌로 쌓아올리던 바로 그곳, 전몰자의 계곡에 묻혔다고 한다. 화합과 화해의 방식치고는 굉장히 독특한 방식이었다. 참혹한 아이러니의 산물을 바라보며 내가 말했다.

"저걸 보고 있으면 프랑코가 마치 고대 이집트의 파라오 같다는 기분이 들지 않아요? 자신의 치세 동안 자신의 묘역을 저렇게나 거대하게 쌓아올린."

애드리안이 웃으면서 조금은 냉소적인 어조로 대답했다.

"파라오보다는…… 어쩌면 프랑코가 케인즈의 말을 잘 이해하고 있었나 봐요. 'In the long run we are all dead.'(장기적으로 보면 우리는 모두 죽는다) 사람들은 먼 미래를 생각하지 않잖아요. 살라자르도, 프랑코도 먼 미래보다는 지금의 이익을 바라는 사람의 본능을 누구보다 잘 알고 있던 사람이 아니었을까요? 그들을 그리워하는 사람들이 옳다고 생각하지는 않지만 이해가 되지 않는 것도 아니에요."

포르투갈에서 살라자르에 대한 사람들의 평가가 양분되는 것처럼, 스페인에서 그 자신이 내전의 씨앗이었으며 40년 동안 가없는 시체를 쌓아올리면서 정권을 유지한 프랑코에 대한 평가도 극단적으로 양분되어 있다. 특히 노인들과 프랑코의 지역 기반인 동부지역에서 프랑코에 대한 향수는 남다르다.

그들이 이야기하는 프랑코의 가장 큰 업적 중 하나는 제2차 세계대전의 소용돌이 속으로 스페인이 휘말려 들어가지 않도록 했다는 것이다. 사실 프랑코는 히틀러와 무솔리니의 전폭적인 지원을 통해 집권했음에도 제2차 세계대전 중에 중립국으로 남아 공식적으로는 독일과 이탈리아에 대해 지원을 하지 않았고, 이를 통해 유럽을 휩쓴 화염과 탄환의 공포에서 살짝 비켜갈 수 있었다. 거기에 더해, 언어와 습속이 서로 달라 지역색이 뚜렷하여 사분오열된 상태를 극복하지 못했던 스페인이 그의 전체주의적 통치로 인해 근대적 국민국가로 발돋움했다고 이야기한다. 이러한 주장들이 옳고 그른지에 대해서는 논란의 여지가 있지만, 논란이란 결국 논리적 정합성의 싸움이다. 만약 이것이 논리의 문제라면, 논리가 갈파되는 순간 논란은 종결되어야 한다.

결국 이러한 싸움이 종결되지 않는 것은 논리를 넘어서는 무엇이 있기 때문일 것이다. 아마도 그것은 '그 시대에 대한 그리움' 그 자체이지 않을까? 그 시절의 기억 중 유리한 것, 고통스럽지 않은 것, 내게 좋은 것들만이 편취되어 남고, 내가 직접 겪지 않은 고통에 대해서는 무감각하거나 망각해버린 결과 '그때 그 시절'과 '그때 그 사람'에 대한 향수에 더욱 젖어들게 되는 것인지도 모른다.

기억의 포로

애드리안과 헤어지고 시 외곽의 게스트하우스로 향하는 마드리드의 전철 안. 두세 무리의 외국인 여행자들과 일상을 살아가는 이곳 사람들이 뒤섞인 작은 공간 안에서 나는 기억의 포로가 된 사람들을 생각해본다.

생각해보면 그렇다. 우리는 우리와 멀지 않은 곳에서 기억의 포로들을 자주 볼 수 있다. 프랑코를 여전히 흠모하는 스페인 사람들과 같은, 살라자르를 군림하지 않은 신사로 여기는 포르투갈 사람들과 같은 사람들 말이다. 애드리안의 말대로 그들이 옳다고 생각하지도 않지만, 그렇다고 해서 이해할 수 없다고도 생각하지 않는다. 비판해야 할 것이 있다면 그것은 주체인 '기억'을 오용하는 이들일 것이다. '기억'을 오용하는 이들은 그대로 두고 '포로'들만 비난한다는 것은 아무래도 그리 뒷맛이 개운치 않은 자위에 불과할 것이다.

오히려 이렇게 기억의 포로로 남은 이들을 바라보면 스톡홀름 신드롬이 떠오르기도 한다. 오랜 시간 동안 납치된 이들이 납치자와 깊은 유대를 맺게 되는 일종의 스톡홀름 신드롬 같은 것이 자아를 분열시키지 않고 살아갈 수 있게 하는 기저가 되는 것이 아닐까 생각하게 되는 것이다. 자신들이 포로가 된 시간 동안의 기억을 부정하는 순간 자신들의 존재 이유가 상실되는 것이 두려울지 모른다. 그렇기에 어떤 식으로든 기억을 정당화하고 군림을 윤색하며 그들이 저지른 것은 범죄가 아니라 정의를 위한 것이었다며 누가 시키지 않았음에도 항변을 해주는 것은 아닐까?

한편으로는 물리적인 기억의 포로가 아니라 살기 팍팍해진 세상에서 자발적으로 기억의 포로가 된 새로운 세대들이 있다. 그리고 또 한편으로는 침체된 경기 속에서 가장 낮은 자리에 임한 이들 가운데 가장 높은 곳에서 모든 것을 누리는 이들과 스스로를 동일시하는 이들도 있다. 그리고 이 두 그룹은 적잖게 교집합을 이룬다. 이들이 자발적으로 기억의 포로로 남게 된 것은 어쩌면 세파에 지친 그들의 영혼을 자위하는 하나의 방편이 아닐지. 학습과 구전을 통해 편취된 기억을 가지고 과거는 아름다웠노라고 긍정하며, 아름답지는 않더라도 그 기억의 표상 덕에 우리가 여기 이렇게 잘살게 된 것이라며 스스로를 위로하는 것 말이다. 영화롭게 존재했으나 태생적으로 내 것은 아니었던 힘에 대한 사랑. 그리고 그들과 같은 불세출의 영웅들이 다시금 임하여 혹독한 조건의 지금 이곳을 조금이라도 바로잡아주길 바라는 믿음.

때문에 그 믿음이 아무리 비합리적이고 불가해한 것이라고 하더라도 지친 그들의 영혼이 기댈 언덕은 그런 조야한 믿음밖에 없음을 이해하려는 최소한의 노력이 필요할지도 모른다. 지금의 삶이 지쳤기에 과거의 영화를 재현하는 방법으로, 존재하지 않았던 상상의 과거를 호명하는 것은 어쩌면 관성이 아닌 절박함에서 나오는, 구원을 바라는 손길일 수도 있으므로. 기억을 넘어 포로에서 해방되는 것은 그들이 내민 손을 맞잡고, 기억에 사로잡히지 않아도 다가올 시간을 함께 상상하며 같이 행복할 수 있다는 믿음을 주는 것에서 시작되지 않을까?

덜컹거리는 지상철 바깥으로 보이는 마드리드 외곽의 황량한 야경 위로 전몰자의 계곡에서 거대한 십자가를 바라보며 오래도록 묵상하던 애드리안의 모습이 겹쳐진다. 고개 숙여 묵상하던 그의 침묵이 희미하게 떨리며 투영되는 차창 밖으로, 이념이 지향과 신념이 아닌 선호의 문제로 존재할 다가올 시간을 상상해본다.

꾼니

벵메알레아, 시엠레아프, 캄보디아

Kunni

1dolor, good luck

크메르 제국의 왕이었던 자야바르만 7세는 캄보디아 역사를 통틀어 가장 존경받는 지도자다. 1177년 지금의 태국 대부분과 베트남 남쪽을 장악하고 있던 '참'Cham의 왕이 대규모 해군을 이끌고 메콩강을 거슬러 올라왔다. 강의 끝에는 동남아시아 최대의 호수인 톤레삽 호수가 있었고, 참의 군대는 무방비 상태에 있던 크메르 제국을 공습했다. 방화와 약탈로 톤레삽 일대와 지금의 시엠레아프Siem Reap 인근인 크메르의 성지 앙코르는 순식간에 폐허가 되었다.

하지만 4년 후인 1181년에 자야바르만 7세는 왕국을 수습하여 참이 지배하고 있던 앙코르에 군대를 이끌고 반격에 나섰다. 이때 그 거대한 톤레삽 호수가 벌겋게 피로 물들 정도로 복수의 칼날을 세웠다고 알려진다. 완벽한 승리에도 불구하고 자신의 재위 기간 동안 일어난 수치스러운 패배를 설욕하기에는 뭔가 부족함을 느꼈던 자야바르만 7세는 아예 참 왕국의 중심인 참파까지 침공하여 참 왕을 노예 삼아 앙코르로 끌고 돌아온다.

종전 이후 자야바르만 7세는 왕국 재건에 박차를 가했다. 이미 대승불교에 심취해 있던 그는 중생을 구제하는 것이 보살의 임무라고 생각했기에 가장 먼저 백성들이 언제든 드나들 수 있는 병원과 공중목욕탕을 지었다. 스위스 출신의 소아외과 전문의 비트 리치너 박사가 시엠레아프에 1999년에 설립한, 캄보디아에서 가장 유명한 어린이 종합병원의 이름이 '칸타보파 자야바르만 7세 어린이 병원'이라는 점을 생각해본다면 그의 치세가 현재의 캄보디아 사람들에게도 얼마나 흠모받고 있는지를 가늠해볼 수 있다.

또한 자야바르만 7세는 크메르 제국의 수도를 앙코르로 옮겨 기존의 앙코르 사원에 불교 사원과 왕궁을 중심으로 한 도시를 설계한다. 거대한 규모의 이 계획도시가 바로 지금까지 앙코르 유적에서 가장 큰 면적을 차지하고 있는 '앙코르톰'Angkor Thom이다. 크메르 말로 '위대한 왕의 도시'인 앙코르톰은, 안젤리나 졸리가 주연한 영화 〈툼 레이더〉 시리즈에 자주 등장하는 거대한 나무뿌리가 뒤덮고 있는 앙코르 유적을 기억하는 이들에게는 아마 낯설지 않을 것이다.

앙코르톰의 중심에는 캄보디아에서 가장 오래된 대승불교 유적인 바이욘 사원이 있다. 이 사원의 꼭대기층에는 관세음보살의 얼굴이 사방으로 조각된 사면상四面像들이 오밀조밀 모여 있어 멀리서 봐도 불교 사원인 것을 알 수 있다. 그러나 사원 회랑의 외벽에는 불교 사원에서 흔히 볼 수 있는 탱화가 아니라 코끼리와 전차를 동반한 대규모 군대의 행렬이 부조되어 있다. 이는 자야바르만 7세의 참 왕국 정복기를 의미한다. 독실한 불신자였던 자야바르만 7세는 생불生佛을 자처하는 교만을 보이지 않고 보살행을 통한 왕도국가 건설에 힘썼으나, 그의 가장 찬란한 건축물에 자신의 위업을 자랑하는 것은 빠뜨리지 않았던 셈이다. 또한 회랑 바깥쪽 난간은 힌두교의 천지창조 신화인 우유바다 휘젓기 신화가 길게 조각되어 있기에 힌두교에서 불교로 넘어가던 당시의 과도기적 문화상도 엿볼 수 있다.

외부 회랑에 나 있는 여러 개의 문 중 하나를 지나 안으로 들어가면 바이욘 사원이 조금씩 모습을 드러낸다. 아래층의 반석을 밟고 올라가면 바로 바이욘 사원 이층 내부로 들어가는 문과 연결된다. 사원의 이층 외벽에는 인도차이나 반도 일대에서 전승되고 있는 전통무용인 압사라 춤을 묘사한 부조가 새겨져 있다. 압사라 춤은 우유바다 휘젓기 신화와 같은 힌두 신화를 상징화한 동작을 모아 하나의 무용을 만든 것으로, 인도차이나 반도에 광범위하게 전승되고 있으나 지역마다 그 특색이 각기 다르다.

캄보디아의 압사라 춤은 그 정교한 동작에 있어서 다른 지역의 압사라 춤과 차별화된다고 한다. 그러나 알고 보면 사실상 계승되지 못하고 있는 것과 마찬가지다. 1960년대 킬링필드의 원흉으로 유명한 독재자 폴 포트의 크메르루주(붉은 크메르) 시기에 지식인 계층을 모두 죽였기 때문이다. 글자를 아는 사람도 죽이고 안경 낀 사람도 죽이고 손에 굳은살이 없는 사람도 지식인이라는 이유로 죽이는 학살의 시기에, 궁중 무용수들 사이에 대를 이어 전승해 오던 압사라 춤 역시 궁중 무용수들을 지식인으로 규정하여 죽이는 과정에서 소실되었다. 현재 우리가 캄보디아에서 볼 수 있는 압사라 춤은 프랑스로 망명한 소수의 궁중 무용수들이 설명한 것에 더불어 앙코르 유적 곳곳에 남아 있는 이러한 부조들을 토대로 재현한 것이다. 이마저도 원래는 이백 개에 달하는 압사라 동작들이 삼십 개 정도밖에 복원되지 못했다고 한다.

압사라 춤이 조각된 사원 외벽을 통과해 어두컴컴한 사원으로 들어가면, 당시 크메르 백성들의 생활상을 묘사한 부조, 힌두 신화를 묘사한 조각상, 왕실의 규범을 그린 부조 등 화려했던 당대의 모습을 반영하는 유물들이 고스란히 보존된 미로와 같은 통로가 나온다. 사원의 삼층 옥상까지 올라가기 위해서는 이 오밀조밀한 미로를 통과해야 했다. 통로가 이처럼 복잡해진 이유는 시대를 따라 바이욘 사원이 증축과 개축을 거듭했기 때문이다.

사원은 총 세 개의 층으로 구성되어 있는데 아래층은 미물계, 2층은 인간계, 3층은 신계로 크메르 왕국 당시에도 인간계인 이층까지는 백성들도 자유롭게 드나들 수 있었던 반면, 삼층인 신계는 오직 제사가 있을 때만 올라갈 수 있었다고 한다.

사원에 깃든 이러한 삼층 구조는 캄보디아의 일반적인 주거형태와 크게 다르지 않다. 캄보디아의 전통가옥은 주상柱上가옥으로 나무기둥 위에 집을 지은 형태이다. 굳이 나무기둥 위에 집을 올린 이유는 광활한 톤레삽 호수 주변으로 발달한 문명인 만큼 철마다 반복되는 대홍수를 피해야 했기 때문이다. 게다가 땅에 사는 독충은 물론 시도 때도 없이 나타나는 맹수에 대처하기 위해서 이런 형태의 주거지가 형성되는 것은 필연적이었다. 지금까지도 변하지 않고 대다수 서민들이 살아가는 터전이 되는 주상가옥 형태가 크메르인들의 종교건축에 깃든 세계관과 일맥상통하는 것은 자연스러운 일이다.

나는 반석을 밟고 올라 인간계인 사원 2층 내부의 중앙으로 들어갔다. 지붕에 빼곡하게 들어찬 관세음보살의 사면상이 내부에도 팔방으로 놓인 것을 볼 수 있었다. 이런 사면상들의 중심에는 천수관음을 표현한 듯 무수히 많은 부처의 얼굴이 부조로 새겨진 중앙 성소가 위치했다. 성소의 한가운데에 놓인 불상은 말끔한 황금빛 장삼을 입고 있었다. 동남아시아 내륙의 무더위에 어지러운지, 아니면 불상 앞에 피어오르는 향 연기에 취한 것인지, 혹은 이 성소의 근엄하고 신비로운 분위기에 도취된 것인지 알 수 없었지만, 나는 바이욘 사원 2층 내부의 이 불상 앞에 서서 그들이 누렸던 과거의 영화를 되새김질하고 있었다. 그렇게 멍하게 서 있은 지 얼마 되지 않아 캄보디아 남자 한 명이 내 옆으로 다가와 성소의 성스러운 분위기를 해치지 않으려는 듯이 속삭였다.

"Hello gentleman? 1 dolor, good luck."

사원 관리자로 보이는 정복을 입은 중년의 남자가 속 편한 미소를 짓는 동시에 윙크를 하며 오른손을 내밀었다. 지나칠 만큼 정중한 속삭임과 어울리지 않게 엄지와 검지로 돈을 세는 시늉을 하며. 사원에 시주하라는 말이 아니라 자신에게 돈을 달라는 이야기인 것이다. 여행을 하면서 구걸하는 이들을 무수히 많이 보았지만 이렇게 당당하게 희사하라고 하는 경우는 캄보디아, 그것도 이곳 시엠레아프에서 처음 보는 진풍경이었다. 나도 아주 밝게 미소 지으며 "No"라고 말하니 그는 "No problem"이라고 하며 예의 밝은 미소를 짓고는 뒤이어 들어오는 사람에게 똑같이 밝은 미소와 지폐 세는 시늉을 하며 "Hello gentleman? 1 dolor, good luck"을 반복한다. 온화한 목소리로 그 다음 사람에게도, 미소를 잃지 않으며 그 다음 사람에게도.

형아

바이욘 사원을 나와 앙코르톰 내부에 보존되어 있는 또 다른 불교 사원인 타프롬과 쁘레칸을 둘러보고 유적 북동쪽 출구로 나섰다. 출구 근처에는 동행 중인 친구 한 명과 나를 앙코르 유적 곳곳으로 데려다 준 뚝뚝 기사 꾼니가 뚝뚝 뒷자리에 누운 채 손을 흔들고 있었다. 신기한 일이었다. 까무잡잡한 피부에 깊은 눈매를 가진 이 캄보디아 청년은 우리가 앙코르 유적의 문을 나설 때마다 너희가 이리로 나올 줄 알았다는 듯 거기에서 기다리고 있었다. 항상 헬멧을 쓰느라 제멋대로 기른 머리를 양 갈래로 넘기면서 서글서글한 미소로 우리를 반긴 그는 뚝뚝 기사의 일련번호가 적힌 베이지색 조끼를 입더니 오토바이로 자리를 옮겨서 시동을 걸었다.

'뚝뚝'은 오토바이 엔진 소리를 본뜬 의성어로, 동남아시아의 여러 나라에서 사용되는 교통수단을 지칭하는 단어다. 각 나라마다 뚝뚝의 형태가 조금씩 다른데, 캄보디아의 경우는 가장 단순하게 오토바이 뒤에 인력거를 단 원시적인 모습을 하고 있다. 당시 물가로 뚝뚝을 타고 시엠레아프 시내 안 가까운 거리를 돌아다닌다면 1달러가 시세였고, 시 안에서 조금 먼 거리를 간다 싶으면 2달러 정도로 가격이 올라갔다. 우리처럼 앙코르 유적을 관람하고자 한다면 흥정을 해서 일당을 계산하는데, 보통 사흘에 40달러 정도 선에서 합의가 되곤 했다.

뚝뚝만큼 저렴한 단독 교통수단도 없고 뚝뚝만큼 앙코르 유적 곳곳을 자유롭게 돌아다니기 편한 것도 없었다. 때문에 시엠레아프를 찾는 여행자들이 광활한 앙코르 유적을 저렴한 가격으로 잘 둘러보기 위해서는 좋은 뚝뚝 기사를 찾는 것이 무엇보다 중요했다. 우리는 시엠레아프에 도착하기 전 캄보디아의 수도 프놈펜의 게스트하우스에서 만난 일본인 여행자로부터 꾼니를 소개받았다.

소개를 해준 이는 꾼니가 비싸게 가격을 부르지 않음에도 영어도 잘 하고, 관광객들에게 잘 알려지지 않은 조용한 곳으로도 곧잘 데려다주는 친구이니 한번 믿어보라고 했다. 특히 앙코르와트 유적지 말고 좀 떨어진 곳에 벵메알레아Beng Mealea라는 유적이 남아 있는데 그곳을 놓치지 말라는 조언과 함께.

재미있게 보았느냐고 인사를 한 꾼니는 오토바이 뒤에 붙은 인력거에 우리를 태우고는 앙코르톰의 북동쪽으로 질주하기 시작했다. 맹그로브(홍수림紅樹林)가 가득한 열대우림을 따라서 펼쳐진 비포장도로를 따라 내달린 지 얼마 되지 않아 바닥에 데크를 깐 산책로가 나왔다. 꾼니는 산책로를 따라 걸어가 보면 멋들어진 호숫가가 나올 테니 한번 걸어가보라고 했다. 이번에도 어디서 만날지에 대해서는 약속을 하지 않았다. 발길 끝나는 곳에 있을 테니 걱정하지 말고 구경하라는 말만 남기고는 뚝뚝을 타고 유유히 사라졌다.

고속도로마저 비포장도로인 캄보디아와는 어울리지 않게 나무데크로 잘 닦인 산책로를 따라 걸어 들어갔다. 길 주변으로는 무더위를 잠시 잊게 해주던 우림이 우거져 있었고, 건기의 캄보디아에서는 느끼기 힘든 시원한 바람도 간간히 불었다. 길을 따라 바람이 불어오는 곳으로 걸어가니 수면에 잠긴 수십 그루의 나무들이 고개를 빼끔 들고 있는 넓은 저수지가 보이기 시작했다.

'자야타타카 바라이' 혹은 간단하게 '북 바라이'라고 불리는 이 저수지 역시 자야바르만 7세 시기에 만들어져 지금까지 남아 있는 유적 중 하나이다. 농경국가였던 크메르 왕국의 왕들은 자신의 치적을 전파하는 가장 실용적이고 간편한 방법으로 저수지를 축조했다. 다른 저수지들에 비해 규모가 비교적 작은 저수지인 자야타타카 바라이가 유명한 것은 이 인공호 한가운데에 인공섬이 떠 있고 그 섬에 사원처럼 보이는 건축물이 있기 때문이다. 이 건축물의 이름은 '네악 뽀안'Neak Pean으로 언뜻 봐서는 정체를 알 수 없지만 연구자들에 따르면 바로 이 네악 뽀안이 앞서 언급한 자야바르만 7세가 건립했던 백여 개의 병원 중 하나라고 한다.

하지만 건기여서 저수지의 수위가 낮아져 있었기 때문인지 네악 뽀안은 사람들이 이야기하는 것처럼 신비롭게 떠 있는 인공섬으로 보이지는 않았다. 그보다는 저수지 속에 있는 작은 연못에 축조된 벽돌 왕묘 같은 모양을 하고 있었다. 관광객이 네악 뽀안 안으로 들어가는 것도 금지되어 있었기에 멀찌감치 떨어진 곳에서 바라보다가 캄보디아 사람들이 하나둘 저수지로 모여드는 것을 보고는 저수지 주변을 걸으면서 사람 구경을 하기 시작했다.

해질 무렵의 앙코르 유적지는 시엠레아프 주민들의 놀이터가 된다. 일몰 시간이 되면 관광객들은 퇴장을 해야 한다. 그러나 시엠레아프 사람들이 앙코르 유적지로 나들이를 나오는 것은 바로 이 시간부터다. 네악 뽀안을 구경하기 위해 자야타타카 바라이로 온 관광객들은 그리 많지 않았지만 더위를 피하기 위해 이 저수지로 오는 이 동네 사람들의 발길은 끊이지 않았다.

눈길을 끄는 것은 저수지변에 꼬질꼬질한 옷을 벗어두고 저수지로 뛰어든 동네 남자아이들이었다. 물장구를 치고 재주넘기를 하며 자기들끼리 폭소를 터뜨리는 아이들을 보니, 저 아이들만 했을 때 시골이나 바닷가에 놀러 가서 물장난을 치며 놀던 것이 생각났다. 우리는 자리에 앉아 아이들이 노는 모습을 구경하기 시작했다. 앉아 있는 우리를 발견한 아이들은 손으로 브이 자를 그리면서 자기들끼리 낄낄 웃더니 몇몇 아이들이 힘을 모아 한 아이를 번쩍 들어 공중으로 던져 물에 빠뜨리며 웃는다. 우리도 웃으면서 손뼉을 치니, 물에 빠졌던 아이가 뭍으로 슬금슬금 발걸음을 옮긴다. 얼굴의 물기를 손으로 문질러 닦은 아이는 하얀 치아를 드러내면서 웃음을 한가득 머금은 채 우리 쪽으로 다가와 두 손으로 신주단지 받드는 시늉을 하더니 누구에게 배웠는지 한국말로

"형아, 일 달러 주세요!"

하고 맹랑하게 말하면서 헤헤 웃는다. 맹랑한 표정과 환하게 웃는 아이의 얼굴을 두고 찡그린 표정으로 손사래를 치는 것이 쉽지는 않았기에 "형아도 돈이 많지가 않아"라고 한국말로 말하며 손을 흔든다. 아이는 알아들었다는 듯이 쌩긋 웃으며 다시 물가로 달려가 저수지로 첨벙 뛰어든다. 돈이 없다는 말도 아주 거짓말은 아니었다. 여행지에서는 돈을 필요한 만큼만 가지고 다니기 때문에 저녁밥을 사먹을 돈만 가지고 나왔고 그조차 잔돈이 아니었으니. 하지만 잔돈이 있었다고 해도 이 발가숭이 아이에게 돈을 주었을까 생

각해보면 그것도 아니었다. 동정을 하면서 돈을 내는 것은 푼돈으로 좋은 일을 했다고 자위하는 것이라고 생각하는 내 나름의 원칙 때문이었다. 하지만 비굴한 기색 전혀 없이 유난스럽게 환히 웃으며 돈을 달라고 하는 이 동네 사람들을 계속 접하면서 이 원칙을 언제까지 지킬지는 알 수 없는 일이었다.

개새끼

다음날 아침. 게스트하우스 앞에서 우리를 기다리고 있던 꾼니를 다시 만났다. 뚝뚝에 앉아서 대기하던 꾼니는 도시락을 먹고 있었다. 굵은 대나무 가지에 밥과 곡물을 넣어서 찐 캄보디아식 즉석 도시락이었다. 찰진 밥을 맛있게 먹던 꾼니는 우리를 보더니 어제 잠은 잘 잤는지, 오늘은 어디로 가고 싶은지를 물었다.

오전에는 꾼니를 소개해준 일본인 여행자가 추천한 대로 벵메알레아에 가기로 했다. 꾼니는 왕복하는 데에만 네 시간은 걸리는 곳이지만 막상 거기 가면 한 시간 안에 충분히 둘러볼 수 있다며, 그렇게 되면 오후 시간에는 어떡할 거냐고 물었다. 오후에는 당신은 돌려보내고 우리끼리 그냥 자전거를 타고 앙코르에 가서 일몰 볼 때까지 여유를 부릴 생각이라고 이야기하니 꾼니는 골똘히 생각에 빠졌다. 벵메알레아까지 가는 추가요금의 시세는 풍월로 들었는데, 거기에 훨씬 못 미치는 가격을 불렀다. 오후에 일을 안 하니까 자기는 그거만 받으면 될 거 같다며. 그냥 시세대로 받으라고 했지만, 꾼니는 손을 저으며 정 마음이 불편하면 저녁이나 사달라고 했다. 일한 만큼만 받으면 된다고. 그게 손님이 끊이지 않는 비결이라며.

시엠레아프에서 앙코르를 거쳐 벵메알레아로 향하는 길은 캄보디아에서 가장 오래된 고속도로라고 한다. 고속도로라고는 하지만 대부분은 비포장도로였다. 크메르 제국 시대 때부터 고속도로로 이용된 것이기 때문이다. 포장된 부분도 없지는 않았지만 부분적으로 라테라이트laterite(산화철이 다량 함유된 암석이 풍화되어 만들어진 층)를 이용해 지고보다 살짝 높게 돌들을 군데군데 깔아 놓은 정도였다. 홍수 때 유실될 수 있는 부분을 미연에 방지하기 위해 고안된 방식인데 천 년이 지나서 오토바이와 자동차가 다니는 지금에도 그때의 모습을 고스란히 간직하여 캄보디아의 혈관 역할을 톡톡히 하고 있다. 천 년 된 이 길을 따라 벵메알레아로 가기 위해 시엠레아프 시가지의 게스트하우스에서 출발한 꾼니의 뚝뚝이 앙코르 유적지를 거치는 중이었다.

도로 인근에서 흙장난을 치고 있던 아이들이 뚝뚝에 탄 우리가 다가오는 것을 보자 깔깔거리며 달려왔다. 빨간 신호등 불빛에 뚝뚝이 멈춰 서기가 무섭게, 아이들이 "원 달러 플리즈"를 외치며 따라붙기 시작했다. 그 중에서 걸음이 빨랐던, 하지만 내 허벅지에도 닿지 않을 만큼 몸집이 작은 여자아이가 뚝뚝 한쪽에 매달려 몇 번이고 소리쳤다. 애써 아이의 시선과 목소리를 외면하고 있으니 꾼니가 여자아이에게 혼내듯 뭔가 고함을 질렀다. 녹색불이 들어오자 아이가 매달려 있건 말건 꾼니는 그대로 뚝뚝을 몰았고, 아이는 다른 시엠레아프의 아이들처럼 에헤헤— 자지러지며 웃더니 손을 놓고 흙길로 굴러 떨어졌다. 다치면 어쩌나 싶어 고개를 빼 뒤를 돌아보니 여자아이는 아무 일 없었다는 듯이 무리가 있는 곳을 향해 종종걸음으로 뛰어가고 있었다. 그 아이의 믿을 수 없을 만치 쾌활한 웃음을 들으며 토해내듯 혼잣말을 중얼거렸다.

"네가 그러면 나는 정말 개새끼가 될 수밖에 없잖니……."

그렇게 나는 이 일대를 여행하면서 수시로 '개새끼'가 되는 경험을 했다. 지뢰 때문에 사지가 절단된 이들, 고엽제로 인해 전신 기형으로 태어나 가장 밑바닥에서 자라온 남매, 옹알이도 제대로 되지 않는 아이들의 구걸. 이들과 마주할 때마다 무슨 대단한 원칙인 양 "내 생각은 그러하다네" 하면서 고고한 척을 해봐야 실존적인 위기 아래 놓인 이들 앞에서는 아무런 소용이 없는 듯 보였다. '연대와 동정의 차이'를 들이민다든가, '나눔과 봉사의 차이'를 들이민다든가 하는 것은 오히려 합리성에 경도된 스스로가 낳은 모순이 아닐까 의문을 가지게 되는 것이었다. 여행 중이든 일상에서든 어디에선가 마주칠 수밖에 없는 구걸과 동정에 대해 고민하는 동안 쌓아온 논리는, 동정은 연대보다 열위에 있으며 계급을 고착시키는 반동적 행위라는 것이었다. 그런 논리에 따라 구걸에 요지부동 무반응이었던 나는 현실의 '고통'들을 대면하면서 그것이 관념적으로 이성을 따르는 이의 어쭙잖은 형식이 아닌가를 의심했다.

그리고 그 의심은 뚝뚝에 매달려 구걸하면서도 해맑게 웃던 여자아이를 외면하는 동안 빠르게 공허감으로 변해갔다. 결과만 두고 본다면, 함민복 시인이 묘사했듯 지하철에서 시각장애인이 하모니카를 불면서 객차의 문을 열어젖힐 때 객차 양쪽으로 바짝 붙어 갈라져버리는 인파와, 아이를 외면하는 내 시선 간에 별반 다를 바가 없었다. 이후 두 시간 남짓 흙길과 라테라이트 포도를 달려 벵메알레아로 향하는 동안 계속해서 마주치는 빈곤의 풍경들을 바라보며 점점 혼란에 빠져들었다. 시각장애인의 하모니카 소리를 외면하는 인파와 나의 차이란 무엇인가 생각하다 보면, 결국 이것이 비겁한 변명이나 자기 위안이나 방어기제 따위가 아니었던가 하고 생각하며 마음을 주저앉히게 되는 것이었다.

유희

벵메알레아에 도착하여 꾼니는 운전대를 놓고 헬멧을 벗은 다음 뒤를 돌아보면서 아까 많이 놀라지 않았느냐고 묻는다. 놀란 건 둘째치고 아이들이 너무 해맑게 웃으면서 구걸을 하니 그걸 거절하는 것이 더 어렵다고 말하자 꾼니는 피식 웃으며 이야기한다.

"걔들한테 그건 그냥 놀이야. 돈 받으면 재수 좋은 거고 못 받으면 그만이거든. 그러니까 외국인들이 눈에 띄기만 하면 그저 달려와서 돈 달라고 떼쓰는 거지. 그리고 그런 애들은 관광지에만 있어.

시엠레아프나 프놈펜만 벗어나면 너한테 돈 달라는 애들은 찾아보기 힘들걸. 농사 짓는 것만 해도 바쁜데 구걸할 시간이 어디 있어. 당장 여기만 돌아다녀봐라. 돈 달라는 애들이 있나."

그러면서 꾼니는 앞의 노점에 가서 요기부터 하라는 듯 고갯짓을 했다. 아침에 꾼니가 먹던 대나무통에 찐 밥을 파는 작은 노점이 하나 있었다. 왕대 한 마디만 한 크기의 대나무통 안에는 안남미와 각종 곡식이 향신료와 함께 폭폭하니 맛깔나게 쪄져 있었다. 왕대보다 훨씬 얇은 대나무 껍질은 손으로 쉽게 벗겨졌고 팔방으로 껍질을 벗겨내면서 속을 까서 먹자니 이 동네의 풍미가 입 안 가득 들어왔다.

노점상 주변으로 시엠레아프에서 본 아이들과 별반 다르지 않은 넝마 차림의 아이들이 흙장난을 하고 있었다. 하지만 이 아이들은 꾼니의 말처럼 멀뚱멀뚱 쳐다보면서 자기들끼리 소곤거리며 키득거릴 뿐 구걸은커녕 다가오지도 않았다. 아이들이 노는 모습이 귀여워 사진을 찍어도 되겠냐며 손으로 사진기를 가리키자 놀던 아이들이 카메라 앞으로 몰려들어 제각기 포즈를 취한다. 내 카메라가 디지털카메라인 줄 알고 자기의 모습을 보여 달라고 했지만 아무것도 없는 필름카메라의 뒷면을 보여주자 아이들은 잠시 실망하는 듯했다. 다행히 친구가 디지털카메라를 가지고 있었기에 화면에 비친 아이들의 모습을 보여주니 아이들은 자기 사진을 보고는 좋다며 아우성이다. 그리고 그뿐. 아이들은 한참 동안 사진을 찍고

보곤 하더니 자리로 돌아가 다시 자신들이 하고 있던 흙장난에 열중한다.

"안 그래?"

꾼니는 "거 봐라, 내 말이 맞지 않느냐"는 투로 거들먹거리고는 말을 이었다.

"1달러가 너희 나라에서는 작은 돈일지 몰라도 이 동네 사람들은 하루에 1, 2달러 정도를 쓰고 살아. 내가 장사를 잘 해서 뚝뚝 기사 중에서는 돈을 좀 버는 편이지만 나도 한 달에 남는 돈은 백 달러밖에 안 돼."

한 달 생활비가 백 달러라니 감이 잡히지 않았다. 이쯤 되자 생활비 내역이 궁금해졌다.

"마누라가 시장에서 장사를 하는데 한 달에 육십 달러 정도를 벌어. 둘이 합하면 백육십 달러, 그지? 그럼 월세로 사십 달러를 내면 백이십 달러. 잡다한 세금이랑 오토바이 수리 등등하면 백 달러. 그걸로 식료품 사고, 애들 학용품이나 옷 같은 것을 사고 남는 건 집 지으려고 저축하는 거지."

"집을 짓는다고?"

"지어야지. 캄보디아 사람들은 보통 집을 사지 않고 짓거든. 나도 원래 시엠레아프 사람이 아니야. 여기 벵메알레아에서도 한참 동쪽으로 더 가서 라오스 국경 가까이에 있는 시골에서 돈 벌려고 온 거야. 그래도 고향 떠나 도시에서 일하는 사람인데 고향으로 돌아가게 되면 번듯한 집은 하나 지어야지 않겠어? 3천 달러면 괜찮은 집 한 채는 짓는데…… 아직은 까마득하지. 그래도 정직하게 일해서 정직하게 벌잖아. 구걸하는 애들이 특별히 형편이 아주 어려운 애들인 것도 아니야. 다들 못사니까. 오히려 그런 애들이 되바라진 거지. 불쌍해 할 필요도 없고, 돈을 줄 이유도 없어. 그런데 마음이 고와서 그런 건지 그냥 돈을 잘 쓰는 건지는 모르겠는데 유독 한국 사람들이 그런 아이들한테 일 달러, 이 달러씩 쥐어주더라고."

시골에서 올라온 이 도시노동자의 눈에 그 아이들의 구걸은 단지 유희에 불과했다. 그 아이들의 웃음은 구걸이라는 행위가 그저 재미있는 놀이일 뿐이라는 것이다. 그러고 나서 꾼니는 구걸을 하는 사람들은 아주 소수일 뿐이고, 어른들은 물론 아이들조차도 자기 일이든 아르바이트든 무엇이든 하는 사람들이 대부분인데, 관광객들에게 캄보디아가 구걸하는 나라로 비치는 것이 너무 안타깝다고 이야기했다.

"캄보디아, 가난한 나라 맞아. 문제도 많아. 사람들은 공부도 안 하고, 사회에는 관심도 없어. 신문도 잘 안 읽어. 그런 것에 관심을 가진 사람들이 몽땅 죽었던 기억이 있으니까. 똑똑하고 돈 많은 사람들은 다 외국에 가서 공부하고, 거기서 살고. 다른 나라가 우리나라를 도와주는 건 고마워. 그런데 언제까지나 도움을 받다 보면 멀쩡한데도 구걸하는 저 아이들처럼 되지 않을까? 도움만 받다 보면 우리나라도 그 애들처럼 그냥 그걸 즐기게 될 테니까."

'죽은 원조'냐 '빈곤의 종말'이냐

아프리카 잠비아 출신의 여성으로 옥스퍼드와 하버드에서 수학하고 세계은행과 골드만삭스를 거친 주목받는 경제학자, 담비사 모요Dambisa Moyo는 그녀의 책 『죽은 원조』*Dead Aid*를 통해 선의로 무장한 가진 자들의 통념에 대해 충격적인 반론을 펼쳤다. 그것은 '빈곤의 종말'을 끌어내기 위해서는 빈국에 대한 거대 원조를 통해 공급을 늘려야 한다는 제프리 삭스Jeffrey Sachs의 주장을 정면으로 반박하는 것으로, '원조' 자체가 수혜국을 더욱 가난하게 만드는 원인이라는 주장이었다. 특히 모요는 자신의 모국인 잠비아를 포함한 아프리카의 여러 국가들이 1970년대부터 지난 육십 년간 약 1조 달러를 원조받았음에도 불구하고 빈곤의 늪에서 빠져나오지 못하고 있는 점에 주목했다.

20세기 후반부터 시작된 빈국에 대한 원조의 근거는 '마셜플랜'(유럽 부흥 계획)이었다. 제2차 세계대전 이후 황폐화된 유럽의 동맹국을 돕기 위해 미국은 재건계획을 수립하여 영국·프랑스·서독 등 유럽 16개국에 총 130억 달러를 투입했다. 이 원조금은 전후 유럽 재건을 성공적으로 이끌게 된다. 하지만 모요는 마셜플랜과 이후 아프리카나 아시아 등 빈국에 대한 원조는 근본적으로 다른 양상을 띤다고 주장한다.

먼저 당시 유럽의 경우 어떤 국가도 GDP의 3퍼센트를 넘는 원조금을 받지 않았다. 하지만 아프리카 등 다른 국가에 대해서는 평균 GDP의 15퍼센트를 웃도는 금액을 원조했다. 또한, 마셜플랜의 경우 5년만 지원하기로 추인되었기 때문에 시기가 한정적이었다. 결과적으로 마셜플랜 자금은 신속하고 치밀하게 투입된 데 반해 여타 빈국에 대한 지원은 50년 동안 이어지고 있었다. 가장 결정적인 차이는 유럽에 투입된 자금이 '재건'reconstruction에 쓰인 반면, 현재 빈국에 대한 원조금은 '경제개발'economic development에 쓰인다는 것이었다. 유럽의 경우 물리적인 기반시설만 재건하는 것으로도 경기부양의 효과를 누릴 수 있었지만, 여타 빈국의 경우 식민지시대의 인프라가 조금 존재하고 있었다 해도 의미 있는 수준의 공공기반시설은 거의 존재하지 않았다. 천 년 묵은 도로를 아직도 사용하고 있는 캄보디아를 생각해보면 된다. 때문에 양적으로 같은 원조금이 투입되더라도 질적으로 훨씬 광범위한 분야에서 소모가 있었던 것이다. 60년이 넘는 세월 동안 빈국들은 선진국들로부터 대규모 지원을 받아왔고 그것에 익숙해졌다. 원조받는 것에 익숙해진 것이 낳은 최악의 결과는 수혜국 정부가 정부의 역할을 방기하게 된 것이라고 모요는 이야기한다.

민주주의 국가의 기본틀은 사회계약이다. 시민들이 세금을 내고 그 대가로 정부는 시민들에게 교육·치안·기간시설 등 공공재를 제공한다. 하지만 현실에서 빈국의 시민들은 세금을 낼 여력도 없으며 원조금이 어떻게 사용되는지에 대해 알지 못하고, 정부는 시민의 요구에 따르기보다는 공여국의 요구를 따르는 것을 우선하기 때문에 구조적으로 민주주의의 정착이 어렵게 된다. 이는 각종 부패가 범람하게 되는 것과 직결된다. 모요는 실제 아프리카에 투입된 원조금의 85퍼센트 이상이 원래 의도와 상관없는 곳에 유용된 점을 밝히기도 했다. 이렇듯 구걸하는 것을 유희로 생각하는 아이들처럼 모든 사람들이 타자로부터 도움받는 것을 당연하게 생각하다 보면 캄보디아와 같은 빈국의 미래는 더 암울하지 않을까 하는 뚝뚝 기사 꾼니의 막연한 걱정은 담비사 모요와 같은 원조회의론자의 주장을 통해 구체화된다.

그러나 원조가 정치적으로 올바른지 아닌지에 대해서는 아직까지도 격렬히 논쟁 중이다. 제프리 삭스와 같은 공급론자들은 전통적인 원조론에 정당성을 부여하여, 더 많은 자금이 투입되어야만 빈국의 삶이 질적으로 나아질 수 있고 이를 기반으로 사회체제를 정비해야 한다고 주장한다. 삭스는 그의 책 『빈곤의 종말』*The End of Poverty*에서 "최빈국들의 핵심적 문제는 빈곤 그 자체가 함정일 수 있다"고 이야기하며 최빈국들의 빈곤을 야기하는 요인이 복합적임을 밝힌다. 극단적 빈곤으로 인해 가난한 이들이 스스로 곤경에서 벗어날 능력을 상실하는 것이 가장 큰 문제이며, 지리적·지형적·지정학적 조건이 열악한 상태에서 재정 능력이 결여된 정부가 부채까지 지고 있는 구조적 결함과 함께, 전세계적 인구감소 추세와 반대로 빈국에서는 인구가 지속적으로 증가하는 등 복합적인 원인으로 인해 빈곤의 악순환이 지속되고 있다는 것이다. 삭스는 여기에서 가장 핵심이 되는 요인인 '극단적 빈곤'과 '인구압 상승'을 해결하기 위해 가능한 범위에서 최대한 많은 원조가 투입되어야 한다고 주장한다.

반면 담비사 모요나 윌리엄 이스털리 같은 수요론자들은 빈국에 필요한 것은 원조금이 아니라 해외자본의 투자를 통해 수요를 창출해 자유시장을 기반으로 민주주의에 도달해야 한다고 주장한다. 두 주장이 일맥상통하는 면도 없지 않지만 철학적으로 전연 다른 배지培地에서 성장한 논리들인 만큼 어느 것이 옳다고 장담할 수는 없는 일이다. 캄보디아의 경우만 놓고 봐도 그들이 빈곤을 탈출하지 못하고 있는 것이 국제원조가 너무 오랜 시간 동안 과잉 투자된 까닭인지, 아니면 원조금의 액수가 여전히 부족하기 때문인지 확언하는 것은 위험한 일이기 때문이다.

천만 개의 지뢰

정직한 노동의 대가로 자신의 집을 짓는 꿈을 가지며 살고 있는 모범적인 캄보디아 청년 꾼니가 조금은 냉소적으로 조금은 절박하게 이야기하며 보여준 구걸에 대한 인식은 어딘지 모르게 담비사 모요의 원조회의론과 비슷해 보였다. 개인의 문제를 국제문제와 등치하는 것이 비약이라는 것은 알지만 두 문제 간에 공통점이 있다고 느껴지는 것은 어쩔 수 없었다.

그런데 꾼니의 이야기는 오히려 내게 혼란만 더해 주었다. 국제

원조가 빈국에 도움이 되는지 아니면 그 반대인지에 대해 첨예한 논쟁이 있는 것과 마찬가지로 구걸하는 이들에게 돈을 주는 것이 도움이 되는지, 되지 않는지에 대해서 내게 말해보라고 한다면 이제는 거기에 대해서 더 이상 확신을 가지고 말할 수 없게 되었다. 몇 푼 쥐어주는 돈이 '양심의 알리바이'라고 할지라도 꾼니의 말대로 아이들이 재미 삼아 구걸한다고 할지라도, 분명 그 돈이 삶과 직결되는 이들도 있기 때문이다.

국제분쟁전문가 김재명은 그의 책 『나는 평화를 기원하지 않는다』에서 수많은 캄보디아 사람들이 구걸에 나서는 이유에 대해 잘 설명하고 있다. 농경사회인 캄보디아에서 손목이나 발목을 잃는다면, 살아있지만 노동력은 없는 것이나 마찬가지다. 전쟁 중에 수많은 이들이 지뢰에 의해 손목과 발목이 잘려나갔고, 전쟁 후에는 남은 지뢰와 불발탄에 의해 또 다른 부상자들이 속출했다. 국제적십자사 추산으로 약 1천만 개의 지뢰가 묻혀 있었는데, 캄보디아 인구와 대비하면 국민 1인당 한 개꼴의 지뢰가 묻혀 있는 것이나 다름없다. 2002년 당시 인구 중 지뢰 피해자는 3만 명에 달했다고 한다. 불발탄에 의한 부상도 지뢰 못지않게 잦은 편이어서 약 2만 명의 피해자가 발생했다. 그렇지 않아도 실업난에 시달리는 곳에서 일자리를 얻을 수 없는 이들은 벼랑 끝으로 몰려 거리에서 구걸을 하지만, 이들을 도와주기에는 정부 재정도 턱없이 부족하고 국제원조금도 그럴 만한 여력이 되지 않는다.

캄보디아만 한정한다면 담비사 모요의 원조회의론보다 제프리 삭스의 공급론이 더 들어맞을지도 모른다. 원조금이 다른 곳에 유용되어서 생기는 문제가 없다고는 할 수 없지만, 캄보디아에서는 절대적인 공급량 부족이 훨씬 더 큰 원인이라고 할 수 있다. 총이 부족해 투석전까지 했던 아프리카의 몇몇 나라와 달리 캄보디아에는 엄청난 양의 지뢰와 불발탄이 매장되어 있다. 캄보디아에서는 폭발물 피해자가 결국 삶의 벼랑으로 몰린다는 점을 생각했을 때, 빈국의 빈민구제만큼이나 다급한 것은 이러한 폭발물을 제거하는 것이다. 하지만 문제의 원인을 안다고 해도 이것을 해결하는 것이 쉬운 것은 아니다. 폭발물처리국이 정부부처로 상설되어 있지만 아무리 빨리 작업을 한다고 해도 21세기 안에는 다 제거할 수 없다고 알려져 있다.

도대체 이 어마어마한 양의 폭발물들은 다 어디에서 왔을까? 대량 매설의 원조는 엉뚱하게도 미국이었다. 베트남전쟁 기간 동안 미국은 캄보디아를 따라 물자를 공급하는 베트남군의 '호찌민 루트'를 차단하기 위해 캄보디아 서부지역에 지뢰와 네이팜탄을 투하했다. 물량은 제2차 세계대전 당시 일본에 투하되었던 폭발물 양의 두 배에 육박했다.

베트남전쟁이 끝나면서 전란의 여파가 채 가시기도 전에 크메르루주 통치기가 도래했다. 미국의 폭격으로 인해 반미감정이 고조된 캄보디아에서 선명한 반미노선을 드러낸 크메르루주의 인기를 누를 수 있는 정치세력은 없었다. 사람들은 안정된 사회주의 공화국을 기대했지만 그 결과는 우리가 이미 알고 있듯이 인류사에서 가장 참혹한 학살 현장을 만들어냈다. 4년간의 암흑통치기 이후 1979년에 캄보디아에서 내전이 시작된다. 한때 크메르루주의 사령관이었던 훈 센과 같은 이들이 베트남과 소련을 등에 업고 폴 포트 정권을 밀어내고 정권을 잡은 것이다. 하지만 폴 포트와 크메르루주군도 그냥 물러나지 않고 반격에 나섰다. 그렇게 시작된 내전이 십수 년간 지속되었다.

내전 기간 동안 각종 폭발물과 무기들이 외국에서 음으로 양으로 공급되었다. 소비에트연방과 밀접한 연관이 있던 베트남이 훈 센의 정부군을 지원하자 미국은 중국을 통해 크메르루주군에게 군수물자를 지원했다. 1991년까지 지속된 캄보디아 내전은 미국과 소련 간의 냉전 상황에서 이 강대국들의 대리전이었던 것에 더하여 중국과 소련 두 공산주의 패권 간의 세력 다툼까지 대리로 치른 상황이 된 것이다. 고래싸움에 새우등 터져도 억울할 판인데 고래들이 새우 안으로 들어가 내장과 살점을 모두 도려낸 것이나 진배 없었다.

이렇게 강대국과 주변국의 이권 다툼으로 인해 캄보디아에는 깊은 상흔만 남게 되었다. 그리고 그 상흔은 오늘도 계속해서 폭발하고 있는 지뢰와 불발탄으로 여전히 아물지 않았음이 증명되고 있다. 천만 개의 지뢰에 수를 헤아릴 수 없는 불발탄은 그곳을 살고 있는 수많은 사람들을 죽음으로 몰아넣었고, 용케 살아남았다고 하더라도 구걸의 장으로 내몰고 있는 중이다.

벽돌 한 장

거대한 외풍에 휩싸여 진창이 된 나라와 그 나라 안에서 빈곤과 싸우기를 포기해야만 하는 사람들. 그 사람들에게 몇 푼의 돈을 내어주는 것은 부유한 나라에서 온 가진 자들이 양심의 알리바이를 만드는 졸렬한 짓이므로 당장 그만두어야 한다고 과연 누가 말할 수 있을 것인가? 어떤 식으로도 결론이 나지 않을 질문을 스스로에게 던지며 꾼니가 운전하는 뚝뚝을 타고 다시 시엠레아프로 돌아가고 있는 길이었다.

우리가 타고 있는 수레 부분의 타이어 한쪽에 펑크가 나면서 뚝뚝이 심하게 덜컹거리기 시작했다. 꾼니는 뚝뚝을 아주 살살 몰면서 길가의 간이정비소로 들어가 타이어를 갈아 끼웠다. 괜히 먼 곳까지 오자고 하는 바람에 차체에 무리가 간 것 아니냐고 하니, 자주 있는 일이니까 걱정하지 말라고 한다.

꾼니는 다시 땡볕 아래를 몇 시간 동안 터덜터덜 내달려 숙소까지 무사히 데려다주었다. 사흘 동안 열심히 일한 그에게 우리가 쥐어준 돈은 기껏해야 몇십 달러. 꾼니는 돈을 지갑에 곱게 집어넣고는 두 손 모아 합장하며 "어읍꾼"(감사합니다)이라고 하더니 다시 뚝뚝을 타고 천천히 사라졌다. 타이어 값을 제하고 기름 값을 빼고

밥값을 빼면 얼마나 남을지 알 수 없는 일이었다. 다만 그가 그렇게 만들고 싶어하는 미래의 집에 들어갈 벽돌 한 장, 나무 기둥 하나에 우리가 건넨 얼마 안 되는 노동의 대가가 스며들기를 바랄 뿐이었다.

초투

우타르프라데시, 인도

Chotu

"다히!"

세상 너머로 온통, 머스터드 꽃으로 덮여 있을 것이라는 착각이 드는 길이었다. 이차선 비포장도로 양옆으로 푸른 풀잎과 노란 꽃잎이 끝없이 펼쳐져 있고 그 위로 아침 안개가 짙게 깔려 있었다. 그리고 그 길을 따라 지구 이곳저곳에서 평화와 평등에 대한 캠페인을 벌이기 위해 모인 청년들이 아직 졸음이 가시지 않은 얼굴로 터벅터벅 걸어가고 있었다.

부처가 열반에 든 쿠쉬니가르에서 시작해 인도 서북부 우타르프라데시 주州의 이름 없는 마을들을 거쳐 네팔의 룸비니까지. 한 국제기구를 통해 모인 세계의 청년들과 인도청년불교도연합의 젊은 회원들이 약 사백 킬로미터를 보름 정도 함께 걸어가며 분쟁지역에서의 평화와 카스트제도의 부당성을 호소하는 것이 이 순례의 목적이었다.

우타르프라데시 주는 갠지스강을 머금고 있으며 힌두 최대의 성지 중 한 곳인 바라나시와 '타지마할'로 유명한 아그라를 포함하고 있는, 인도에서 가장 넓고 광활한 주다. 동시에 인구의 70퍼센트가 농업에 의존하며 카스트 최하층계급인 불가촉천민의 분포가 가장 높은 곳으로 인도에서 가장 가난한 곳 중 하나다. 또한 서북쪽으로는 파키스탄과 살을 맞대고 있는 히마찰프라데시 주를, 북동쪽으로는 네팔을 직접 접하고 있는 접경지대로 국제관계로도 예민한 곳이다.

의과대학에서의 첫 2년 예과 생활을 "지금 놀지 않으면 앞으로 있을 본과 4년간 후회하게 될 것이다"라는 생각으로 제대로 놀았던 나는, 당시 본과 진입을 불과 한 달 남겨두고 있었다. 단순히 남들이 가지 않은 곳을 여행하고 싶다는 생각에, 그리고 한 번 정도는 국제기구에서 주최하는 프로그램에 참가하고 싶다는 생각에 이곳저곳 뒤적이다가 이 프로그램을 발견했고, 별 주저 없이 신청을 하고 비행기에 몸을 실었다.

도보행렬의 출발지로 가기 위해 델리Delhi역에 모인 마흔 명의 면면은 다양했다. 인도 각지에서 모인 불가촉천민들과 인도의 불신자들, 이슬람교도들. 인도로 망명한 티베트인, 인도로 참선 수행을 온 일본인과 스리랑카인, 틱낫한의 제자인 캄보디아인, 그리고 나를 포함한 몇 명의 한국인 등. 세계 각지에서 모인 우리는 침대열차를 타고 만 하루 걸려 부처가 열반에 든 성지인 쿠쉬니가르에 도착해 도보여행의 첫걸음을 뗐다. 우리가 걸어온 마을들은 지도에도 제대로 표기되지 않을 정도로 작은 마을들이었으며 하룻밤 잠을 청하는 마을마다 간디의 수행 행렬 이후 이렇게 외지 사람들이 많이 온 것은 처음이라며 성대한 마을 잔치를 열어주곤 했다.

대장정 기간 동안 가장 많이 외친 구호는 "데스 데스 메 자행게"(우리는 이 땅과 저 땅으로)와 "비스와 샨티 라나헤"(평화를 전하러 간다)였다. 처음 며칠 동안은 그 구호가 우렁차게 울려퍼졌지만, 하루에 많게는 사십 킬로미터까지 걷는 강행군이 계속되면서 피로가 쌓인 행렬은 기운이 점점 빠지기 시작했다.

특히 이렇게 이른 아침부터 걸음을 시작해야 하는 날이면 그 정도는 더욱 심해졌다. 흔히 상상하는 인도의 기후와 달리 북인도의 겨울은 쌀쌀했다. 안개 낀 아침나절 동안은 너나 할 것 없이 모두 움츠렸다. 누가 묵상을 제안한 것이 아님에도 조용히 힘없는 걸음을 옮기고 있었다. 그날따라 피곤함이 켜켜이 쌓여 어깨와 등을 짓누르는 느낌에서 헤어나지 못하고 있던 나 역시 마흔 명이 조금 넘는 대오 안에 섞여 축 처진 몸을 풀기 위해 깍지 낀 손으로 기지개를 켜면서 길게 하품을 하고 있었다.

"다히(형)!"

유쾌한 목소리에 돌아보니 초투가 내 어깨에 손을 올리고 있다. 뒤에서 잰걸음으로 뛰어온 부다가야 출신의 열다섯 살짜리 영리한 소년이 내 어깨를 잡고 주무르기 시작한 것이다. 뭐가 그렇게 좋은지 이 녀석은 언제나 싱글벙글 웃고 있다. 중고등학생 나이인 초투와 친구들은 행렬 바깥으로 빠져나가 당시 인도를 풍미하고 있던 발리우드 영화의 주제가인 〈짤메루바히!〉(아우여 같이 가자!)를 신나게 부른다. 피곤한 기색이 역력하던 사람들도 이 친구들의 춤과 노래에 손뼉을 치며 리듬을 탄다. 이들의 재롱을 되받아주는 셈치며 내 신체에서 자랑할 만한 몇 안 되는 부위인 목청을 가다듬고 큰 소리로 구호를 외친다. "데스 데스 메 자헹게!" 사람들은 손뼉을 치고 팔을 흔들며 화답한다. "비스와 샨티 라나헤!" 큰 목소리가 계속될수록 대오는 활력을 찾고 행진에 속도가 붙기 시작한다.

유난히 친화력도 좋고 늘 밝았던 초투는 영특함 때문에 더 사랑받았다. 정규교육을 제대로 받지 않았지만 영어로 이야기하는 데 막힘이 없었다. 한국어이든 일본어이든 간단히 가르쳐주기만 하면 다음날 그것을 다 외우는 것은 물론이거니와 응용을 해서 사람들을 웃기기도 했다. 점심시간이 되면 자리에 앉아 채소 카레와 밥을 옹기종기 나눠 먹었는데, 이때마다 초투는 한국 사람들이 있는 자리로 다가와 전날 가르쳐준 단어와 문장들을 총동원해서 "나 완전 배고파. 짱 배고파. 밥 먹자. 짱 맛있다. 배부르다. 우왕굿! 킹왕짱!" 이라고 하면서 온갖 호들갑을 떨며 사람들을 웃겨주었다.

하지만 항상 이렇게 밝기만 했던 초투의 얼굴에 내가 그늘을 만든 적이 있었다. 행진이 시작되고 일주일 정도 지났을 때였다. 그날의 목적지를 얼마 남겨두지 않고 조금 쉬어가기로 한 우리는 매콤한 튀김만두인 '쏨사'를 간식으로 먹으며 길 위에 앉아 여유를 부리고 있었다. 여느 때처럼 초투는 내 옆으로 와서 예의 한국말 복습을 시작했다. 녀석과 농담 따먹기를 하며 낄낄 웃고 있다가, 문득 초투가 목에 걸고 있던 명찰을 보면서 예전부터 들었던 궁금증을 참지 못하고 나는 초투에게 묻기 시작했다.

"초투, 여기 네 이름표에 보면 초투 뒤에 하이픈이 그어져 있고 '메타'라고 적혀 있잖아. 그럼 메타가 네 성이야?"

내 질문에 초투는 잠시 머뭇거리더니 볼을 긁적였다. 나는 이 녀석이 못 알아들었나 싶어서 다시 한 번 질문했다.

"패밀리네임 몰라? 너 영어 잘 하잖아."

"패밀리네임 알아, 다히. 그런데, 그런 거 알아서 뭐하게."

초투는 자신의 뒤통수를 쓱 쓰다듬으면서 언짢은 표정으로 대답했다. 나는 그저 이 아이가 왜 이렇게 자기 이름을 가지고 의뭉스럽게 답을 하지 않을까 싶어 "그냥 궁금하잖아. 아니면 아니다, 미들네임이면 미들네임이다 뭐 그렇게 말하면 되잖아"라고 이야기하니, 초투가 이번에는 상기된 표정을 하고는 큰 소리로 대답했다.

"성 따위가 뭐가 중요해! 이건 내 카스트야!"

* * *

인도 근대 불교운동의 아버지 암베드카르Bhimrao Ramji Ambedkar(1891

~1956)는 불가촉천민으로 태어났다. 그는 불가촉천민 중에서는 두 번째로 고등학교를 졸업했고 뭄바이대학을 졸업한 뒤 미국으로 건너가 컬럼비아대학교에서 철학 박사학위를 취득했다. 그리고 런던 정경대학에서 경제학 박사학위를 취득하고 그레이 법학원에서 변호사 자격까지 얻었다. 휘황찬란한 학력으로 수놓인 그의 초기 경력은 그가 카스트제도에서 벗어나기 위한 방법으로 학벌투쟁을 통해 인정받는 길을 택했다는 것을 보여준다. 삼십대 중반에 다시 인도로 귀국한 암베드카르는 피억압계층의 권익을 신장하는 운동을 개시했으며 카스트제도에 대해 극렬히 반대함을 보여주기 위해 카스트제도의 근원이 되는 인도의 고대법전인 『마누법전』을 태우기도 했다.

그러나 암베드카르는 동시대에 비폭력주의 독립운동으로 인도의 독립에 결정적인 역할을 한 간디와 많은 부분에서 충돌했다. 간디에게 가장 중요한 것은 독립이었다. 만민평등보다는 인도인의 자력에 의한 독립에 더 큰 관심을 보였기 때문에 카스트제도에는 순응하는 태도를 보였다. 때문에 암베드카르가 영국원탁회의에 인도 불가촉천민 대표로 참석해 불가촉천민의 분리선거와 권익증진에 관한 입법을 요구하려고 했을 때 간디는 나라가 계급 때문에 양분될 수 있다며 단식투쟁으로 이를 저지했다. 이 모습을 본 암베드카르는 카스트제도 안에서는 아무것도 바꿀 수 없다고 생각했고 "나는 원치 않게 힌두교인으로 태어났지만, 죽을 때는 힌두교도로 죽지 않겠다"며 개종 운동을 전개해나갔다.

독립 이후 암베드카르는 당대 최고의 법조인으로 인도 헌법의 초안을 작성하여 평등의 가치를 헌법 안에 녹여내 카스트제도의 제도적 종식을 이끌었다. 또한 당대 최고의 경제학자로서 서민들의 생활 안정을 위해 인도저축은행의 설립을 주도했다. 오지랖이 넓고 운이 좋아서 이것저것 다 관여한 것만은 아니었다. 가령 인도 출신의 노벨경제학상 수상자로 불평등과 빈곤에 대한 연구로 유명한 후생경제학자 아마르티아 센Amartya Kumar Sen은 암베드카르의 경제철학과 그에 따른 인도저축은행의 창립은 경제평등 철학의 정수를 보여준다고 평하기도 했다.

이렇게 독립과 함께 국가의 주요 정책을 손수 관장했던 암베드카르였지만 카스트의 굴레가 남아 있는 한 정책이 바뀐다고 해도 불평등한 세상에 저항하는 것은 역부족이라는 깨달음을 얻는다. 오랜 당뇨 투병 끝에 죽음에 임박했다는 것을 감지한 암베드카르는 개종에 대한 의지를 실천하고자 결심한다. 스리랑카로 건너가 불교 행자의 삶을 시작하게 된 그는 다시 인도로 돌아와 1956년에 자신과 그 자리에 모인 수많은 불가촉천민들을 위해 역사적인 개종의식을 열었다. 그는 이 자리에서 '삼귀의'三歸依를 읊으며 불교도가 되었음을 천명했는데, 행사가 진행되는 이틀 동안 인도 전역에서 그의 뜻을 따라 불교로 개종한 불가촉천민의 수가 50만 명에 이르렀다고 한다. 그의 뜻을 기리며 지금도 계속 진행되고 있는 인도의 불교운동 역시 전도나 포교의 형식을 취하기보다는 사회운동의 형태를 띤다. 불교의 속성상 전도나 포교의 형식을 취하는 것이 어렵다는 점을 떠나서 인도에서 근대불교운동의 태동 자체가 계급철폐운동에서 시작된 까닭에 종교의 외연을 가진 사회운동의 형태를 취하고 있는 것이다. 그러니까 우리의 행렬을 이끌었던 인도측 코디네이터 단체인 인도청년불교도연합은 이 암베드카르의 정치적·종교적·계급적 후예들인 셈이었다.

하지만 인도에서 불교가 사회운동의 한 영역에 속한다고 해도 이 대장정을 두고 완전히 종교색이 없다고 할 수 있는 것은 아니었다. 매년 겨울마다 행진을 진행하여 오년 만에 모든 행진이 완성되는 프로그램으로 진행되었는데, 계획된 경로는 인도의 우타르프라데시 주에 속한 일곱 곳과 네팔의 룸비니를 포함하여 상좌불교上座佛教(소승불교)에서 가장 중요한 팔대 성지를 거치게 되어 있었다. 내가 갔던 해의 행진은 부처의 입멸지인 쿠쉬나가르에서 시작, 부처가 아직 싯다르타였을 때 왕자로 지낸 샤카국의 수도를 거쳐, 마야부인의 넓적다리에서 태어나 천상천하 유아독존을 외치고 일곱 발자국을 걸었다는 룸비니 동산에서 끝이 났다.

행사의 주최나 목적을 제대로 파악하지 못하고 참가한 사람들 중 불교가 아닌 다른 종교를 가지고 있는 이가 있다면 행렬에 동참한 것에 대해서 조금은 억울해 할 수도 있는 모양새였다. 그러나 인도에서 불교운동이라는 것이 종교적 운동이 아닌 사회운동의 차원에서 기능한다는 것을 생각해보면, 단순히 불교도들의 축제에 동원된 어리숙한 외국인쯤으로 스스로를 규정해버리는 것 역시 오해라고 할 수 있다. 왜냐하면 이 길은 단순히 부처가 걸었던 길만은 아니기 때문이다.

이 길은 간디가 걸었던 길이기도 하며 암베드카르가 걸었던 길이며 누군가의 아버지와 어머니가 걸었던 길이며 누군가의 아들과 딸이 걸었던 길이기도 했다. 그들은 이 길 위에서 핍박을 받았으며 이 길 위에서 박해를 받았으며 이 길 위에서 차별을 받았다. 하지만 분명 누군가는 바로 이 길 위에서 뜻을 세웠으며 분명 누군가는 바로 이 길 위에서 뜻을 세우고 있을 것이다.

그때 이 길을 걸었던 우리도 이 길을 걸어가며 우리들만의 뜻을 세웠을 것이다. 우리가 지나간 길 위로 펄럭인 것은 불교에서 인간의 본질을 의미하는 '오온'五蘊인 '색수상행식'色受想行識을 상징하는 오색 깃발만은 아니었던 까닭이다. 초승달과 다비드의 별이 그려진 이슬람 깃발도 펄럭였고, 지도에서는 사라졌지만 영혼 속에는 존재하는 나라 티베트의 깃발도 펄럭였으며, 한국과 인도와 캄보디아와 일본의 국기도 펄럭였다. 신부가 되기 위해 학사 과정을 앞에 두고 있던 누군가의 손에는 로만 가톨릭의 사제로부터 받은 묵주가 있었으며 어떤 친구의 목에는 목사인 아버지로부터 받은 개신교의 십자가가 걸려 있었다. 물론 나같이 '나'교에 심취한 이들의 손에는 그 무엇도 들려 있지 않았지만 그 무엇에 대해서 아무런 믿음이 없음에도 나는 다른 수많은 믿음들과 함께 길을 걸으며 뜻을 이야기할 수 있었다.

아마 이것은 걸음의 힘이었을 것이다. 종교가 있든 없든, 종교가 같든 다르든, 걷는 동안 호흡을 공유했기에 가능한 일이었다. 고통을 함께한 인연은 깊어질 수밖에 없었고 우리의 인연은 뜻을 통해서 공고해졌으며 어울림을 통해서 부드러워졌다. 인종과 종교가 뒤범벅되는 장에서 고통을 극복하기 위해 서로가 서로를 위해 주는 마음을 가지게 되는 이 독특한 경험은 이전에 경험한 일반적인 국토대장정이나 혼자 하는 배낭여행에서는 느낄 수 없었던 공존과 공생공락의 의미를 생생하게 느끼게 만들어 주었다……, 라고 생각하며 나는 그렇게 상기되어 있었던 것이다. 고작 며칠 걸으면서 부르튼 발바닥을 보며 "이 고통이 나를 성장시켜줄 것이다", "이 고통을 함께 나누는 우리들의 영혼에는 가교가 생겼을 것이다", "우리들의 걸음이 정치적으로도 계급적으로도 민감한 이 이름 없는 오지에서 평화와 평등을 이야기하게 되는 작은 계기가 될 것이다", 이렇게 믿고 있었다. 얼마나 순진한 믿음이었던가?

그리고 초투가 화를 내며 던진 한마디 말에 이런 순진한 상상들은 한순간에 깨졌다. 마음으로 느끼고 머리로 이해한다는 것은 이토록 연약하다. 제아무리 함께 걷는 것에서 연대의 소중함을 느끼고 제아무리 암베드카르와 인도불교의 계급적 의미에 대해서 책을 팠어도 그것을 자기 밭에서 몸으로 일구지 않았을 때에는 이렇게 현실에서 부딪히는 단순한 사실 관계 하나만으로 상상 속에 존재하는 희망의 씨앗이 한낱 자위에 불과했음을 깨닫게 된다. 이름 속에 여전히 박혀 있는 카스트제도의 유물이 한 아이의 가슴에 숨기고 싶은 멍으로 여전히 존재하고 있었다. 그리고 자신이 그렇게 따르던 이국의 '다히'가 아무것도 모른 채 그것을 들추어내려고 했을 때 받았을 수치심과 원망은 어디로 향했을까? 목적지에 다다를 때까지 초투는 가장 뒤에 서서 힘없이 묵묵히 걸어갔다.

작은 마을에 도착한 우리는 축대만 간신히 쌓아 올린 학교 부지에서 노숙을 하게 되었다. 이곳 마을 사람들 역시 우리가 묵는 곳으로 와서 우리를 구경하다가 음식을 지어 나눠주기도 하고, 밤이 깊어지자 악기를 가져와서 흥겨운 노래를 들려주면서 잔치판을 벌였다. 그러나 그렇게 잔치가 벌어지는 동안 춤을 추며 노래를 하던 초투의 모습을 그날만큼은 볼 수가 없었다.

이틀

새벽 이슬을 맞으며 일어난 우리는 다시 걷기 시작했다. 행렬은 점점 북쪽을 향하고 있었고, 히말라야에서 그리 멀지 않은 곳이었던 까닭에 제법 스산한 바람이 얇은 옷가지 사이로 점점 파고 들어왔다. 새벽부터 뗀 발걸음에 발바닥으로 몰린 붓기를 가라앉히고 몸을 녹일 겸 쉬는 시간이었다. 우리는 따뜻한 인도식 밀크티인 챠이와, 담뱃잎을 바나나 잎으로 둘둘 말아 만든 인도 연초인 삐디를 입에 물고 폐허가 된 관공서 앞에 옹기종기 앉아서 담소를 나누었다. 양말을 갈아 신고 젖은 양말을 배낭에 매달아 말리고 있을 무렵, 멀리서부터 "우두두두두두—" 구식 스쿠터의 간절한 모터 소리가 들려왔다. 뿌연 흙먼지를 일으키며 다가오는 낡은 스쿠터에는 아빠, 네댓 살 먹은 듯 보이는 딸, 그 뒤에 엄마, 엄마 등 뒤에는 갓난아기가 업혀 있었다. 이젠 생경하지도 않을 법했건만 작은 스쿠터에 온 가족이 타고 있는 모습에 우리는 모두 경탄을 보내고 있었다.

그런데, 헤— 벌린 입으로 흙먼지가 들어오기가 무섭게 스쿠터가 우리 앞에 급히 섰다. 애를 업은 엄마는 스님에게 달려가 가사장삼을 붙잡고 오열하며 무언가 계속 이야기를 했다. 주변의 인도인들이 모여들었고, 웅성거리기 시작했다. 이야기를 듣던 초투가 내게 헐레벌떡 뛰어온다. 왜 나쁜 예감은 틀리지 않는 걸까. 이럴 때는 의대생이라고 말한 것을 늘 후회하게 된다. 지금이야 몇 가지 상병을 감별해보겠지만, 한 달 전에 시험 친 분자생물학과 유기화학조차 머리에서 싹 다 비운 예과생이 갓난아기가 갑자기 고열이 나고 개가 짖는 소리를 내며 기침을 하는 것이 무슨 병인지를 알 리가 없었다. 배낭에는 내가 먹으려고 가지고 온 종합감기약과 지사제 말고는 단내 나는 빨랫거리와 노숙하느라 땀에 찌든 담요가 전부. 끌려가다시피 아기 앞으로 간 나는 아기를 보는 시늉을 한다. 가족들은 잔뜩 상기된 표정으로 나의 말을 기다리고, 이윽고 눈치를 살피다가 꺼낸 한마디. "가까운 병원에 가셔야지요." 초투는 내 말을 듣고는 조금 실망스러운 표정으로 머뭇머뭇 가족들에게 통역을 한다. 그리고 내 한마디에 스쿠터를 타고 온 가족은 망연자실한 표정을 지으며 다시 흐느낀다. "이것 보세요, 외국인 양반. 오토바이를 타고 이틀을 가야 보건소가 나와요."

순간, 나는 할 말을 잃고 멍하게 그 가족을 쳐다보았다. 경제적인 이유로 병원에 가지 못하는 건강불평등의 사례는 한국에서도 어렵지 않게 접할 수 있었지만 지리적인 이유로 가장 가까운 보건소에 닿기 위해 오토바이로 이틀을 걸려서 가야 한다는 그 말에 나는 그저 그 자리에서 옴짝달싹하지 못하고 하염없이 울고 있는 가족들을 지켜볼 수밖에 없었다.

정부의 모양새를 얼추 갖춘 지구상의 대다수 나라들에서 신분제는 공식적으로 사라졌고, 계급론을 주창한 사회주의 이론가들이 세상을 떠난 지 백오십 년이 훌쩍 넘어가고 있지만, 세상은 여전히 계급적이다. 지금도 음으로 양으로 존재하는 신분제도의 틀 안에서 신음하는 한 아이의 우울을 맨살로 느낀 지 만 하루도 지나기 전에 내 눈앞에 나타난 이 가족의 오열은 불평등의 문제를 생생하게 보여주는 예였다. 그리고 그 예는 불평등의 문제 중에서도 가장 근본적이라고 생각하는 건강불평등에 관한 것이었다. 생명은 평등하고 의료는 공공재여야 하며 모든 인간은 평등하게 의료서비스를 받을 권리가 있다는 이야기를 새된 소리로 하다가 마주하게 된 이 상황에서 나는 할 말을 잃고 배낭에서 약을 주섬주섬 꺼내어 복약

법을 찾아보고 유아 용량에 맞추어 약을 쪼개 몇 알 쥐어주었다. 그래도 병원은 가야 한다는 말과 함께.

평등해야 건강하다

자유주의 법철학자 로널드 드워킨Ronald M. Dworkin은 보수주의를 "불평등이 자연발생적이며 불가피한 것으로 보는 것"이라고 정의한다. 스콜라 학파 이래로 평등의 문제가 본격적으로 다루어졌지만, 이는 기독교적 평등이었으며 그 시대의 평등이란 천년왕국에서 실현될 수 있는 것이었고 세속에서 불평등은 불가피하고 당연한 것이었다. 근대 시민혁명 이후 등장한 자유주의 체제는 개인적 자유, 권리, 존엄의 관점에서 불평등을 파악하기 시작했고 드디어 불평등에 대하여 '도덕적 정당성'을 요구하기 시작했다. 이러한 비판적 인식을 통해 세속에서의 '평등'이 회자되기 시작한 것이다.

지금 우리에게 당연한 권리 중 하나로 여겨지는 평등의 역사는 이렇게 일천하다. 평등이란 가치가 인간의 기본권으로 인식되기까지 그리 오래지 않은 시간 동안 피와 땀을 수반하는 투쟁과 사상사적인 변혁을 몇 번이고 거쳐 왔지만, 지구상 대부분의 나라에서 평등의 가치가 '실현'되기보다는 아직까지 '인식'되고 있는 수준이다. 즉, 평등은 그저 여기에 공기처럼 존재해왔던 것이 아니라 몸을 녹이는 따뜻한 불씨 하나를 만들기 위해 지금까지도 여전히 나뭇가지를 비비고 부싯돌을 치고 장작을 패고 있는 것이다.

아마 세속을 사는 우리들 가운데 많은 사람들이 지금도 "모든 이들이 평등한 세상"은 불가능하다고 여길지 모르며, 나 스스로도 그렇게 생각하고 있는지 모른다. 그러나 불평등이란 자연발생적이지 않으며 불가피하지도 않고 최소한 모든 이를 평등한 '존재'로 대우할 수 있다는 생각만큼은 가질 수 있지 않을까? 연속된 경제위기를 거치면서 그 안에서 지속적으로 강화되어온 보수화의 파도를 넘어 파시즘의 그늘이 드리우는 지금 이곳에서 평등의 가치는 더 많은 사람들로부터 새롭게 생각되어져야 할 것이다. 평등이 이념적으로 지향해야 할 목적지이기 때문만은 아니다. 그것은 직접적으로 인간의 건강과도 직결되기 때문이다. 이것은 사회안전망의 존재 이유나 복지정책에 대한 사회적 요구의 확대와 같은 사회적 건강만을 이야기하는 것이 아니다. 가령 노팅엄대학의 사회역학자 리처드 윌킨슨Richard Wilkinson은 간단한 문장으로 이렇게 이야기한다.

"평등해야 건강하다."

그는 기존의 통계자료를 가공하여 '불평등 지수'를 고안해냈다. 불평등이 사람의 건강에 미치는 영향을 수학적으로 풀기 위해서 타인에 대해 얼마나 신뢰하고 있는지, 정신질환의 빈도는 얼마나 되는지, 평균수명과 영아사망률은 어떻게 되는지, 비만율이나 살인율은 얼마나 높은지, 이런 지표들을 종합해 점수화하였고 이것이 여러 선진국들의 소득불평등과 어떤 상관관계가 있는지 연구했다. 결과는 비교적 명확했다. 소득불평등은 유아사망률을 높이고,

살인율을 높이고, 구속 수감 인구를 늘리고, 학업성취도를 낮추고, 정신건강을 해친다. 여기에 사회구성원 간의 불신이 더해져 불평등을 강화한다.

소득불평등이 증가할수록 사회적 안녕의 각종 지표들이 아래로 향한다. 불평등이란 어느 한 영역의 것만이 아니기에 어떤 한 영역의 평등을 이룩한다고 해서 그것이 불평등의 굴레에서 벗어날 수 있는 길을 보장해주는 것이 아니다. 총체적인 사회적 평등으로 향하는 길이 곧 평등한 생명을 누릴 수 있는 것을 조금이라도 담보해줄 수 있다. 초투를 통해 생생히 경험한 고대의 유물로만 생각된 신분적 불평등도, 스쿠터를 타고 온 가족들을 통해 눈으로 접한 건강 불평등도, 결국 하나의 큰 그림을 그려가며 그 짐을 우리가 함께 나누어 이고 갈 때 조금 더 나은 세상으로 한 발자국 옮길 수 있는 동력을 만들어낼 수 있다.

샨티

나와 초투는 갓난아기의 어머니에게 약을 쥐어주고는 스쿠터를 타고 온 가족들을 배웅했다. 초투는 스쿠터가 시야에서 사라지고, 흙먼지도 가라앉고, "우두두두두—" 소리도 들리지 않을 때까지 그 자리에 서서 염주를 손에 잡고 기도했다. 우리와 함께 행진을 하던 스님들도 그랬고, 팀 내의 유일한 무슬림이었던 인도 친구도 기도를 올리기 시작했다. 천주교 신학대 학생도, 개신교 친구들도 모두 한마음으로 그들을 위해 기도를 했다. 딱히 기도를 드릴 대상이 없었던 나는 손을 가지런히 모으고 고개를 숙여 치성을 드리는 마음으로, 조금이라도 빨리 병원을 찾아 아기가 덜 아프도록, 사소한 질병 때문에 죽음에 이르지 않기를 빌었다.

"다히, 그래도 멋있었어!"

하루 동안 대화가 끊겼던 초투가 내게 다가와 손을 잡으며 말했다. "멋있긴 뭐가 멋있어 자식아." 나는 초투의 머리를 쓰다듬으며 멋쩍은 웃음을 지었다. 아무것도 할 수 없었던 것이 당연했음에도 아무것도 할 수 없다는 무력감이 내 마음을 무겁게 만들었던 탓에 멋있었다는 초투의 말이 그리 달게 들리지는 않았다. 하지만 초투는 방언이 터진 듯 연신 멋있다고 하면서 아무것도 하지 않은 나를 한껏 치켜세우더니 마침내 녀석의 입에서 본심이 튀어나왔다.

"아니야, 다히. 진짜 의사 같았어. 우왕굿. 킹왕짱."

"야, 말이 되는 소리를 해라. 그리고 형, 의사 되려면 한참 멀었어."

"물론 지금은 가짜 의사이긴 하지만. 근데 의사가 된다는 것도 별로 믿기지는 않았거든. 솔직히 다히 얼굴 보면 딱히 공부 잘 하게 보이지는 않잖아"라고 말하며 초투는 저만치 앞서 달렸다. 낄낄거리며 달려가는 녀석을 따라잡아 머리를 콩콩 쥐어박으면서 우리는 웃어댔고, 친구들도 주변으로 와서 뭐가 그리 즐거운지 같이 웃어댔다. "그만, 그만"이라면서도 낄낄거리던 초투는 점퍼 속주머니를 뒤적이더니 투명한 액체가 든 플라스틱 병을 하나 꺼냈다.

"다히, 선물!"

초투가 선물이라며 내 품속으로 황급히 들이민 것은 여행용으로 만들어진 작은 플라스틱병에 들어 있는 소주였다. 행진이 시작되기 전, 술을 마시지 않는 종교를 가진 사람들을 존중하는 의미로 자발적으로 수거해서 짐짝에 실어 두었는데 초투가 그걸 하나 빼두었던 것이다. 아마 초투는 자신이 화를 낸 것 때문에 내가 불편해하는 것이 못내 안타까웠는지 짐을 실어 나르던 버스 안으로 밤에 몰래 들어가 플라스틱 소주병 하나를 가지고 나와 품에 숨겨 두었던 모양이었다. 재즈에이지에 브루클린에서 밀주를 팔던 마피아 졸개처럼 몰래 소주병을 내 품속으로 들이미는 모습이 맹랑하기도 하고, 그 마음이 고마웠던 나는 내 중학생 때를 생각하면서 이 녀석도 어지간히 술 한잔 해보고 싶겠다 싶어 "큭큭" 웃으며 다시 초투에게 소주를 건넸다.

"내 선물이야. 너 마셔."

하지만 초투는 정색을 하며 자신은 아직까지 힌두교도이고 곧 불교도로 개종할 것이기 때문에 앞으로도 평생 술은 입에 대지 않을 것이라며 제법 점잖게 이야기하더니 다시 내 품에 집어넣는다. 옳다고 믿는 바를 지키려고 하는 이 아이의 마음가짐이 나보다 더 단단하구나 싶어, 합장을 하고는 초투에게 꾸벅 고개를 숙이고 소주를 품에 집어넣었다.

“단야밧(감사합니다). 초투, 어젠 내가 미안했어.”

“아니야, 알고 한 것도 아닌데. 저기 사람들 있다! 다히, 우리 저 사람들한테 가자!”

길에서 만나는 사람들에게 나누어줄 우리의 소망과 목적이 힌두어와 영어로 적힌 종이를 인솔자 중 한 명이었던 아무드 씨에게 받아 길가의 사람들에게 다가갔다. 내가 영어로 우리가 이 길을 걷는 이유에 대해 이야기하면 초투는 이를 힌두어로 통역해서 사람들에게 이야기해주었다. 멀찍이 떨어져 구경만 하던 노인들도 다가와 이것저것 물어본다. 이건 뭐냐, 왜 하냐, 너희는 어디에서 왔냐. 먼저 출발한 대오에서 한참 뒤처지긴 했지만 이들의 질문에 하나하나 즐겁게 대답해준 뒤 “샨티”Shanti(평화)를 외치며 손을 흔들고는 앞서 가는 일행들을 향해 달려간다. 맨 뒤에서 뒤처지는 사람들을 정리하던 아무드 씨는 우리가 세상 누구보다 행복한 웃음을 지으며 행렬을 향해 달려오자 그도 환한 미소를 지으며 “굿 잡!” 이라는 응원의 말과 함께 하이파이브를 청한다. 짜악!

평화의 속살

버마에서 온 승려들이 기거하며 수행하는 사원에서 잠을 청한 후 다음날 아침, 나는 그날 모닝스피치에 자원했다. 우리는 아침마다 원형으로 둘러서서 모닝스피치를 했는데, 주로 어제의 경험에서 배울 점이나 느낀 점을 공유하는 시간이었다. 나는 초투의 명찰에서 카스트제도의 흔적을 느낀 것, 스쿠터를 타고 온 가족에게서 받은 충격을 이야기했다. 그리고 우리가 매일같이 사람들을 만나면서 '샨티'를 이야기할 때 우리는 그 단어 때문에 마음의 평상심을 찾는 내적인 평화를 떠올리지만, 그 소중한 내적 평화를 지키기 위해서는 차별에 맞서는 외적 평화, 즉 평등의 가치를 실천해야 하지 않을까, 라는 이야기를 전했다. 모닝스피치가 끝나자 초투는 내게 다가와 품에 꼬—옥 안겨 눈물을 글썽였다. 나도 한참 동안 아이를 안고 등을 톡톡 두드려주었다.

스쿠터를 타고 이틀 걸려 열병에 걸린 아기를 데리고 보건소에 도착했을 인도에서 만난 가족과 노트북을 가지고 각종 네트워크에 접속해 자료를 수집하며 이 글을 쓰고 있는 나 사이에는 좁힐 수 없는 간극이 존재할지도 모른다. 심지어 초투는 내가 아침에 콘택트렌즈를 끼는 모습을 처음 보고는 기겁을 하기도 했다. 눈에 뭐하는 짓이냐고. 문명의 이기들로 가득 찬 일상을 살아온 내가 노트북과 콘택트렌즈의 존재도 모르는 사람들 틈으로 들어가, 나조차 제대로 깨닫지 못하고 있던, 어쩌면 그들이 더욱 잘 알지도 모르는 평화와 평등에 대해서 이야기한다는 것은 사실 분명 고단하고, 때로는 고통스럽기도 한 일이었다. "내가 과연 자격이 있는가"에 대해 걷는 중에도 자문하는 것을 그칠 수가 없었다.

그럼에도 함께 걸어온 길에서 함께 걸어가야 하는 이유를 조금은 엿보았다고 감히 이야기할 수 있지 않을까? 그들과 나 사이에

엄연히 간극은 존재했으나, 근대 이래로 역사는 광포한 문명사적 위기를 몇 차례 겪으면서도 그러한 간극을 좁힐 수 있다고 믿는 이들에 의해서 여기까지 한 걸음씩 걸어올 수 있었다. 평등을 인식하기까지 숱한 피와 땀이 땅에 뿌려졌던 것처럼, 평등을 실천하기까지 아마 더 많은 피와 땀이 필요할지도 모른다. 그리고 평등을 통해 평화에 당도하기까지는 아마 내 깜냥으로는 상상할 수도 없는 자신에 대한 성찰과 안으로 침잠하는 수행이 필요할지도 모른다.

그러나 그 모든 것이 함께 걸어가는 사람들이 있기에 조금이라도 이고 가는 짐의 무게가 가벼워지지 않을까? 비록 함께 걸어가는 것이 고단하고 고통스러울지라도, 그렇게 고단하고 고통스러울 때 비로소 우리는 더욱 채근당하고 자극을 받기에, 아픔과 상처 속에서도 웃음의 씨앗을 뿌릴 수 있는 것이 아닐까? 그렇게 우리의 시간을 공유하며 당신과 나 사이에 벽이 허물어질 때, 양파껍질을 벗기듯 하나하나 평화의 속살을 들여다볼 수 있게 되지 않을까?

도움 받은 책들

김기태, 『대한민국 건강 불평등 보고서』, 나눔의집, 2012

리처드 윌킨스, 『평등해야 건강하다』, 후마니타스, 2008

앤터니 비버, 『스페인 내전』, 김원중 옮김, 교양인, 2009

담비사 모요, 『죽은 원조』, 김진경 옮김, 알마, 2012

김재명, 『나는 평화를 기원하지 않는다』, 지형, 2005

도미야마 이치로, 『전장의 기억』, 임성모 옮김, 이산, 2002

도미야마 이치로, 『폭력의 예감』, 손지연 · 김우자 · 송석원 옮김, 그린비, 2009

서준식, 『서준식 옥중서한』, 노동사회과학연구소, 2008

권정생, 『우리들의 하느님』, 녹색평론사, 2008

서경식, 『디아스포라 기행』, 김혜신 옮김, 돌베개, 2006

한홍구 외, 『후쿠시마 이후의 삶』, 이령경 옮김, 반비, 2013

김호준, 『유라시아 고려인, 디아스포라의 아픈 역사 150년』, 주류성, 2013

니시카와 나가오, 『신식민지주의론』, 박미정 옮김, 일조각, 2009

김현아, 『전쟁의 기억 기억의 전쟁』, 책갈피, 2002

최병욱, 『동남아시아사 — 전통시대』, 대한교과서, 2006

스테파노 베키아, 『크메르』, 이영민 옮김, 생각의나무, 2008

강석영 · 최영수, 『스페인 · 포르투갈사』, 대한교과서, 2005